Förlorat paradis

Förlorat paradis

Förlag och tryck: BoD

SBN: 978-91-7569-000-1

Prolog

Någon har sagt att tiden läker och skapar glömska. Det är inte sant. Efter alla år som gått är såren fortfarande pulserande och öppna. Det går inte att glömma rädslan, smärtan och vad den skulle komma att resultera i. Minnesbilderna är knivskarpa, såväl i drömmen som i vaket tillstånd.

Fotoblixtar som förblindade och fick svarta fläckar att dansa på väggarna. Skrämda ögon och svettiga handflator som fumlade med en slutarknapp när order gavs. Surret från en polaroidkamera när bilder spottades ut. Bilder som skulle tillfredsställa sjuka begär. Doften av en otvättad kropp och en alkoholstinkande andedräkt, när den kom för nära. Alldeles för nära. Sedan smärtan, skammen och längtan efter ett skonsamt evigt mörker.

Vi var offer i ditt våld. Du skulle aldrig få veta vad det gjorde med oss. Trots att vi valde olika vägar blev slutmålet detsamma. Genom dina handlingar var vi sammanlänkade i ödet.

Kapitel 1

M alin slog igen bildörren, hårdare än nödvändigt, och backade ut bilen från garaget. Att tillbringa helgen ensam i ett tomt hus var inget hon såg fram emot. Ellen satt i baksätet och hon kunde inte undgå att se i backspegeln hur glad flickan var över att få tillbringa helgen tillsammans med sin pappa och hans nya familj. Hon nynnade på Idas sommarvisa och kammade en barbiedockas hår mellan fingrarna. Trots att det nästan gått ett år hade Malin fortfarande svårt att accepterat den nya situationen. Sorgen och skammen över att bli lämnad, som till en början legat som en våt filt över henne, hade börjat övergå i ilska. Det var en ny erfarenhet att det fanns en tillfredställelse i att vara förbannad.

Det hade känts den dagen hon hittade sin kollega Bettan i armarna på Robert. Hon röd som en tomat i ansiktet och han med en fåraktig min. Alla tre hade stirrat på varandra oförmögna till handling. Malin tyckte att tiden frös fast och efter vad hon upplevde som en evighet, slet sig Bettan loss från Robert, ryckte åt sig blus och jeans som hamnat i en hög på golvet, och lämnade rummet. Malin och Robert hade fortsatt att stirra på varandra. Malin som en stridstjur och Robert som en skolpojke som ertappats med fingrarna i syltburken. Efter en stund sjönk Malin ner på sängkanten och skrattade hysteriskt. Efteråt hade hon ingen aning om

9

varför hon reagerat så, det fanns inget komiskt i situationen bara tragik.

Robert och Bettan hade gått bakom hennes rygg i mer än ett år. Det var ofattbart att hon inte sett några tecken. Robert hennes älskade man och Bettan hennes vän och kollega på jobbet. Det var helt enkelt för osannolikt för att hon skulle ha misstänkt något. När Malin förstod vidden av deras svek, var det något som brast. Hon skulle aldrig bli densamma. Numer utgick hon inte från att människor hon mötte var justa. Hon lät nya bekantskaper få visa vad de gick för innan hon släppte någon nära.

Flera av hennes kollegor och några av deras gemensamma vänner hade vetat. Ingen hade sagt något. Hon blev illamående när hon tänkte på hur feghet och medlidande fått dem att hålla tyst.

Var det av hänsyn till mig eller Bettan? hade hon tänkt.

När Robert tömde sin garderob, packade ner sina mest personliga tillhörigheter och flyttade in hos Bettan, rev hon fram sina målardukar och hämtade ner staffliet från vinden. Med en frenesi som liknade de maniska perioder som hennes mamma hade haft under sin sjukdomstid, började hon måla som en galning all ledig tid. Allt för att slippa tänka och känna.

Hon hade lovat sig själv att aldrig visa Ellen vad hon tyckte eller kände. Ellen hade rätt till sin pappa och glädjen i att vara en del i hans nya familj. Malin måste erkänna, även om det tog emot, att Bettan var fantastisk med Ellen. Hon tog sig an henne som sin egen dotter och Ellen avgudade henne. Det smärtade visserligen mer än det gladde, att se deras gemenskap, men Malin hade fått lära sig att bita ihop.

Villaområdet där Robert och Bettan bodde stod i full försommarblom. Syrenerna hade slagit ut för några dagar sedan. Pionerna blommade med sina stora generösa blommor. Det var något visst med äldre villaområden där trädgårdarna ömt vårdats av flera generationer. På höstarna gav många av de gamla fruktträden rikliga skördar. Bettan brukade ta med sig frukt och bär till deras gemensamma arbetsplats och många var de höstar när hon kokat äppelmos och gjort paj på hennes äpplen.

Det var Bettan som fortfarande stod som ensam ägare till villan. Radhuset i Salem hade Robert lämnat till henne. Hans dåliga samvete hade gjort honom generös eller också var det helt enkelt att han ville komma ifrån allt och inte orkade med några långdragna processer. Ofta tänkte hon med skadeglädje att Robert inte skulle ha någonstans att bo om Bettan tröttnade på honom.

Malin parkerade utanför staketet till Bettans hus. Irriterat strök hon undan några hårtestar som klibbat fast i pannan men motstod frestelsen att kontrollera utseendet i backspegeln.

Oset från en träkolsgrill och doften från nyklippt gräs, slog emot henne när hon öppnade bildörren. Det luktade sommar och gemenskap. Hon drog ett djupt andetag och rullade axlarna bakåt när hon klev ur bilen och öppnade dörren för Ellen.

Robert klev ut på trappan till husets veranda och gick dem till mötes. Malin kunde inte undgå att notera hur avspänd han såg ut. Solen hade gett honom en klädsam färg i ansiktet och på de bara armarna.

Shit, tänkte hon. Det är inte jag som ska vara nervös, det borde vara han.

Ellen hoppade ur bilen och slängde sig om halsen på honom.

– Oj oj, här blir man nästan överfallen, skrattade Robert.

Malin betraktade dem med ett stelt leende. Hon räckte över Ellens väska till Robert.

– Jag hoppas att jag inte har glömt något, sa hon.

– Det är okej, sa Robert. Hon har en del ombyten här. Är allt bra?

Hon rätade på ryggen och såg honom stadigt i ögonen.

– Visst, sa Malin. Jättebra. Mycket att göra visserligen. Vi åker till Yngsjö så fort sommarlovet börjar.

– Skönt med en så lång ledighet förstår jag.

– Ledig och ledig. Det vet väl du med att det är mycket jobb med stugan. Det var tur att vi aldrig hann påbörja ombyggnaden som du var så angelägen om, nu när jag blev själv med allt.

Robert slog ner blicken och sparkade undan en sten. Han knep ihop läpparna som om han försökte hålla inne med något han egentligen ville säga. Hon lade märke till hans min och hoppades att gliringen hade tagit där den skulle.

– Jag är glad att jag kan ge Ellen möjligheten att vara där, fortsatte hon. Jag behåller stugan så länge som hon vill åka med. Tids nog blir det annat som lockar.

Så här års längtade Malin intensivt till stugan i Yngsjö. Där hade hon tillbringat alla somrar sedan hon var barn. När pappa Torsten dog och mamma Ingrid inte längre klarade sig själv, blev hon ensam ägare till barndomens paradis.

Det var en enkel stuga, byggd på femtiotalet. Den saknade moderniteter som varmvatten och inomhustoa, fast det var inget som störde henne. Det fungerade alldeles utmärkt med torrdass på gården och en utomhusdusch.

Malin hade, till sin egen förvåning, lyckats övertala Robert att Ellen skulle vara med henne nästan hela sommaren, bara två veckor i augusti skulle hon tillbringa med Robert. Det hade inte varit lätt att få honom att gå med på förslaget. En hel del argumenterande hade krävts men när Ellen själv bönade och bad hade han gett med sig. Malin begrep sig inte på Robert. Hans rädsla att tappa kontrollen över Ellen gick till överdrift. Det var som om han inte litade på henne. Han hade det senaste året utvecklats till en person med ett näst intill sjukligt kontrollbehov.

– Hej då, sa hon och kramade Ellen. Ha en fin helg med pappa och Bettan. Jag älskar dig.

Hon gick tillbaka till bilen och Ellen stod kvar vid grinden och vinkade när hon rullade iväg. Tack och lov hade Lisen bjudit henne på middag. Att äta ensam i radhuset var inget som lockade.

De hade avslutat middagen och kvällssolen började försvinna bakom grannhuset i väster. Lisens uteplats låg i söderläge med ett ogenerat läge mot en allmänning. Endast en och annan hundägare passerade ibland förbi. För övrigt var det bara de närmsta grannarna som brukade titta in för att hälsa och prata en stund. Mot husen bredvid hade Lisen satt upp spaljéer som så här års var täckta av blommande kaprifol. Doften var bedövande. Det var inte bara vinet Lisen bjudit på som gjorde Malin berusad, försommarens dofter fick det att bubbla av förväntan inför den annalkande ledigheten i sommar.

Lisen reste sig och började plocka bort tallrikar från bordet. Hennes rörelser var ivriga och kring munnen lekte ett leende. Det gick inte att ta miste på att Lisen var lycklig. Hon hade aldrig kunnat dölja sina känslostämningar.

– Det syns lång väg att du är nykär, sa Malin och klappade henne på armen.

– Jag tror att jag äntligen har hittat han med stort H, sa Lisen. Allt känns så rätt den här gången.

– Jag hoppas att jag får träffa underverket snart, sa Malin.

– Erik kommer kanske över en stund i kväll, sa Lisen. Du kan väl stanna så att du får träffa honom. Jag ska sätta på infravärmen så vi kan sitta ute en stund till. Vill du han en pläd?

– Ja tack, svarade Malin. Det blir kallt så fort solen försvinner.

Lisen kom med filtar och ett flaska vin. Hon tände värmeljus på bordet och i några runda ljuslyktor i gjutjärn som hängde i kedjor från taket.

– Jag ska sätta på en skiva, sa hon.

Snart strömmade Michel Boltons hesa smäktande stämma ut från stereon i vardagsrummet och Lisen tog några danssteg på uteplatsens skifferplattor. Vinet hade gjort henne ostadig på fötterna och hon trampade snett på de höga klackarna. Hon tog sig om fotleden och grimaserande.

– Aj som fan, fnittrade hon och damp ner på stolen.

– Du är inte klok, skrattade Malin.

Lisen hällde upp mer vin i deras glas.

– Skål för vår vänskap, sa hon och höjde sitt glas mot Malin. Kan du tänka dig att det är nästan trettio år sedan vi lärde känna varandra.

Malin skulle aldrig glömma den första sommaren Lisen kom som sommarbarn till Malins familj. Lisen var elva och Malin tretton år. Lisens mamma hade en längre tid varit allvarligt sjuk och skulle rehabiliteras på vårdhem under sommaren. Det blev en annorlunda sommar, helt olik de ensamma sommarloven som det brukade bli i Yngsjö. De fann varandra direkt. Sommaren var fylld av bad, lek, cykelturer och kvällar då de långt in på natten viskade hemligheter till varandra och fantiserade om vuxenlivet. Efter den sommaren träffades de på skolloven så ofta som det gick. De blev bästa vänner och när de båda läste på Stockholms Universitet delade de studentlägenhet i två terminer. Nu bodde de i samma radhusområde i Salem utanför Stockholm.

– På fredag flyger Erik och jag till Barcelona, sa Lisen. Vi har bokat rum på ett av Barcelonas häftigaste hotell. Det ska bli helt fantastiskt.

– Tur att det är ett bra hotell, sa Malin med ett stänk av sarkasm i rösten. Ni lär väl inte komma utanför hotellrummet.

– Malin! sa Lisen med låtsad prydhet. Vad tror du egentligen om mig?

Malin skrattade och skakade på huvudet.

– Jag känner väl dig. Hur länge stannar ni?

– Bara över helgen. Jag kan inte ta ledigt från jobbet och Erik är i slutfasen på en avhandling. Han har också svårt att vara borta.

– Ska han doktorera? sa Malin.

– Mm, sa Lisen. Inom medicin.

– Då hamnar du kanske på en Nobelmiddag någon gång.

Malin flinade åt Lisen och hoppades att det inte syntes att hon var avundsjuk. Om det var rädslan för att förlora Lisens till en man eller att se hennes förälskelse när hon själv kände sig sviken, visste hon inte.

– Erik är den mest intressanta människa jag har träffat, babblade Lisen vidare, till synes omedveten om Malins reaktion. Han är uppmärksam och omtänksam. För att inte tala om vilken älskare han är.

Lisen blev röd om kinderna. Hon tog flaskan på bordet och fyllde åter på deras glas.

– Nu får det räcka, sa Malin och satt upp handen mot vinflaskan. Jag kommer inte komma ur sängen i morgon.

– Det är synd att jag inte träffade Erik efter skilsmässan, sa Lisen. Det hade besparat mig två misslyckade förhållanden, fast å andra sidan blev jag lite klokare och förhoppningsvis en bättre människokännare.

– Det hoppas jag, sa Malin. Jag har ingen lust att se dig deprimerad igen.

– Ja, Hasse var en riktig idiot. Minns du? Jag fick knappt gå utanför dörren sista tiden. Han stod och väntade på mig utanför jobbet, var livrädd att jag skulle umgås med andra än honom.

Malin betraktade Lisen och slogs av hur lite hon hade förändrats genom åren. Hon var söt i sitt kortklippta blonda hår som hon alltid hade i senaste frisyr. Inte alls som hennes eget stora krulliga hår som måste hållas på plats i en fläta. Hon var kvinnlig med sin kurviga figur även om hon klagade på sina extra kilon och ständigt provade nya bantningsdieter. Malin hade alltid beundrat henne för att hon var så kvicktänkt. Hon hade alltid svar på tal. Fast ibland tvivlade Malin på hennes omdöme. Hon rusade iväg utan att tänka sig för. Å andra sidan var det Lisens charm. Utan spontanitet och impulsstyrning hade det inte varit Lisen.

Lisen snurrade änden på schalen hon bar över axlarna, mellan sina fingrar.

– Jag skulle vilja be dig om en tjänst, sa hon.

Hon tittade ner i knät, undvek att se Malin i ögonen.

– Jaså, sa Malin. Du vet att jag tar kål på dina blommor om jag ska sköta om dem.

– Det handlar inte om blommor, sa Lisen. Olivia har varit jobbig sista tiden. Jag har tappat kontrollen över henne.

– Hon fyller sexton i år. Kommer du inte ihåg hur vi var i den åldern?

– Jo visst, kommer jag ihåg. Fast det här är mycket värre. Ibland kommer hon inte hem på nätterna. Jag tror hon har provat droger. Hon hänger ihop med det där gänget i centrum som brukar ställa till med bråk på ungdomsgården. De har krossat skyltfönster och polisen har blivit ditkallad flera gånger. Jag är så himla orolig för henne.

Lisen tittade bedjande på Malin. En djup rynka syntes mellan hennes ögonbryn och hon blev blank i ögonen. Hon såg helt plötsligt trött ut.

– Jäkla unge, sa hon. Alltid är det något som ska jävlas. Jag har kontaktat skolkuratorn. Hon lovade att kalla Olivia för att samtal. Än har inget hänt. Jag vet att de är överbelastade fast jag hade väntat mig en gnutta engagemang när jag förklarade min oro.

– Prövat droger?

– Hon är trött och håglös, har tappat lusten för skolan. Hon vill sluta med dansen som alltid har varit hennes stora intresse.

– Var ska Olivia vara när ni åker till Barcelona?

– Mamma kommer hit och bor här under helgen. Jag hoppas verkligen att hon sköter sig då. Jag har inte vågat tala om för mamma. Hon förstorar alltid upp allt.

– Hur hade du tänkt att jag skulle kunna hjälpa dig? sa Malin.

– Skulle Olivia kunna få bo hos dig i Yngsjö någon månad i sommar?

Malin tittade förvånat på Lisen. Var det inte för mycket begärt? Olivia var en strulig tonåring och skulle kräva en massa av hennes tid.

– Hon behöver komma bort från Salem, sa Lisen. Hon litar på dig. Du kanske kan få henne att berätta vad som är fel. Jag minns hur bra det var för mig när jag fick komma och bo hos er som barn.

Malin suckade. Hon såg sina sommarplaner med måleri, långa promenader och en total vila gå upp i rök.

– Vad säger hon själv om att åka till Yngsjö? sa Malin

– Jag har bara nämnt det i förbigående, visste inte hur du skulle ställa dig till förslaget. Hon protesterade inte i alla fall.

Jag kan inte svika Lisen och Olivia, tänkte Malin. Jag kan inte stå och se på om det går snett för Olivia. Nästa gång är det kanske jag som behöver hjälp med Ellen. Olivia är trots allt inget småbarn.

– Det klart att hon får komma till Yngsjö, sa Malin med viss tvekan. På ett villkor. Att hon själv vill och är positiv, annars kommer det inte att fungera.

– Tack, jag visste att jag kunde räkna med dig. Jag ska tala med henne. Jag vet att hon gillar dig och Ellen, jag kan inte tänka mig annat än att hon blir glad.

Båda försjönk i tankar. Så olika de var. Lisen var aldrig rädd för att be om tjänster och hjälp, Malin skulle aldrig komma på tanken att be en väninna ta hand om Ellen en hel månad.

Vad är det med mig, tänkte Malin och försökte ruska av sig obehaget. Lisen är min bästa vän. Det handlar om en månad. Jag kommer ha halva juli och hela augusti till att göra det som jag har planerat.

Skamsen över sin motvilja och rädd att Lisen skulle märka hennes tvekan, lade hon handen över Lisens och log uppmuntrande.

– Jag ska göra mitt bästa, sa hon.

– Nej, nu flyttar vi in, sa Lisen. Det är för kallt att sitta kvar ute. Jag sätter på kaffe.

Malin slog sig ner i soffan i Lisens vardagsrum. Den småblommiga soffgruppen gav ett lantligt intryck och harmonierade fint till det vita soffbordet och matgruppen. En tjock lindblomsgrön ryamatta gav värme åt rummet. Fyra akvareller med Österlenmotiv som Malin målat, satt uppsatta på ena kortväggen. Det var avspänt, hemtrevligt och Malin lade upp fötterna på soffans armstöd. Tveksamheten inför det nya ansvaret gav vika för en rofylld känsla som ofta infann sig när hon var Lisen.

Lisen skramlade med kopparna ute i köket, hon nynnade obekymrat till ackompanjemang av kaffebryggarens sörplade. Ljuset från billyktor som närmade sig ute på vägen, syntes genom vardagsrumsfönstret och reflekterades i hallspegeln. Någon minut senare knackade det på ytterdörren och Erik klev in i hallen.

Han gick vidare in i köket och lade armarna runt Lisen. Deras omfamning var så intim att Malin blev generad där hon satt och såg rakt in i köket. Lisen drog sig ur Eriks famn.

– Det här är min bästa vän, Malin, sa hon och visade med handen in mot vardagsrummet.

Malin reste sig och gick ut i köket.

– Hej, sa Erik och räckte fram handen till Malin. Dig har jag hört mycket om.

– Bara bra saker hoppas jag, sa Malin.

– Ja absolut, sa Erik och blinkade med ena ögat.

Till sin förargelse rodnade Malin inför Eriks flörtiga blick.

– Det är nog dags för mig att gå hem, sa hon.

– Nej, låt inte mig förstöra kvällen för er, sa Erik. Jag hade vägen förbi och tänkte lämna av en resväska som Lisen ska ha när vi åker till Barcelona.

Han gick ut till bilen och kom tillbaka med väskan som han satt ner på hallgolvet.

Malin kunde inte undvika att lägga märke till att det var en märkesväska som säkert kostade skjortan.

– Stannar du och dricker kaffe med oss? sa Lisen.

– Självklart, om ni vill ha mig här tar jag gärna en kopp.

– Lisen berättade att du snart ska doktorera, sa Malin.

– Jag räknar med att disputera i september om allt går enligt planerna.

– Vad handlar din forskning om?

– Jag forskar inom mikrobiologi, hur smitta förs mellan djur och människor.

Erik lade armen om Lisens axlar. Lisen såg så lycklig ut. Hela ansiktet log och ögonen glittrade som på en förälskad tonåring. Malin hade svårt att se på. Hon undrade över om hon någonsin skulle våga släppa taget så totalt som Lisen gjorde. Lisen var sådan till sin natur. Hon hängav sig fullt ut i sina relationer. Det skulle Malin aldrig kunna, hon som uppfostrats med att självständighet var den viktigaste av alla egenskaper en kvinna skulle ha. Hon funderade på om det var hennes mamma som spikat fast den inställningen så hårt.

Malin hade svårt att värja sig mot Eriks charm. Hans blå ögon kontrasterade mot hans nästan svarta hår. Han var solbränd, klädd i välskräddade jeans och en vit pikétröja. Att han tillbringade många timmar på gymmet gick inte att undgå.

Lisen gick ut i köket och hämtade kaffet som hon hällde upp. Sedan kröp hon ihop bredvid Erik i soffan. Malin drack snabbt upp sitt kaffe och reste sig.

– Det börjar bli dags att gå hem, sa hon. Jag har en massa att ordna med inför resan.

– Vänta lite, sa Lisen. Jag tyckte jag hörde Olivia. Det vore bra om vi kunde tala med henne redan i kväll.

I samma stund smällde det till i ytterdörren och Olivia klev in i vardagsrummet. Hon stannade mitt på golvet när hon fick syn på dem.

– Hej gumman, sa Lisen, utan att dra sig ur Eriks famn. Vill du ha något att äta?

Olivia mörknade när hon tittade på Lisen och Erik.

– Jag är inte hungrig, svarade hon.

Hon såg trött, blek och mager ut, på gränsen till sjukligt spinkig. Det långa kastanjebruna håret hade hon satt upp i en svans mitt uppe på huvudet. Det fick hennes nacke att se långsmal ut och gjorde ett så vekt intryck att Malin ryckte till.

Att jag inte lagt märke till hur hon har förändrats, tänkte Malin.

Olivia var klädd i svarta åtsittande jeans och en svart tröja som var flera nummer för stor. Hon hade piercat sig i ena ögonbrynet sedan de sågs sist.

Så olik Lisen, tänkte Malin.

– Hej, sa hon till Malin. Hur är det med Ellen?

– Bra. Hon är hos sin pappa den här helgen.

– Jag har frågat Malin om Yngsjö, sa Lisen.

– Och? sa Olivia.

– Du är välkommen att följa med, sa Malin.

– Är det någon som bryr sig om vad jag tycker?

Olivias röst var gäll, hon stirrade ilsket på Lisen, vände sig om och lämnade rummet. De hörde hur hon slog igen dörren in till sitt rum med en smäll.

– Vi får diskutera det senare, sa Lisen och suckade.

Kapitel 2

Ljudnivån i skolmatsalen var nästan öronbedövande. Olivia balanserade en bricka med köttbullar och mos och ett glas mjölk. Sofia gjorde tecken med huvudet mot ett ledigt bord längst ner vid fönsterväggen. De slog sig ner och Olivia torkade av såsfläckar på bordet med sin servett. Hon hatade kladdet i matsalen. Småungarna i lågstadiet som spillde och vände smörgåsar upp och ner. Det var äckligt, fick henne att må illa. På våren när solen stod lågt och avslöjade varenda smula ville hon helst undvika att äta i skolan.

– Jag tänker skolka resten av dagen, sa Sofia. Hänger du med till skogen? Marcus och Johannes kommer när vi har ätit.

– Vet inte, sa Olivia. Morsan blir tokig om hon får veta att jag skolkat igen.

– Kom igen! sa Sofia. Johannes är dökär i dig. Förresten, följde du med honom hem i lördags?

Olivia blev varm om kinderna när hon tänkte på lördagskvällen hemma hos Johannes. De hade hånglat i hans säng när hans brorsa kom hem, ryckte upp dörren och tände lampan mitt i ögonen på dem. Hon hade skamset satt sig upp med täcket uppdraget till hakan. Johannes hade retat henne för att hon var blyg och hämmad. De hade varit ihop i två månader och det var dags att hon slappnade av, tyckte han. Vid senare eftertanke hade hon blivit alldeles kall när hon tänkte på att det lika gärna kunde ha varit Johannes föräldrar som stormat in.

23

Olivia körde runt en köttbulle med gaffeln på tallrikskanten. Hon var inte hungrig, kände sig illamående av matlukten i lokalen.

Sofia lutade sig fram mot henne.

– Jag kan fråga mamma om hon kan ordna så du får p-piller. Hon är kompis med en som jobbar på ungdomsmottagningen.

– Kanske, sa Olivia och tittade ner i bordet.

Illamåendet blev än mer påtagligt när hon tänkte på att behöva anförtro sig till Sofias mamma. Det hade känts bättre att kunna fråga sin egen mamma, fast Lisen skulle aldrig gå med på det. Hon gillade inte Johannes. Efter att hon fick syn på Olivias piercing i naveln, som hade varit Johannes idé, var han inte längre välkommen hem till henne. Det var i alla fall vad hon skyllde på. Fast Olivia misstänkte att Lisen hade snokat runt. Hon var misstänksam mot Johannes och Olivia hoppades att Lisen inte hade talat med personalen på ungdomsgården. Marcus, Johannes och några andra killar från Tumba, var portförbjudna där, efter att det försvunnit pengar och en mobiltelefon.

– Johannes har säkert kondomer, pladdrade Sofia vidare. Marcus och jag använde det i flera månader innan jag fick p-piller.

Olivia knuffade till Sofia med armen när en av lärarna närmade sig och försökte med blicken få henne att vara tyst.

– Glöm inte att vi ska ha laborationer i dag, sa Ola som vikarierade för den ordinarie kemiläraren.

Han blinkade mot Olivia och Sofia som båda rodnade. Ola var så jäkla snygg. Kunde inte vara mer än några år äldre än eleverna i nian.

De reste sig och gick mot utgången. Olivia tömde mjölkglaset och skrapade av matresterna i plastsäcken som var upphängd där de ställde disken. Ute var himlen klarblå och alla barn hade slängt av sig ytterkläderna i sommarvärmen. Skolgården pulserade av liv. De yngre barnen hoppade rep och spelade kula. Till och med niorna som oftast satt i uppehållsrummet och spelade kort, satt vid husväggen med ansiktena riktade mot solen.

Marcus och Johannes stod utanför skolgården och väntade. Det pirrade till i Olivia när hon såg Johannes. Han var häftig, såg farlig ut med det kolsvarta håret, piercing i ögonbrynen och i överläppen. Hon sneglade mot skolgården och såg tjejerna i klassen som glodde efter dem. Avundsjuka så klart.

– Hänger ni med? ropade Johannes när han fick syn på Olivia och Sofia.

Olivia hängde skolväskan över axeln och de småsprang över skolgården. Hon slängde en blick över axeln för att se om någon lärare iakttog dem.

– Vi tar mopparna till skogen, sa Marcus.

Han flinade i samförstånd mot Johannes.

De följdes åt till cykelparkeringen där mopederna stod parkerade.

– Vi ska inte bli stoppade av snuten i onödan, sa Johannes och räckte över en hjälm till Olivia.

Flickorna hoppade upp bakpå och Olivia slog armarna runt Johannes och lutade huvudet mot hans rygg. Värmen från hans kropp fick det att kittla i magen av förväntan och hon tryckte sig närmare honom. De körde iväg mot ett skogsområde några kilometer från skolan. Olivia njöt av den ljumma vinden och känslan av frihet. En vecka kvar, sen var det sommarlov. De drog in mopederna intill en dunge där unggranar växte tätt. Det täta grenverket rev i kläder och hår när de trängde sig in i en glänta med mjukt gräs. De hade varit där flera gånger tidigare och visste att där kunde de vara ostörda.

– Här är nog en sovplats för något djur, sa Marcus. Det kanske är den där vargen som det stått om i tidningen.

Olivia rös till och tittade sig ängsligt omkring.

– Vad äckligt, sa Sofia. Då finns det kanske loppor här.

– Fjanta dig inte, sa Marcus och drog ner Sofia i gräset.

Det doftade av granbarr och fuktig jord. Den täta skogen släppte inte igenom någon sol och Olivia huttrade till och flyttade sig närmare Johannes.

Marcus tände en joint, drog ett djupt halsbloss och lät den sedan gå runt. Olivia sög in röken djupt ner i lungorna och haschet verkade inom någon minut. Ruset gjorde henne upprymd. Hon började fnittra. Det gick inte att hejda. Doften från granarna blev intensiv. Fågelsången, som hon tidigare inte lagt märke till, blev som musik i öronen. Det var skönt och hon mådde bättre än på länge. Jointen gick runt. Hon såg att Sofia drog djupa halsbloss med slutna ögon innan Marcus tog ifrån henne jointen och lät den fortsätta ytterligare ett varv. Först när glöden kommit ner så långt att den brände Marcus på läpparna slängde han den ifrån sig. Olivia försvann in i fantasier, såg sig själv och Johannes vandra hand i hand på en strand. Hon hörde hur Marcus och Sofia avlägsnade sig. Deras röster kom långt bortifrån. Hon brydde sig inte. Lät sig vaggas av sin dröm där vågornas brus ackompanjerade Johannes kärleks-

26

betygelser som han viskade till henne. Hon rycktes tillbaka till verkligheten av Johannes hand som klämde till runt hennes bröst. Det gjorde ont. Hon försökte sätta sig upp men han tryckte ner henne i gräset. Hon var så trött. Hjärnan orkade inte reagera. Hon tänkte att det kändes som när hon drömde att hon sprang, benen rörde sig men hon kom ingenstans. Kroppen vägrade lyda. Johannes satte sig upp, fumlade en stund med knappen i hennes byxlinning innan han lyckades få upp knäppningen och drog ner hennes jeans och trosor. Äntligen släppte förlamningen.

– Nej! sa hon och knuffade undan honom. Inte här.

Hon kom upp på fötter och drog fumligt upp jeansen. Skammens rodnad brände på kinderna. Hon sneglade på Johannes som satt kvar i gräset med uppdragna axlar och stirrade på henne. Han strök fingrarna genom håret på ett sätt som hon lärt sig betydde att han var frustrerad och sur. Samma gest hade han gjort när hans bror överraskade dem i lördags. Hon var gråtfärdig, ville inte göra honom besviken igen, men visste inte vad hon skulle säga eller göra för att släta över.

Med solen i ryggen kom Sofia och Marcus krypande, som två mörka siluetter, mellan de täta granstammarna. Olivia kunde inte hindra det gråtfyllda fnitter som trängde fram när hon såg Sofias rufsiga hår fullt med granbarr och torrt gräs. Sofia tittade på Olivia med ett frågande uttryck. Olivia vek undan från hennes blick. Hon skulle berätta för Sofia senare, när de var ensamma.

– Nu sticker vi hem, sa Marcus. Klockan är snart sju. Jag ska följa med farsan och kolla på en bil.

– Jag hänger med, sa Johannes och undvek att titta på Olivia.

Hon borstade av gräs som fastnat på kläderna och följde efter Johannes. Hon satte sig tillrätta på mopeden. Det kändes inte lika självklart att lägga armarna runt honom som när de åkte hit. Det hade hänt något, hans kropp värmde henne inte längre, den var avvisande och stel.

– Följer du med mig hem? ropade Sofia till Olivia. Jag är ensam till nio i kväll. Mamma jobbar sent.

Olivia nickade ett okej.

Jag vågar ändå inte gå hem än, tänkte hon. Mamma kommer bergis märka att jag har rökt på.

Marcus och Johannes körde upp framför Sofias hus, bromsade in med sladdande däck som sprätte upp småsten. Flickorna hoppade av. Sofia och Marcus kysstes ogenerat, Olivia tittade ner i asfalten, stod där med hängande armar utan att våga möta Johannes blick.

Sofia bodde i en av de fristående villorna i området. Hon var van att klara sig själv. Hennes pappa var sällan närvarande, han reste i jobbet och var bara hemma på helgerna och hennes mamma jobbade oregelbundna tider på sjukhuset.

De hjälptes åt att steka två hamburgare som Sofia tog ur frysen.

Köket hos Sofia var olikt Olivias. Här var det rena ytor. Inga onödiga prylar stod framme. Köksluckorna var svartlackerade och kylskåp, diskmaskin och mikrovågsugn var av rostfritt stål.

Olivia tyckte att det var flott. Så här ville hon ha det när hon flyttade hemifrån inte det vita och lantliga som Lisen älskade. En period hade Lisen samlat på små prydnadsgrisar. De fanns i varierande storlekar och former och tog upp den mesta av hyllor och fönsterbrädor. Olivia tyckte det var pinsamt när hon hade kompisar hemma.

– Vill du ha en cola? sa Sofia. Det piggar upp när man har rökt.

– Mm, gärna.

Olivia kände sig matt, knälederna var mjuka som gummi. Hon längtade till ensamheten på sitt rum men insåg att hon måste vänta minst två timmar innan hon kunde visa sig hemma.

– Jag har börjat chatta med en tjej som heter Diana, sa Sofia.

Hon lutade sig fram över bordet, tog ketchupflaskan och tryckte ut en stor klick över sin hamburgare.

– Diana hjälper unga tjejer att bli modeller, fortsatte hon.

– Vad coolt! sa Olivia och tuggade glupskt i sig sin hamburgare, plötsligt medveten om hur hungrig hon var.

– Jag har mailat henne bilder. Hon vill att jag ska skicka fler. Hon tänker lära mig hur jag ska stå framför kameran för att bilderna ska bli bra.

Hon rullade med höfterna, plutade med munnen och snodde ihop håret uppe på huvudet. Båda skrattade åt Sofias försök att se sexig ut.

– Är du säker att hon är schyst? sa Olivia.

– Absolut! sa Sofia. Hon betalar för bilderna som jag mailar henne. Hon laddar kortet till mobilen. Hundra kronor har jag fått för en bild som hon tyckte var bra.

Hon tog fram en påse Twist från skafferiet och bjöd Olivia.

– Det är morsans, sa hon. Jag är så godissugen, kan inte låta bli när det finns hemma.

– Tänk om det är en bluff, sa Olivia. Tänk om bilderna hamnar på Facebook. Då kanske hela skolan får se.

– Nej. Hon har berättat att hon äger en modellagentur. Jag googlade henne. Hon har en hemsida som visar bilder på hennes ateljé och länkar till kända modetidningar som hon säljer bilder till. Det går att anmäla sig på sidan.

Olivia såg tvivlande på Sofia. Hon var trögtänkt efter haschruset. Sofia var alltid mycket modigare och mer framåt än hon. Olivia undrade ofta över hur Sofia kunde vet så mycket mer än vad hon gjorde. Hur hittade hon allt spännande?

– Hon har hjälpt massor av svenska tjejer med modellkontrakt, fortsatte Sofia. Det finns bilder på tjejerna som blivit modeller på hemsidan. De blir skitsnygga när de blir sminkade av proffs. Jag kommer i alla fall att ta chansen. Prova du också. Kom, vi går till mitt rum så ska jag visa dig.

Flickorna slog sig ner vid skrivbordet. Sofia knäppte på datorn och skärmen blinkade till. Olivia vart svettig i handflatorna och det pirrade i magen. Sofia klickade sig ut på Internet och loggade in på heting.se. De fick kontakt efter någon minut.

Hej Sofia, skrev Diana. *Kul att du är på chatten i dag igen. Om du har lust föreslår jag att vi fortsätter där vi slutade sist. Jag vill att du poserar framför webbkameran. Jag vill se hur du rör dig.*

Sofia drog för gardinerna och tog av sig i underkläderna utan att tveka. Diana hade sagt att det var omöjligt för henne att avgöra om hon passade som modell om hon hade kläder på sig. Diana gav instruktioner som Sofia följde. Hon instruerade hur hon skulle gå och stå framför kameran. Hon bad henne ta av sig behån och uppmuntrade henne att inta olika positioner. Hon gav hela tiden komplimanger.

Olivia blev obehaglig till mods. Hon tyckte att det liknade porr. Såg inte alls ut som när modeller rör sig på en catwalk.

Sofia var obekymrad och tycktes snarast njuta av situationen. Kinderna glödde och hon log hela tiden mot kameran.

Diana skrev att hon gillade vad hon såg. Hon var övertygad om att Sofia skulle kunna gå långt. Hon lovade att visa foton för de rätta kontakterna. Förutsättningen var att Sofia skaffade sexiga underkläder. Det skulle se proffsigt ut. Diana lovade att hjälpa till med pengar.

Så blev det Olivias tur. Hon var blyg och tafatt, tvekade innan hon tog av sig tröjan. Ansiktet hettade. Hon blev medveten om sina små bröst. Hon var för mager och saknade de yppiga former som Sofia hade. Hon fick stålsätta sig för att inte rusa därifrån. Diana uppmanade henne att sträcka på sig och hålla händerna bakom ryggen. Hon berömde henne och bad henne ta av sig. Hon fick behålla trosorna på. Olivia var stel som en pinne. Knäna darrade och det var omöjligt att röra sig naturligt. Hon var gråtfärdig. Diana berömde henne, sa att hennes slanka figur var precis den rätta för modebranschen. Hon instruerade henne att inta olika utmanande ställningar. Olivia vågade inte annat än att lyda. Sofia nickade uppmuntrande mot Olivia.

Det smällde till i ytterdörren.

– Det är mamma, sa Sofia. Vi måste klä på oss. Skynda dig!

Med en blandning av lättnad och förskräckelse slet Olivia åt sig kläderna och drog på sig jeans och tröja så snabbt hon kunde. Behån knölade hon ner i jeansfickan.

Sofia släckte ner Internetsidan och stängde av datorn.

– Hallå! ropade Helene från nedervåningen. Är du hemma?

– Ja, jag är hemma, svarade Sofia. Olivia är här. Vi pluggar matte.

– Jag sätter på te, ropade Helene tillbaka.

– Jag går hem nu, sa Olivia.

Hon hade ingen lust att träffa Helene. Hon var skuldmedveten över allt som hänt under dagen och var övertygad om att det syntes lång väg. Helene jobbade som sjuksköterska på Huddinge sjukhus akutmottagning och skulle säkert upptäcka om hon fortfarande var påverkad. Sofia följde henne ner till hallen och Olivia lyckades smita ut utan att Helene såg henne.

Det tog en kvart att gå hem från Sofia. Hon tänkte på dagen med Johannes och Marcus. Det var tredje gången hon hade rökt hasch, visste inte om hon gillade det. Det hettade i kinderna när hon tänkte på hur Johannes hade dragit ner hennes byxor. Hon ville inte ha det så. Inte i skogen. Hon hade föreställt sig att det skulle vara romantiskt, att de skulle kyssas och att Johannes smekningar skulle väcka hennes lust. Strupen drogs ihop och hon fick behärska sig för att inte börja gråta.

Obehaget växte när hon tänkte på chatten med Diana. Ställningarna hon stått i framför webkameran kändes fel. Fick henne att undra om det verkligen handlade om modefotografering.

Olivia var försjunken i tankar när hon halvsprang med blicken i asfalten. Hon märkte inte hur ljum försommarkvällen var, såg inte att Karlssons syrenhäck stod i full blom när hon passerade. Hon som älskade grannens trädgård när hon var yngre. Där hade hon druckit saft och ätit hembakade kanelbullar som Birgit hade bakat. De rosalila blommorna var tecken på att det snart var sommarlov. När hon gick i lågstadiet hade hon fått bryta några kvistar att ta med till fröken på examen.

När hon kom hem och klev in i hallen såg hon att Erik satt i vardagsrummet. Han satt med ryggen mot henne, djupt försjunken i sitt arbete i datorn, och märkte inte att hon kom.

Mamma jobbar nog fortfarande, tänkte hon. Jag har ingen lust att vara ensam med honom. Jag hatar honom. Han är slipprig och försöker ställa sig in. Han ska inte tro att han kan vara någon jävla farsa till mig.

Hon smög förbi honom in till sitt rum, slängde sig på sängen och borrade ner ansiktet i kudden. Hon hörde att han gick ut i hallen.

Nu ser han mina skor och vet att jag är hemma, tänkte hon.

Hon reste sig från sängen, gick fram till dörren och vred om nyckeln.

Kapitel 3

Den gamla Volvon var överlastad av all packning och Malin var rädd att avgasröret skulle slås sönder mot den gropiga vägen. Äntligen skymtade hon stugan bakom småväxta tallar. Axlarna sjönk på plats och hon suckade lättad. Hon hade alltid tyckt att den nästan sextio mil långa bilresan var jobbig. Nu när hon tvingades köra hela vägen själv var det ännu värre. Hon slog upp bildörren, satt kvar och njöt av friden. Det var tyst förutom fåglarna som så här års höll konsert. Inte som hemma där ljudet från bilar, grannar som klippte gräs och annat oljud ständigt hördes. Ellen sov. Hon lutade huvudet mot vindrutan där solen lös in och fick håret i hennes panna att bli fuktigt av svett. En smal sträng saliv rann från mungipan nerför hennes haka. Malin skakade henne milt.

– Ellen, vakna.

Ellen slog upp ögonen, sträckte på sig och tittade sig sömnigt omkring.

– Är vi framme? sa hon och gäspade.

– Ja, äntligen.

Malin klev ur bilen och sträckte på sig

– Får jag gå och se om Lucas är hemma? sa Ellen.

– Kan du inte lugna dig? Jag behöver hjälp att packa ur bilen.

Sommarhusets ljusgula väggar var blekta och färgen flagnade på utsatta ställen. Inte mycket hade ändrats sedan hennes föräldrar köpte fastigheten för mer än fyrtio år sedan. Det var kallvatten i köket och torrdasset användes fortfarande. Robert och hon hade planerat att modernisera. Nu fick det bero, ensam klarade hon inte av att finansiera en ombyggnad.

Malin låste upp ytterdörren och slog upp den på vid gavel. Det luktade instängt, som alltid när huset hade stått tomt i mer än ett halvår. Hon slog upp fönstren och döda flugor, som under hösten sökt vinter-härbärge i karmarnas springor, rasade ner på fönsterbrädorna. Utifrån kom doften av nyklippt gräs och hon sände en tacksam tanke till grannen Nils Persson, som hjälpte henne med att titta till huset och se till så att trädgården inte växte igen.

Förra sommaren var vi tre när vi kom hit, tänkte hon. Så naiv jag var. Gick där i min tomtebolycka medan Robert levde dubbelliv. Hur klarade Robert att dölja sitt svek? Hur kunde han? Hur kunde Bettan? Hennes kollega sedan sex år.

Hon försökte skaka av sig känslan av olust. Fick inte grubbla och bli bitter.

Hon såg Ellen genom fönstret och slogs av hur fort åren hade gått. Ellen skulle fylla nio år i höst. Det var ofattbart. Hon blev full i skratt när hon såg henne kämpa med väskan som hon fyllt med böcker, Barbie-dockor, simfötter och allt hon inte kunde tänka sig att vara utan under sommaren.

– Jag kommer och hjälper dig, ropade hon skrattande genom fönstret.

De hjälptes åt att packa upp och bädda sängarna. Ellen gick iväg till Lucas och Malin slog sig ner på verandan med en kopp kaffe. Rottingstolen knarrade hemtrevligt under hennes tyngd. De små spröjsade fönsterrutorna var prickiga av flugskit, fast det störde henne inte. För en gångs skull hade hon tid. Musklerna mellan skulderbladen värkte inte längre och hon kunde få ner andetagen i magen. Hon suckade och kände att mungiporna hade dragits upp i ett leende.

Tre månader ledigt från jobbet, tänkte hon. Sen ska jag bestämma mig om jag ska gå tillbaka eller söka något annat.

Samarbetet med Bettan fungerade inte längre. Hon var pinsamt medveten om att hon betett sig barnsligt och oproffsigt på jobbet. Vem fan skulle inte det, i den bisarra situationen? hade hon försvarat sig.

Malin slängde en blick på klockan. Snart halv sju.

Jag hinner plocka fram målardukarna, tänkte hon och blev med ens sugen på att sätta igång.

Två stafflier var kvar sedan förra sommaren. Golvstafffliet stod alltid uppställt. Fältstafffliet använde hon knappt. Hon målade sällan ute i naturen, använde i stället digitalkamera och målade av fotografier från datorskärmen. Det var enklare så.

Fyra påbörjade oljemålningar hade hon tagit med. En var ett surrealistiskt kvinnoporträtt som hon påbörjat samma vecka som Robert flyttade till Bettan. Det var starka känslor som avspeglade sig i kvinnans ansikte, resultatet av den kris hon befunnit sig i.

Hon stirrade på bilden. Den påminde om Bettan. Det hade hon inte sett tidigare. Näsan och uttrycket i ögonen var definitivt hennes. Den sammanbitna munnen och det röda ostyriga håret, däremot, gick inte att ta miste på. Det var hennes.

Vi är kanske lika varandra, tänkte hon. Fast Bettan är strikt och korrekt, passar Robert bättre än vad jag gör. Kaxiga och viljestarka är vi båda.

Han kommer inte få det lättare med henne, tänkte hon och något som liknade skadeglädje spratt till i mellangärdet.

Hon nitade fast kvinnoporträttet på en kilram och ställde upp det på staffliet. Det var faktiskt riktigt bra. Fick hon bara bort likheten med Bettan skulle hon nog kunna förlikas med målningen.

För tre år sedan, när hennes pappa dog, hade hon övertagit huset. Redan första sommaren gjorde hon om en del av vardagsrummet till sin ateljé, bar ut det mesta av möblerna och målade väggarna vita. Ateljén var det bästa rummet. Ljust och luftigt. Hon hade velat göra huset till sitt, ville utplåna minnet av de sista somrarna med föräldrarna som hade varit svåra. Hennes mammas galopperande demens som hennes pappa gjorde allt för att dölja.

Stackars pappa, tänkte hon. Du var så mån om att hålla fasaden uppe. Kämpandet tog knäcken på dig till slut.

Det gamla matbordet hade hon målat i en ljust grå färg. Det var utmärkt som arbetsbord. En lagerhylla från IKEA rymde hennes färger, penslar, flaskor med terpentin och linolja och nödvändigt arbetsmaterial. Fåtöljen med det grå lammskinnet fungerade som betraktelse- och meditationsplats. Vindspelet i fönstret var en födelsedagspresent från Lisen. Robert gillade inte när hon hängde upp det. Han tyckte att det klingande tonerna var flummiga. Det doftade av terpentin och färg trots att det var nio månader sedan hon målat här senast. Hon älskade doften. Den väckte minnen och gav tröst.

Efter gymnasiet gick Malin två terminer på Nyckelviksskolans konstutbildning. I dag ångrade hon att hon inte tog studierna på mer allvar. Det blev istället kvällar och nätter med rödvin, sex och djupa diskussioner om livets allvar. Arbetsproverna tog henne inte till Konstfack. Besviken lade hon konstnärsdrömmarna på hyllan. Hon sökte till universitetet och pluggade till socionom istället.

Efter att Robert flyttat hade skaparlusten slagit klorna i henne, starkare än någonsin. Det var i alla fall något gott skilsmässan haft med sig. Hon hade blivit medveten om hur viktigt det var att satsa på egna intressen. Hon var bra, riktigt jäkla bra. Tidigare somrar hade hon bara målat sporadiskt, när familjen inte hade krävt annat av henne. Aldrig mer skulle hon låta andra styra hennes liv.

Det började bli kyligt. Malin drog på en grå ylletröja och beslöt sig för att kolla omgivningarna. Hon konstaterade att den gamla cykeln, som stått ute hela vintern, saknade luft i båda däcken. Hon beslöt att promenerade istället, tänkte se om Stefan var hemma. Hon hoppades att han inte var i lägenheten på Kungsholmen, där han ibland bodde för att inte tappa kontakten med storstaden. Stefan var tandläkare. Han hade sålt sin praktik när han fyllde femtio. Han var ekonomiskt oberoende och hade bestämt sig för att satsa på sin stora hobby keramiken.

Stefan bodde i en gammal skola som byggts om till keramikverkstad och bostad. Verkstaden hade han inrett i den ena av de två skolsalarna. Den andra tjänade som utställningslokal. Han bodde på övervåningen som var smakfullt renoverad. Hon och Robert hade varit där flera gånger och inspirerats av hans goda smak.

Hon knackade på ytterdörren och tryckte ner handtaget. Dörren var låst. Det lös i verkstaden. Hon gick fram till fönstret, drog fram en trädgårdsstol och lutade ryggstödet mot väggen. Med båda händerna på fönsterblecket, ställde hon sig på tå och tittade in.

Stefan stod lutad över keramikugnen med ryggen mot fönstret. Han plockade ur glaserade muggar och ställde dem i en trälåda på golvet.

Hon knackade på fönstret.

Stefan ryckte till och vände sig om. Ansiktet sprack upp i ett leende när han fick syn på henne. Han tecknade åt henne att gå mot ytterdörren samtidigt som han själv gick för att öppna. Dörren slogs upp och han gav henne en kamratlig kram.

– Vad glad jag är att se dig, sa Stefan. Hur har du det? Är det bra?

Hans varma omfamning och omtanken i hans röst fick ögonen att tåras.

– Det är bra, lyckades hon pressa fram.

Han sköt henne ifrån sig, höll kvar greppet om hennes axlar.

– Jag hörde vad som hänt, av Nils Persson. Inga detaljer, bara att ni har separerat.

– Det har varit det jävligaste året i mitt liv. Jag var så oförberedd. Fast det är bättre nu. Måleriet har varit min räddning.

Han förde in henne i huset, släppte taget om henne och drog fingrarna genom håret.

– Jag känner igen det. När Lena och jag skildes begravde jag mig i arbete Jag mådde inte bättre för det, blev bara mer frustrerad. Det var först när jag kom igång med keramiken som läkningsprocessen startade.

Kom ska jag visa dig vad jag har sysslat med under vintern.

Som om hon var där för första gången och inte visste vägen tog han hennes hand. Hon lät det ske, försökte låtsas oberörd. Hans näve var varm av ugnsvärmen och hans starka fingrar höll henne i ett stadigt grepp. Hon lät sig föras genom en lång mörk hall som hon gissade hade varit ingången till den före detta lärarbostaden. Han tände belysningen i taket när de kom in i utställningslokalen och såg så stolt ut att hon blev full i skratt. Han titta förväntansfullt på henne, som om han ville se hennes reaktion. Malin gapade av överraskning. Det såg annorlunda ut än förra sommaren. En hel del av bruksföremålen hade bytts ut mot fantasifulla skulpturer. Mestadels var det kråkfåglar med en mänsklig uppsyn. Hon betraktade de uttrycksfulla fåglarna förundrad över att han lyckats ge dem så olika uttryckssätt.

– De är fantastiska, sa hon.

– Jag såg ett reportage på teve om en kille som forskar på kråkfåglar, sa Stefan. Han har kommit fram till att de är lika intelligenta som människoapor och delfiner. Det gav mig idén till utställningen. Varje fågel har en mänsklig förebild.

– Är jag med? sa hon och skrattade.

– Det är upp till betraktaren att avgöra. Titta noga och se om du känner igen dig i någon.

Hon gick runt och tittade närgånget på varje fågel med ett leende på läpparna.

– Den där är nog jag, sa hon. Den ser förvirrad ut, ungefär som jag har känt mig senaste året.

Stefan hade ställt sig nära och betraktade henne med en outgrundlig min som gjorde henne generad.

– Nej, nu får vi fira att du är här, sa han och drog sig undan henne. Vill du ha ett glas vin?

De tog sig upp för den smala trappan till vardagsrummet. Malin slog sig ner i soffan. Rummet var vackert. Avlutade möbler var blandade med bekväma moderna. Ett stort rustikt soffbord stod mitt på golvet, belamrat med tidskrifter och facklitteratur om keramik. Det flesta på engelska kunde hon se. Stefans keramik prydde hyllor och de djupa fönstersmygen.

Han korkade upp en flaska Monte Vecchio och slog upp var sitt glas. Han räckte det ena till henne.

Det fanns frågor i hans ögon, i hans ansikte. Hon undvek att se på honom, låtsades studera en tidskrift, och sa något fånigt om vädret och hur fin våren hade varit.

– Hoppas att vi får en kreativ sommar, sa han och höjde sitt glas.

– Det är jag övertygad om, sa Malin och tog en klunk av vinet. Det känns fint att vara här. Jag har tagit tjänstledigt och kommer att stanna i tre månader.

Han visslade till.

De log mot varandra och hon såg en glimt i hans ögon. Han såg glad och förväntansfull ut.

– Ateljén kommer att bli flitigt använd, förstår jag.

– Ja, det är vad jag har tänkt, sa hon. Jag ska ta hand om min väninna, Lisens, dotter en månad också. Förhoppningsvis kullkastar det inte mina planer att satsa seriöst på måleriet. I bästa fall blir Olivia, som hon heter, sällskap för Ellen. Jag kanske till och med får mer tid för konsten.

– Hur gammal är Olivia?

– Snart sexton. Hon har kommit i olämpligt sällskap. Lisen är angelägen om att hon kommer ifrån Salem.

De satt tysta och smuttade på vinet. Malin njöt av närheten till Stefan. Det var inte alls påträngande, snarare tryggt och en smula skrattretande. Det var länge sedan hon suttit så här. Varit ensam med en karl och ett glas vin. Hon började bli lite berusad, fick lust att locka honom till soffan och luta huvudet mot hans bröst.

– Vi kanske kan göra något tillsammans, sa Stefan och lutade sig fram över soffbordet. Jag tror att dina tavlor skulle göra sig bra tillsammans med mina skulpturer. Vad tror du?

– Menar du allvar?

– Självklart. Det är alltid roligare att dela en upplevelse. Jag har en del kontakter i Stockholm och i Malmö som kan hjälpa till med utställningslokaler. Här i trakten är det alldeles för dött när turisterna har åkt hem. Vad säger du?

– Det låter för bra för att vara sant. Jag har aldrig ställt ut för allmänheten tidigare.

– Då är det dags att testa, sa han.

Malin slängde en blick på klockan, den var över tio. Hon reste sig hastigt upp.

– Jösses, vad klockan har blivit mycket. Jag måste hem. Hoppas Ellen är kvar hos Lucas. Annars hade hon väl ringt.

Stefan följde henne till ytterdörren, tog båda hennes händer i sina.

– Jag är glad att du är här, sa han. Får jag bjuda dig och Ellen på middag i morgon?

– Lisen kommer med Olivia. Hon har sin nya kärlek, Erik, med sig. Du kan väl komma till oss istället?

– Gärna, sa han och kramade om henne.

Malin småsprang hem.

Stötte Stefan på henne? Hon begrep inte signalen, hade inte haft någon träff sedan hon träffat Robert för sexton år sedan. Hennes ungdoms flirtar var avlägsna, som om det hade hänt i ett annat liv.

Herre Gud, jag är som en gammal nucka, tänkte hon. Kanske har han inte några sådana avsikter, är bara mån om att vara en god vän.

Hon såg det flimrande ljuset från teven genom fönstret när hon kom fram till trädgårdsgången. Hon skyndade in i vardagsrummet och hittade Ellen sovande på soffan. Malin strök henne skuldmedvetet över håret. Ellen öppnade sömnigt ögonen.

– Pappa har ringt, sa hon och orden snubblade ur munnen på henne. Han blev jättesur när jag var ensam hemma.

– Du sa väl att jag bara var ute och tog en kvällspromenad?

– Nej, jag sa att jag inte visste var du var. Jag var faktiskt rädd. Du vet att jag inte tycker om att vara ensam.

Hennes röst var full av anklagan. Och det var inte bra, inte bra alls ur många aspekter.

– Förlåt, sa Malin och sträckte armarna mot henne. Jag lovar att det inte ska hända igen.

Ellen kröp in i hennes famn och flickans varma andedräkt gjorde Malin fuktig på halsen.

– Jag älskar dig, mumlade hon mot hennes hår. Vi ska ha en fin sommar du och jag. I morgon kommer Olivia. Ni kommer att få lika kul som Lisen och jag hade när vi var barn. Kanske kan vi hämta mormor någon dag också.

Fan, att hon varit så tanklös och inte haft koll på Ellen. Ringde Robert och kollade henne? Hon var inte ett dugg förvånad om det var så. Vad var han ute efter? Han hade gjort antydningar som nästan skrämt vettet ur henne. Påstått att han och Bettan kunde erbjuda Ellen en tryggare tillvaro. Hon skulle få växa upp i en familj med bonussyskon och... Åt helvete med Robert och Bettan. Aldrig någonsin skulle hon gå med på något sådant. Det fick bli över hennes döda kropp.

Kapitel 4

S tefan parkerade skåpbilen på grusplanen och
tog några långa kliv uppför trappan. Dörren
stod öppen och han steg in.

– Är det någon hemma? ropade han. Jag har med
mig nybakat bröd till middagen.

– Jag kommer, svarade hon, ska bara klä mig.
Hon drog på sig jeans och en nystruken skjorta
och svepte en handduk om sitt våta hår. Pulsen var hög-
re än normalt, när hon gick ner för trappan.

Stefan tittade forskande på henne när han räckte
fram brödet. Hon böjde sig fram och låtsades borsta
bort en osynlig fläck på sina jeans. Ville inte möta hans
frågande blick. Han fick henne att känna sig osäker.
Som en blyg tonåring.

– Jag gillar att baka, sa Stefan. Det är ett olivbröd,
bakat på surdeg.

Hon tog leende emot brödet, höll det framför an-
siktet och drog in ett djupt andetag.

– Det doftar härligt, sa hon. Fortfarande varmt.
Jag ska åka till närbutiken och rökeriet för att handla.
Middagen blir vid femtiden. Passar det dig?

– Absolut, sa han och strök lätt med finger-
topparna över hennes kind.

Hon rodnade och han log retsamt mot henne.

– Jag ska hjälpa dig med cykeln, sa han. Jag tog
med en cykelpump. Hoppas att det räcker med luft för
att få den körbar.

Hon stod med brödet i handen och såg efter honom. Hon måste erkänna att han väckte känslor. Hon hade aldrig tidigare sett på honom som man, mer som en god granne. Kanske var det tidigt att bjuda med honom på en middag. Risken fanns att han skulle betrakta dem som ett par och det var hon inte mogen för. Rädslan att bli sårad och sviken fanns som ett hotande spöke. Det skulle ta tid innan hon intresserade sig för någon på det sättet igen.

– Cykeln är klar, ropade Stefan på håll. Jag lämnar pumpen.

Han vinkade, klev in i bilen och backade ut på vägen.

Malin slängde en blick på klockan. Snart tolv. Det var gott om tid för att cykla ner till närbutiken och rökeriet för att köpa rökt makrill till middagen och övriga varor hon behövde. Lisen, Erik och Olivia skulle komma vid fyratiden.

Ellen och Lucas spelade strandtennis i trädgården. De skrattade och hade kul. Ellen tycktes ha glömt gårdagskvällen.

Malin var på väg till cykeln när mobilen ringde. Nervositeten fladdrade till i bröstet när hon såg att det var Robert. Hon ansträngde sig för att hålla rösten stadig.

– Jaså, du är hemma nu, sa Robert. Ellen har kanske berättat att jag ringde vid tiotiden i går kväll. Hon var ledsen och rädd, hade inte en aning om var du befann dig.

– Jag kom strax efter att du hade ringt. Var ute och tog en promenad efter att ha suttit bakom ratten hela dagen.

– Var höll du hus? Varför talade du inte om för Ellen vart du skulle gå? Hur kan du vara så oansvarig?

– Men herregud, Robert. Jag ville se om Stefan var hemma. Jag hade mobilen med mig så hon kunde nå mig om hon ville.

Hon blev arg på sig själv, ville inte gå i försvar eller förklara sig för Robert. Han var ute efter att hitta fel och anledningar att kritisera henne. Han förhörde henne som om de var i rätten. Robert var en skicklig åklagare som visste hur slipstenen skulle dras. Hon avskydde när han tog yrkesrollen med sig i privatlivet.

– Jag hoppas att det inte kommer att upprepas, sa han och hon kunde föreställa sig hur han hötte med pekfingret.

– Ellen är det viktigaste jag har, sa Malin. Jag skulle aldrig utsätta henne för någon fara eller bete mig så att hon far illa. Det fattar du väl ändå.

Gråten stockade sig i halsen och hon svalde för att inte börja böla. Den tillfredställelsen skulle hon inte ge honom.

– Jag är orolig för att du tappar kontrollen igen, sa han med en överlägsenhet som fick henne att tappa andan.

De avslutade samtalet stelt och formellt. Robert antydde att om det upprepades skulle han vara tvungen att vidta åtgärder …

Han är nedrig, tänkte hon. Utnyttjar mina svagheter och drar upp gammalt skit. Hur länge ska han älta det som hände för mer än tolv år sedan? Vad vet en känslolös typ som han om hur det känns när ett barn dör inom sig? Herregud, några glas vin. Det var enda sättet att överleva.

Hon drog efter andan och strök bort en svettig hårlock från pannan. Det gjorde så förbannat ont när hon tänkte på barnen hon mist.

Malin satte tygkassen i cykelkorgen och ledde ut cykeln på grusvägen. Knäna skakade. Hon behövde avreagera sig.

– Jag åker och handlar, ropade hon till Ellen.

Hon var svettig och flåsig när hon klev av cykeln vid affären men den värsta frustrationen hade släppt.

Karin Andersson satt vid kassan. Hon och Sture hade ägt den lokala butiken så länge som hon kunde minnas.

– Hej Karin, sa Malin och lyfte handen till hälsning.

– Malin, vad roligt att se dig. Är det dags för sommarvistelsen eller är du bara här över helgen?

Karin var sig lik fast Malin kunde höra att hon lät trött bakom den glättiga ytan. Sture hade fått en stroke för två år sedan och läkaren hade avrått honom från att fortsätta jobba. Karin fick ta över ansvaret.

– Nej, jag kommer att stanna hela sommaren, sa Malin. Tre månader faktiskt. Hur är det med Sture?

– Krassligt, är jag rädd. Vi får se hur länge vi kan ha kvar butiken. Hur är det med din mamma?

– Hon har det bra på demensboendet. Jag hälsar på henne så ofta jag kan. Tyvärr gör avståndet att det inte blir så ofta. Fast jag vet inte om mamma har någon uppfattning om det, hon blir mer och mer förvirrad.

– Aj då. Alzheimer är en fruktansvärd sjukdom.

– Det är hemskt att se sin mamma förändras. Hon som förr var frisk och stark. Det är svårt att acceptera.

– Det är tur att vi inte vet hur livet kommer att bli. Vad behöver du i dag?

– Jag ska ha gäster och behöver något gott att bjuda på. Tänkte köpa makrill på rökeriet. Har jordgubbarna kommit än?

– Ja, de kom förra veckan.

Malin plockade ihop vad hon skulle ha, betalade och packade ner varorna.

– Sköt om dig och hälsa Sture, sa hon och log ett uppmuntrande leende till Karin.

Hon fortsatte till rökeriet. Den välbekanta lukten från rökt fisk fick minnen att väckas till liv. Sommarens dofter. Det var tradition sedan barndomen att handla rökt fisk när det kom gäster.

Hon hade vinden i ryggen och det gick lätt att cykla hem. Hon blev full i skratt när hon kom att tänka på hur gammal cykeln var. Hon hade fått den när hon fyllde femton, för tjugosju år sedan, samma år som Lisen och hon hängt ihop med sönerna till de tillfälliga sommargästerna i grannhuset. Gunnar och Håkan, hette de visst.

Jag var lika gammal som Olivia, tänkte hon. Vi var rätt avancerade i den åldern. Lisen var bara tretton men nyfiken och brådmogen. Jag glömmer aldrig lekarna i grabbarnas tält. Vi undersökte varandra grundligt.

Hon rodnade vid minnet.

Tre timmar senare var Malin i full färd med att duka i trädgården intill de gamla fruktträden. Det var flera år sedan de bar frukt. Hon skulle behöva anlita en expert som kunde hjälpa henne med beskärning. Hon funderade på att fråga Sture om han kände någon trädgårdsmästare. Kanske kunde hon sätta upp en lapp på anslagstavlan i butiken. Sommaren var förstås fel tid. Äppelträd skulle beskäras på vårvintern om hon inte mindes fel.

Hon puffade upp dynorna i trädgårdsmöblerna och kunde nöjt konstatera att servetterna matchade färgen på tyget.

Eriks svarta Toyota svängde upp på gårdsplanen och parkerade bredvid Malins gamla Volvo. Lisen hoppade ur bilen och vinkade ivrigt till Malin. Hon såg ut som en sommardröm i blommig klänning och det blonda håret bildade en gloria runt hennes huvud i motljuset. Erik var oförskämt snygg. Hans solbränna var klädsam mot hans vita pikétröja och ljusblå jeans. Olivia klev ut från baksätet. Till skillnad från sin mamma och hennes nya kärlek, såg hon ut som en kråkunge med sina magra ben och svarta kläder. Det var som om hon inte hörde dit, en ful ankunge som hamnat fel.

– Vad kul att se er, sa Malin och kramade om Lisen, Olivia och Erik.

– Här har du det fint, sa Erik och såg sig omkring.

– Det är enkelt, sa Malin. Saknar moderniteter, fast jag har alltid försökt intala mig att det är just det enkla som är charmen med ett lantställe.

– Jag har ett hus i Stockholms skärgård, sa Erik. Ett kulturhus från Dalarna byggt på artonhundratalet. Det fraktades ner på långtradare och flögs ut till ön med helikopter. Jag tvingades anlita erfarna timmermän som visste hur man rekonstruerar ett så speciellt byggnadsverk.

– Har du ett hus i skärgården? sa Lisen. Det har du inte berättat.

– Det var meningen att det skulle bli en överraskning, sa Erik och flinade. Oftast är det uthyrt på sommaren men en vecka i augusti måste vi försöka ta oss dit.

– Kom nu så ska ni få en drink, sa Malin. Slå er ner i trädgården så länge.

Hon sprang in i huset medan Lisen och Erik tog sig bort mot trädgårdsmöblerna. Ellen och Olivia hjälptes åt att bära upp Olivias packning till Ellens rum. Hon drog en lättnandes suck när hon kände att vinet hunnit bli kallt. Malin tog brickan med glas och gick ut till gästerna som slagit sig ner tätt intill varandra i soffan. Hon slängde en blick på sitt armbandsur. Stefan borde vara här när som helst.

– Öppna du, sa hon och räckte över flaskan till Erik.

– Mm, en Lambrusco Lunato, det ska bli spännande att smaka. Jag har en farbror som bor i Champagnedistriktet. Han har specialiserat sig på att vara rådgivare åt Systembolagets inköpare. När man besöker honom får man smaka de bästa sorterna.

Malin kände hur svettpärlor lämnade korsryggen och blötte ner troskanten.

Herregud, tänkte hon. Han tycks ha dyra vanor.

Lättad såg hon att Stefan kom cyklande upp mot stugan. Han klev av cykeln, lutade den mot husväggen och gick med långa steg över gräsmattan.

– Hej, hälsade han. Jag heter Stefan och är god vän med Malin.

Malin log och räckte honom ett glas.

– Skål och välkomna, sa hon.

De höjde sina glas och nickade artigt mot varandra.

– Bor du här i närheten? sa Erik till Stefan.

– Ja, några kilometer härifrån. Jag har ett krukmakeri i byns nedlagda skola.

– Så pittoreskt, sa Erik. Själv forskar jag om virus och deras spridning från djur till människor. Jag håller till på Karolinska, ska disputera i höst.

– Det låter som ett viktigt område, sa Stefan. Jag samarbete med Karolinska när jag hade min tandläkarmottagning på Kungsholmen. Det är de tre senaste åren som jag ägnat mig seriöst åt min hobby.

Erik log ett stelt leende mot Stefan och vände sig mot Malin och Lisen.

– Skål mina damer, sa han. Hoppas att vi får en fantastisk helg.

Det kunde ha blivit en lättsam middag om inte Olivia varit tvär och butter. Hon satt tyst och svarade bara när hon blev tilltalad. Hon var spänd och undvek ögonkontakt. Lisen svarade i hennes ställe och försökte förgäves lätta upp stämningen. Malin blev orolig. Vart hade den glada spralliga flickan tagit vägen? Olivia hade blivit en annan på bara några månader. Hon hade förändrats både till utseendet och sättet. Den tidigare knubbiga flickkroppen var osunt mager. Piercingen i vänstra ögonbrynet och i överläppen gav henne ett utmanande uttryck. Det naturligt kastanjebruna håret hade hon färgat svart. Hon var blek som ett lakan. Såg sjuk ut. Någonting var fel, mycket fel.

Kommer jag klara av att ha ansvar för henne? tänkte Malin. Är hon lämpligt sällskap för Ellen?

Malin rös till när hon tänkte på Robert. Vad skulle han tycka om att Olivia bodde hos dem en månad? Han skulle få ytterligare anledning att ifrågasätta henne.

Lisen suckade av lättnad när Ellen och Olivia gick in för att titta på en film.

– Tack för en underbar middag, sa hon. Det här får vi göra om fler gånger.

Malin kvävde en gäspning och fyllde på sitt och Lisens glas. Hon hade inte fått tillfälle att prata ensam med Lisen.

Stefan och Erik diskuterade Eriks forskning.

– När det gäller influensavirus studerar vi vilda fåglar, framförallt änder, sa Erik. Vi är intresserade av hur viruset är uppbyggt och om det finns egenskaper som gör att det flyttar sig mellan människor och djur.

– Aha, sa Stefan. Intressant. Din forskning verkar spännande. Fantastiskt om ni är nära en lösning.

Diskussionen om virus och sjukdomar tröttade ut Malin och gjorde henne illa till mods. Hon böjde sig fram över bordet och lade handen på Lisens arm.

– Följer du med till köket? sa hon.

– Absolut.

De hjälptes åt att bära in disken.

Erik och Stefan satt kvar.

– De virus som är anpassade för att leva hos fåglar kan inte bindas till människoceller däremot till grisar, mässade Erik vidare. Därför är det möjligt att det kan skapas nya virusvarianter hos grisar. De kan mycket väl vara smittsamma för människor.

Stefan reste sig från bordet och ursäktade sig.

– Jag såg att Malin gick in i köket. Hon kanske behöver en hjälpande hand, sa han och struntade i Eriks min.

Malin och Lisen hjälptes åt med disken. Det var som förr när Lisen kom till Yngsjö. Vuxenåren suddades bort. De var tonåringar igen och fnissade över gemensamma minnen.

– Erik har svårt att koppla av, sa Lisen och nickade menande mot trädgården. Han ska snart ha sin disputation. Han lever med sin forskning dag som natt.

– Mm, det märks, sa Malin.

– Han tröttar väl inte ut dig?

– Nej, inte alls, sa Malin och låtsades titta ut genom fönstret.

Erik hade dominerat samtalet under middagen. Malin hade svårt att fatta att han så totalt saknade känsla för att deras engagemang var minimalt. Det var mest av artighet som de nickade och hummade åt hans ältande. Konstigt att Lisen inte märkte det. Men kärleken var blind, kanske döv också.

Stefan kom in i köket.

– Jag tog med avec till kaffet, sa han och blinkade till Malin medan han höll fram en flaska cognac. Har du några lämpliga glas?

Malin tog fram fyra cognacskupor som var kvar efter hennes pappa. Stefan bar ut glasen i trädgården och genast började Erik mala på. Malin såg genom fönstret hur Stefans axlar slokade.

– Stefan är trevlig, sa Lisen. Är han singel?

– Han är skild sedan några år.

– Han får en speciell blick när han tittar på dig. Det är mer än vänskap, det syns lång väg. Stöter han på dig?

– Äsch, sluta. Jag är inte mogen för något nytt förhållande. Jag vet inte hur jag ska förhålla mig till honom. Det var länge sen jag hade någon dejt, känner mig tafatt.

– Men Malin! Du måste lära dig att ta för dig av livet. Var inte så jäkla pryd och överspänd. Åren springer ifrån dig. Du, nu tar du en cognac eller två. Släng disktrasan och ge dig hän. Snygga och vettiga singlar, växer inte på träd.

Malin skrattade. Det var så likt Lisen. Lev livet och ta konsekvenserna sen.

Det började mörkna. Kvällen var stjärnklar och det var fortfarande skönt att sitta ute. Ingen ville bryta förtrollningen och gå in. Malin smuttade på cognacen och flyttade sig närmare Stefan. Han lade armen om hennes axlar. Hon suckade, lutade huvudet mot hans axel och andades in doften av hans rakvatten. Han tryckte henne närmare sig. Hon protesterade inte, njöt i stället av hans närhet. Hon konstaterade att hon faktiskt hade vågat släppa kontrollen för en stund. Hon slöt ögonen och suckade, tänkte att hon skulle försöka bli mer som Lisen.

Erik fortsatte att berätta om sin forskning. Han var nästan klar med sin avhandling. Några månader bara, sen …

Lisen, Malin och Stefan satt tysta. Ingen orkade lyssna längre.

Malin vände sig till Lisen.

– Tror du att Olivia vill stanna här en hel månad, sa hon.

– Jag vet inte vad Olivia vill längre, suckade Lisen. Jag känner mig maktlös. Vet inte hur jag ska kunna slå hål på den mur hon byggt upp. Hon har stängt mig ute. Jag når henne inte längre.

– Jag tror hon behöver sättas på plats, sa Erik. Annat var det när en annan var i den åldern. Då fick man lära sig att veta hut.

Lisen skrattade generat och klappade Erik på axeln.

– Erik har inga egna barn, sa hon.

– Det kan vi ändra på, sa Erik och stötte lekfullt Lisen i sidan.

– Ja, det är lätt att ha åsikter om barnuppfostran när man inte har egna barn, sa Malin vresigare än hon tänkt.

Det var något hon retade sig på hos Erik, kunde inte sätta fingret på vad det var.

Lisen slog ner blicken. Erik såg inte ut att bry sig om Malins utfall.

– Olivias farmor är dålig igen, sa Lisen. Bröstcancern har spridit sig. Hon betyder mycket för Olivia och det kan kanske bidra till att hon är ur balans.

– Vi får hjälpas åt att få Olivia att trivas här, sa Stefan.

Malin log tacksamt mot honom.

– Har Olivia kontakt med sin pappa? sa Stefan.

– Jo då, sa Lisen. För tillfället jobbar han i Saudi Arabien. Han har skrivit kontrakt för två år. Kommer bara hem en månad runt jul. Olivia har aldrig sagt att hon saknar honom. Kontakten med hennes farmor är desto viktigare för henne. De två pratar säkert en hel del om honom. Jag vågar inte tänka på hur Olivia skulle reagera om hon inte får ha sin farmor kvar.

– Hon kan få vara med mig i keramikverkstaden om hon vill, sa Stefan. Jag kan lära henne dreja, det ger en kick till självförtroendet när man lär sig ta kontroll över en bångstyrig lerklump. Ungdomar brukar gilla det.

– Ni är underbara, båda två, sa Lisen. Jag är så tacksam över all hjälp jag kan få. Om Olivia blir sitt gamla jag igen skulle det vara som att vinna högsta vinsten. Jag vet inte vad jag ska göra annars. Det får bli att söka hjälp på BUP.

Malin kände sig iakttagen och tittade mot utedasset. Olivia stod alldeles stilla i mörkret och tittade åt deras håll. Hur länge hade hon stått där och vad hade hon hört?

Den tunna lilla gestalten vände och sprang mot huset. I ljuset av utebelysningen, vid trappan, stannade hon och vände sig mot dem.

– Jag hör nog att ni sitter och pratar skit om mig, skrek hon. Ni är så jävla falska. Jag hatar er!

Det blev tyst vid bordet. I det svaga skenet från myggljuset kunde Malin se hur ett bistert uttryck drog över Lisens ansikte.

Kapitel 5

M alin vaknade av att en fluga upprepat flög
mot fönsterrutan i fruktlösa försök att ta sig
ut. Surrandet var dovt och envetet. Hon vände sig mot
väggen och försökte somna om. Solljuset letade sig in
mellan gardinerna och gjorde det olidligt varmt under
täcket. Hon var blöt av svett mellan brösten och i kors-
ryggen. Sovrummet låg i östligt läge och behövde en ny
rullgardin om hon skulle kunna unna sig en sovmorgon
då och då. En plågsam huvudvärk bultade bakom
vänstra ögat. Det var fjärde dagen i rad som migränen
plågade henne. Efter en halv timme gav hon upp,
slängde benen över sängkanten och gick ner i köket.
Hon lutade sig över diskhon och sköljde ansiktet med
kallt vatten. Asken med Panodil var nästan slut. Bara
två kvar. Hon skulle behöva åka till apoteket i Åhus om
inte Karin sålde receptfria läkemedel i närbutiken. Det
hade hon glömt att kolla när hon var där.

Det var typiskt. När stress och spänningar släppte
kom huvudvärken. Det var som om kroppen ville
tvinga henne till att vila. Men hur skulle det fungera
med två barn i huset som krävde sysselsättning och
uppassning?

Flickorna sov än och hon satte på kaffebryggaren,
hoppades hinna dricka en kopp starkt svart kaffe innan
huset skulle genljudas av deras högljudda röster. Hon
behövde morgonen för sig själv. Hon bläddrade förs-
trött i en heminredningstidning som blivit kvar sedan
förra sommaren. Det påminde henne om planerna att

modernisera huset, som hon och Robert hade haft. Hon slängde undan tidningen på köksbänken, sköljde ur kaffekoppen och ställde den i diskstället.

Från övervåningen hördes röster och Olivia och Ellen kom ner och satte sig vid köksbordet. Båda gäspade och såg sömniga ut. Malin visste att de låg och tisslade långt in på natten. Ingen av dem gjorde någon ansats till att hjälpa till att plocka fram frukost.

Ellen beundrade Olivia vilket oroade Malin och trots åldersskillnaden tycktes Olivia road av Ellens sällskap. I kontakten med Malin var Olivia avvaktande och fåordig. Hon undvek att bli lämnade på tu man hand med Malin. De försök som Malin hade gjort att få igång ett samtal med henne hade alla slutat på samma sätt. Olivia drog sig undan och slöt sig som en mussla. Vad var det för hemligheter som hon bar på? Malin blev inte klok på henne. Hon hade gjort sitt bästa för att få henne att trivas.

– Vad säger ni om att gå ner på stranden? sa Malin. Det blir fint väder i dag. Det är redan varmt ute.

– Ja, ropade Ellen. Kan vi ta fika med oss?

– Absolut, sa Malin. Vi tar med mackor. Vad tycker du Olivia?

– Okej, sa Olivia och ryckte på axlarna.

De hjälptes åt att packa matsäckskorgen. Ellen och Olivia gjorde ostsmörgåsar och blandade saft i en plastflaska. Malin bryggde en hel termos med kaffe i hopp om att hålla huvudvärken i schack.

– Har ni med badkläder och handdukar? sa Malin när hon låste ytterdörren.

Olivia nickade och Ellen snurrade ett varv med ryggsäcken över huvudet, som svar.

De promenerade de fem minuter som det tog att gå till havet. Badhanddukar placerades i sanden nära vattnet. Den västliga vinden gjorde att det var nästan vindstilla i skydd bakom sanddynerna. En svag krusning på ytan några meter ut ifrån land fick vattnet att glittra. Än så länge var de ensamma på stranden förutom ett äldre par som fällt upp sina solstolar en bit bort.

Ellen drog på sig baddräkt och sprang ner mot vattnet. Olivia satt kvar med hakan lutad mot knäna och armarna runt sina uppdragna ben.

Så mager hon är, tänkte Malin. Har hon ätstörningar?

– Hur är det i skolan? sa Malin.

– Så där, sa Olivia och tittade ner i sanden.

– Har du många kompisar?

Malin försökte få ögonkontakt med henne.

– Några stycken, sa Olivia och fortsatte stirra ner på sina tår som nu ritade cirklar i sanden

– Vad gör ni efter skolan och på kvällarna?

– Inget särskilt.

– Trivs du i Yngsjö? sa Malin.

Hon hörde själv att irritationen fick henne att låta otålig.

– Vet inte.

Malin suckade. Det var lönlöst att försöka få igång ett samtal. Själv upplevde hon det som om hon lekte tjugo frågor. Hon förstod Lisens vanmakt.

– Har du träffat din farmor den senaste tiden? försökte Malin igen. Lisen sa att du har fin kontakt med henne.

Olivia dolde ansiktet mellan knäna och drog benen tätare intill sig. Hennes kropp var spänd och otillgänglig.

60

Malin strök henne över håret.

– Hur är det? Är du ledsen?

Olivia såg upp på Malin med blanka ögon. Det var första gången hon visade några känslor förutom ilska. Malin lade armen om hennes späda axlar, tillfredsställd över att hon äntligen fått henne att reagera.

– Farmor är sjuk, snyftade Olivia. Jag är rädd att hon ska dö. Farmor är den enda i hela världen som bryr sig om mig. Hon är den enda jag har.

– Men så är det väl inte. Du har mamma, pappa och Erik.

– Du fattar ingenting. Pappa hör aldrig av sig. Mamma bryr sig inte ett dugg om mig sedan hon träffade Erik. Förresten hatar jag Erik, han är äcklig. Varför tror du att mamma ville att jag skulle vara här i sommar? Hon vill bli av med mig. Hon vill bara vara med Erik.

Orden forsade ur henne.

– Men så är det väl inte, sa Malin lamt. Lisen är orolig för dig. Hon ville att du skulle få komma ut på landet några veckor.

– Orolig för mig! Olivia spottade fram orden. Hon ljuger. Jag hörde när hon och Erik pratade. Det var hans förslag att jag skulle vara här och mamma gör allt han säger. Om farmor dör har jag ingen. Då kan jag lika gärna ta livet av mig. Fattar du?

Malin var skakad av Olivias utbrott. Hon tittade efter Ellen som plaskade i strandkanten och hoppades att hon inte hade hört. Låg det något i vad hon sa?

Det var inte första gången Lisen hade förlorat omdömet när hon träffat en ny karl. Hon kom att tänka på när hon och Lisen delade studentlägenhet i Stockholm. Lisen hade sällskap med en tio år äldre man som hon träffat på ett inneställe. Malin mindes inte vilket. Han utgav sig för att vara företagsledare för ett grossistföretag inom klädesbranschen. Han körde omkring i en flott BMW och verkade ha obegränsat med pengar. Lisen var upp över öronen förälskad och drömde om en framtid tillsammans med honom. När han åkte dit för att ha sålt kokain vägrade Lisen tro att det var sant. Hon gav honom falskt alibi och höll på att råka riktigt illa ut själv. Malin var förbannad över att Lisen var så blåögd. Hon begrep sig inte på hennes naivitet, hon var ingen dumbom, faktiskt riktigt smart i andra sammanhang.

Efter två timmar på stranden packade de ihop och begav sig av hemåt. Olivias känslostorm hade rört vid något djupt liggande inom Malin. Hon måste fundera hur hon skulle hantera förtroendet hon fått. Malin huttrade till trots värmen.

Jag måste ringa och prata med Lisen, tänkte hon. Hon måste få veta hur Olivia känner. Det här är inget som jag kan klara av eller som kan bli bättre av några veckor i Yngsjö.

På eftermiddagen gick Ellen till Lucas och Olivia cyklade till Stefan. Malin försökte flera gånger få tag på Lisen men utan resultat. Hon svarade varken på mobilen eller på hemtelefonen.

Med stort tålamod hade Stefan börjat lära Olivia grunderna i drejning. De första dagarna hade hon varit vresig och butter. Han försökte inte dölja sin irritation och till slut skärpte hon sig. I takt med att hon började lära sig blev hon allt mer motiverad och lyssnade på hans råd.

Hon satt lutad över drejskivan i djup koncentration.

– Titta Stefan, ropade hon. Blir det bra så här?

– Jättefint. Nu ska du bara ta bort lera längst ner vid botten. Sen ska vi skära av skålen från drejskivan och ställa den på tork.

Stefan log när han såg Olivias iver. Han hade haft rätt. De flesta ungdomar blev fascinerade av drejning och Olivia var inget undantag.

– I morgon ska jag lära dig hur du ska svarva botten på skålen.

– Tror du att jag kan bli bra på att dreja? Kan man ha det som jobb?

– Du kan bli duktig om du tränar flitigt. Vill du lära dig yrket är det bra om du går en utbildning. Det finns folkhögskolor som har sådana utbildningar.

– Jag kommer nog inte in. Mina betyg är skitdåliga.

– Om du vill komma någon vart måste du sköta skolan. Du kommer garanterat att ångra dig annars.

– Kanske, sa hon och ryckte på axlarna. I morgon kommer mina kompisar hit. De ska tälta på campingen vid rökeriet.

– Vet Malin om det?

– Nej, jag har inte sagt något till henne än. Tror du hon blir sur?

– Sur tror jag inte att hon blir. Fast det är bäst ni kommer överens om vad som är okej.

– Kan inte du snacka med henne?

– Det får du allt göra själv.

Malin klämde ur zinkvitt, guldockra och engelskt rött på paletten. Äntligen hade hon fått några timmar för sig själv. Hon tog några steg bakåt och betraktade kvinnoporträttet på håll. Inte så tokig. Likheten med

63

Bettan fanns ännu kvar. Det gick inte att göra något åt nu. Det var kanske så det måste vara. Porträttet hade kommit till under starka känslor och karaktären skulle bli en annan om hon ändrade hennes utseende. Kvinnans hår hade blivit till en skog där varje träd symboliserade olika skeden i Malins liv. I träden satt kråkfåglar som alla hade en förebild i en person som haft betydelse för henne. Idén hade hon fått från Stefan. Hon hade sett programmet med killen som forskade på kråkor, på SVT-play, och blivit fascinerad av de kloka fåglarna. Tavlan skulle passa bra ihop med Stefans keramikfåglar på deras gemensamma utställning.

Malin ryckte till när hon hörde ytterdörren slå igen.

– Olivia! ropade hon. Är det du som är hemma?

Olivia kom in i ateljén och satte sig i fåtöljen. Malin blev förvånad över hennes sorglösa min. Hon såg glad ut. För första gången sedan hon kom till Yngsjö log hon mot Malin.

– Vilken häftig tavla, sa hon. Har hon fåglar i håret?

– Ja, det är symboliskt. Hur går det med drejningen?

– Bra. Jag gjorde en stor skål idag. Det var jättesvårt. Mycket svårare än att dreja små saker. Stefan säger att jag kan bli bra om jag övar.

Olivias mobil plingade till och hon läste tyst meddelandet hon fick. Hon betraktade Malin med ett spänt uttryck över munnen och tog sats.

– Mina kompisar kommer hit i helgen, sa hon. De ska tälta på campingen nere vid rökeriet. Är det okej om jag träffar dem?

Hon framförde nyheten som om det gällde en tur till kiosken för att köpa glass.

Nu börjar det, tänkte Malin. Jag borde ha fattat att hon inte skulle nöja sig med mig och Ellen.

– Du kan bjuda hit dem, sa Malin.

Hon blandade färg på paletten och drog prövande några penseldrag.

– Jag tänkte åka till dem på lördag kväll, fortsatte Olivia. Det är uppträdande på campingen. Du är jättebussig om jag får låna din cykel.

– Jag vill diskutera det med Lisen, sa Malin.

Irritationen fick pulsen att öka och Malin kände att det hettade på halsen.

Shit, tänkte hon. Olivia kommer inte att ge sig, hon är inte van vid mothugg.

– Hemma är det okej att jag är ute på kvällarna med mina kompisar, sa Olivia. Är det här ett fängelse eller ...?

Malins mobil surrade och for iväg över de glatta bordsytan. Displayen visade dolt nummer.

Hon harklade sig och svarade med hes röst. En okänd kvinnoröst hälsade formellt.

– Hej, det är Kerstin Olsson. Jag är vikarierande föreståndare under sommaren på Ståthållaren. Jag ringer angående Ingrid Broberg. Du är Malin, hennes dotter förmodar jag.

– Ingrid är min mamma, sa Malin. Har det hänt henne något?

– Din mamma är på väg till Centralsjukhuset i Kristianstad. Hon ramlade ner för trappan vid nödutgången. Det hände vid tvåtiden i dag. Det var en av sommarvikarierna som glömde att låsa efter sig.

Malin kramade om telefonen, handsvetten fick den nästan att glida ur handen.

Måste alltid olyckor ske när det var som mest olämpligt, tänkte hon och stirrade på Olivia som gått fram till staffliet och närgånget granskade målningen.

– Är hon skadad? sa Malin.

– Hon var vid medvetande när ambulansen kom. Hon klagade på smärta i höften och ett ben. Vi är oroliga för att hon har brutit något.

Fan, tänkte Malin. Mamma kommer inte att klara ett lårbensbrott så dåligt skick som hon är i.

Hon såg sin mamma framför sig som de senaste fem åren åldrats och blivit en mager gumma trots att hon ännu inte fyllt sjuttiofem. Demensen hade haft förödande konsekvenser.

– Jag åker till sjukhuset, sa Malin.

Det får ordna sig, tänkte hon. Ellen får följa med och Olivia kan vara hos Stefan så länge.

– Vänta tills vi får besked om hon blir inlagd, sa Kerstin Olsson. Jag lovar att hålla dig underrättad.

De avslutade samtalet och Kerstin Olsson försäkrade Malin att hon ändå inte kunde göra något för tillfället.

Malin lät telefonen sjunka ner i knät. Hon stirrade tomt framför sig. Inte mamma också. Det räckte med det extra ansvaret för Olivia.

Olivia tittade uppfodrande på henne med händerna i midjan, låtsades som om hon inte hade hört samtalet.

– Är det okej att jag åker till campingen på lördag? sa hon.

– Pressa mig inte Olivia. Jag vill inte ta det beslutet själv. Jag lovar att jag ska försöka få tag på Lisen.

Olivia reste sig med en irriterad min. Hon gick uppför trappan till Ellens rum, med överdrivet klampande steg, och drämde igen dörren med en smäll.

Malin suckade och slog Lisens nummer. Hon väntade ut alla signalerna och talade in ett meddelande på hennes mobilsvar. För säkerhets skull skickade hon ett sms där hon kort förklarade Olivias planer och bad Lisen höra av sig om hon inte accepterade att Olivia träffade sina kompisar på campingplatsen. Hon blev sittande och stirrade på målningen, färgen på paletten hade fått skinn på ytan. Hon började få tunnelseende. Migränen som hållit sig borta under dagen var på väg tillbaka.

Kapitel 6

Ingrids lårbensbrott hade sannerligen komplicerat tillvaron för Malin. Hon funderade på om hon skulle kontakta Lisen. Det var ohållbart att ta ansvar för Olivia om hon behövdes på sjukhuset hos sin mor. Tankspritt slamrade hon runt i köket medan hon gjorde frukost och väckte flickorna. Först skulle hon åka till äldreboendet Ståthållaren och plocka ihop lite personliga tillhörigheter till Ingrid. Sedan vidare till ortopeden på CSK.

Hon slog numret till teamchefen.

Kerstin Olsson svarade efter att Malin låtit minst sju signaler gå fram. Hon lät stressad.

– Hej det är Malin Ekström, Ingrid Brobergs dotter. Jag ska åka och besöka mamma på sjukhuset och tänkte komma förbi och hämta lite personliga tillhörigheter till henne.

– Kan du komma innan lunch. Vi har så rörigt med alla semestervikarier. I dag är det dessutom flera som har sjukanmält sig.

– Jag ska försöka. Åker jag nu bör jag vara framme vid tiotiden.

– Kan vi hjälpa dig med att plocka ihop något av din mammas saker?

– Hon behöver hygienartiklar. Fotografiet på pappa är viktigt för henne.

– Jag ska se om det finns någon personal som har tid att hjälpa till.

– Det är inte nödvändigt, sa Malin. Jag packar ihop det som behövs när jag kommer.

En kvart senare satt Malin, Ellen och Olivia i bilen. Malin släppte av Olivia utanför Stefan som hade lovat se till att hon fick mat och något att syssla med innan hon åkte till campingen för att träffa sina kompisar. Lisen hade messat att det var okej. Malin hade gett Olivia stränga order om att vara hemma senast klockan tolv.

Ellen fick följa med till sjukhuset trots att Malin var osäker på hur hon skulle reagera. Vid deras senaste besök på demensboendet hade Ingrid inte känt igen Ellen. När de drack kaffe i den gemensamma matsalen anklagade hon Ellen för att ha stulit hennes plånbok. Ellen var otröstlig och gjorde allt hon kunde för att rentvå sig. Det gjorde Malin ont att se sin dotters förtvivlan. Plånboken hittades i kylskåpet innan de skulle åka hem.

För att lätta upp stämningen och få tiden att gå, lekte Malin och Ellen ett skepp kommer lastat och gissa bilmärken, under bilfärden.

Framme vid Ståthållaren hade en av sommarvikarierna, som presenterade sig som Patrik Olsson, packat Ingrids necessär och lagt fotot på Malins pappa i en kasse. Malin tackade för hjälpen och de körde vidare till sjukhuset.

Så var hon här igen. Den grå sjukhusbyggnaden växte som ett mörkt omen ur asfalten. Här hade hennes älskade pappa Gunnar dött i cancer för tre år sedan. Var det hennes mammas tur nu?

Malin och Ellen höll varandra i handen när de gick in genom sjukhusets svängdörr och tog hissen upp till plan sju. En sköterska följde med dem till salen där Ingrid låg.

Malin tvekade kort och slängde en blick på Ellen innan de steg in till Ingrid. Ellen hade ett spänt drag över munnen men såg beslutsam ut. Malin fylldes av ömhet och stolthet över sin dotter och tryckte hennes hand hårt, orolig för om det varit klokt att ta med Ellen, det kunde bli känslosamt och obehagligt för henne.

De gick fram till sängen där Ingrid låg och sköterska drog för ett skynke så att de slapp dela stunden med kvinnan som låg i sängen bredvid. Ingrids huvud såg så litet ut på sjukhuskudden. Hon låg med slutna ögon och händerna på bröstet, kinderna var bleka och hade sjunkit in så kindbenen syntes tydligt. Malin såg hur åldrad hennes mamma blivit. Hon måste ha magrat sedan sist. Hon låg med halvöppen mun och en smal sträng saliv rann i mungipan. Malin reste sig och hämtade en pappersservett som hon torkade Ingrid med. Ingrid reagerade inte. Hon låg stilla, Malin hade svårt att avgöra om hon andades och blev rädd att hon var död. Hon sneglade på Ellen som tittade med ängsliga ögon på Ingrid.

– Mamma, sa Malin och lade sin hand över moderns. Det är jag, Malin, som är här. Ellen är också med.

– Mormor, sa Ellen med tunn röst. Vi har tagit med din necessär och kortet på morfar.

Ingrid nickade svagt och Malin kom på sig själv med att dra efter andan. Ingrid slog upp ögonen utan att fästa blicken. Hennes ögon var uttryckslösa, irisen var grumlig och färglös. Malin rös till, kom att tänka på när hon som barn följde med sin mor till fiskaffären och förfasades över alla fiskögon som uttryckslöst stirrade genom den immiga glasdisken där kylvatten rann. Malin fortsatte att stryka henne lugnande över armen och hon och Ellen blev sittande tysta tätt ihop som för att skänka trygghet och värme till varandra.

– Ellen och jag är i stugan, sa Malin och lutade sig fram mot modern. Dina pioner blommar så fint.

Det var ingen idé att försöka få kontakt. Ingrid var inte nåbar. Hennes händer flög rastlöst över filten, plockade och strök som om hon försökte få bort något som kliade och skavde. Malin undrade om det var deras besök som gjorde henne orolig. Ingrid hade alltid varit mån om sitt yttre och avskydde att behöva ta emot besök utan att vara klädd. Kanske var det så djupt rotat att det påverkade henne även i en situation som denna. Eller kanske handlade det om en vilja men oförmåga att kommunicera. Malin kände sig gråtfärdig. Hon ville så gärna lindra Ingrids plåga.

En sköterska kom in på salen, och log uppmuntrande mot dem. Malin tog henne avsides och nickade åt Ellen att sitta kvar.

– Hur illa är det med mamma? sa hon tyst för att Ellen inte skulle höra.

– Lårbensbrottet är av det lindriga slaget, sa sköterskan. Det är opererat. Problemet är att din mamma behöver komma upp och röra på sig för att undvika blodpropp. Det har vi tyvärr inte lyckats med då hon är för svag efter operationen. Vi får hoppas att hon är starkare i morgon.

– Ni hör väl av er om det blir någon förändring? sa Malin. Jag finns nere i Yngsjö och kan ta mig in med kort varsel.

– Självklart, sa sköterskan. Vi ringer om hon blir försämrad.

Malin gick tillbaka till Ingrid och strök henne över håret. Hon och Ellen blev sittande på sängkanten. Hade Ingrid någon glädje i att ha dem där eller spelade det ingen roll? Ellen skruvade på sig, hade svårt att sitta still.

– Ska vi gå snart? viskade hon.

Malin nickade och strök henne över kinden. Hon böjde sig över Ingrid.

– Hej då mamma, krya på dig, sa hon med munnen nära Ingrids öra. Vi kommer snart tillbaka.

Ellen böjde sig över Ingrid och pussade henne på kinden. Ett flyktigt leende drog över Ingrids ansikte. Ellens tittade på Malin med ett förvånat uttryck.

– Jag tror hon känner igen mig, sa hon hoppfullt.

Malin hade svårt att hålla tårarna tillbaka när de gick mot parkeringen. Det värkte i halsen av tillbakahållen gråt. Hon rotade i handväskan för att slippa visa Ellen sina tårfyllda ögon och fiskade fram mobiltelefonen som visade ett meddelande från Stefan. *Har du lust att äta middag med mig i kväll?* Hon messade honom tillbaka. *Tack gärna. Är på hemväg.*

Malin vred om startnyckeln och de rullade ut från parkeringen. Bilen var stekhet efter ha stått i solen. Hon vevade ner fönstret på förarsidan och torkade bort svett från pannan med baksidan av handen.

– Tror du mormor kommer att dö snart? sa Ellen.

Malin hajade till inför hennes rättframma fråga.

– Vet inte, sa hon uppriktigt. Vi får hoppas att hon blir bättre.

– Jag tror hon vill dö, sa Ellen. Hon vill komma till morfar. Det sa hon till mig när vi hälsade på henne i julas.

Malin strök Ellen över det rödblonda håret, hade inget svar att ge. Barn var kloka. De vågade säga obekväma sanningar som vuxna inte ville ta i sin mun.

– Ska det bli kul att sova hos Marcus i natt? sa Malin i ett försök att byta samtalsämne.

– Vi ska åka och hämta hans hundvalp när jag kommer, sa Ellen. Den är bara åtta veckor. Lyckliga Marcus som ska få en egen hund.

Ellen fortsatte att berätta om valpen. Besöket hos mormodern verkade inte ha påverkat eller upprört henne särskilt mycket. Resten av resan till Yngsjö satt de tysta, Malin försjunken i tankar och Ellen fullt upptagen med ett spel i Malins smartphone.

Utanför familjen Svenssons hus körde Malin upp och stannade intill Gunnebostängslet som inramade villorna i området. Marcus kom skuttande över gräsmattan och såg så upphetsad ut att Malin inte kunde låta bli att skratta. Agneta Svensson öppnade köksfönstret, vinkade och lutade sig ut. Malin vinkade tillbaka och klev ur bilen.

– Bussigt att Ellen får följa med och hämta valpen, ropade hon till Agneta.

– Marcus ville så gärna ha Ellen med, ropade Agneta tillbaka. Har hon nattkläder och tandborste med?

– Hon har packat allt i sin ryggsäck.

Malin hjälpte Ellen med väskan, gav henne en puss på pannan och kramade om henne.

– Ha det bra, sa hon till Ellen. Tänk på att valpar är som små bebisar. De orkar inte leka för länge.

– Jag vet … sa Ellen.

– Vi ses i morgon, ropade hon till Agneta Svensson.

Hon tog plats bakom ratten och åkte vidare hemåt. Den väntade middagen med Stefan sände en ilning av spänd förväntan genom kroppen. Vuxentid utan barn. Härligt. Det var första gången sedan Olivia kom.

Malin stod länge i uteduschen och lät det soluppvärmda vattnet mjuka upp hennes spända nackmuskler. Hon smorde in sig med väldoftande kroppslotion och valde ett par nya trosor hon köpt på ett homeparty för exklusiva underkläder. Hon betraktade kritiskt sin kropp i hallspegeln, sträckt på sig och höll in magen.

Några kilon för mycket runt mage och höfter, tänkte hon. Annars är det okej.

Hon blev generad över sina tankar. Stefan var en god vän och hon hade inga planer på att det skulle bli mer än så. En lång stund stirrade hon in i garderoben innan hon valde en blommig klänning som hon lämnat kvar förra sommaren. För säkerhets skull hängde hon en stickad tröja över axlarna. Kvällarna var fortfarande kyliga.

Hon promenerade de tio minuter det tog hem till Stefan. Vinden hade tilltagit och himlen hade mörknat. Svalorna flög lågt och gav ifrån sig ett högt sirrande läte. Förmodligen skulle det bli regn under kvällen. Hon tänkte på Olivia. Det kunde inte vara särskilt trevligt att campa om det blev oväder. Hon messade ett meddelande till henne var hon hade gömt nyckeln om hon skulle vilja åka hem tidigare. Olivia hade lånat Malins cykel och det tog inte lång stund att ta sig hem om hon skulle ångra sig.

Stefan stod i trädgårdslandet och nöp av några kvistar färskt timjan. Han var klädd i en grå stickad ulltröja och stövlar.

– Hej, ropade han. Maten är klar så när som på färska kryddor.

Han tog hennes hand, kramade om henne och kysste henne lätt på pannan.

– Härligt, sa Malin. Jag är hungrig som en varg.

– Hur var det med din mamma?

– Inget vidare är jag rädd. Jag tror inte hon kommer klara påfrestningarna.

De klev in och Stefan sparkade av sig de jordiga stövlarna innanför dörren. Doften från köket var ljuvlig och fick henne att tänka på när hon som ung båtluffade i Grekland.

Stefan visade in henne i vardagsrummet där han dukat för middag vid matsalsbordet. Han hällde upp ett glas rödvin som han räckte henne och försvann ut i köket. Efter några minuter kom han tillbaka med mat upplagd på tallrikar som såg ut som de var tänkta för en kocktävling. Han flinade stolt när han såg hennes uppskattning och förvåning. Malin njöt av varje tugga. Hon hade aldrig tidigare ätit en så mör och smakrik lammstek späckad med vitlök och citron. Vinet gjorde henne avslappnad och modig.

– Vilka talanger du har, sa Malin. Bakar bröd och lagar underbar mat.

– Tack, skrattade Stefan. Jag gillar god mat. Sen jag blev singel har jag tvingats lära mig för att slippa snabbmat och gå på krogen.

– Önskar att jag haft samma intresse. Tyvärr är jag hopplöst obegåvad när det gäller kulinariska färdigheter.

– Mer vin?

Han böjde sig fram och fyllde på hennes glas.

– Tack för att du engagerar dig i Olivia, sa Malin.

– Hon är med mig i verkstaden, det är allt. Hon sköter sig själv. Gör inte något väsen av sig.

– Jag är tacksam att hon hittat något som gör henne glad. Olivia verkar gilla dig och att jobba med lera.

– Hur går det med måleriet? sa Stefan. Du har väl inte glömt vår gemensamma utställning?

– Absolut inte. Jag är snart klar med kvinnoporträttet. Jag har inspireras av dig och låtit henne få kråkor i håret.

De avslutade middagen med en skål för deras framtida samarbete.

Stefan satte handflatorna i bordet, reste sig och lutade sig fram mot henne. Stearinljusets låga flämtade till. Ett flyktigt leende drog över hans läppar. Han slöt ögonen och rätade på sig som om han ångrade sin ingivelse. Hans blick var naken och sårbar när den mötte hennes. Han försvann ut i köket med tallrikar och bestick.

Hon satt kvar och log för sig själv. Vinet spred värme i kroppen och hon var fylld av förväntan. Kroppen blev mjuk när hon kände hans varma händer på axlarna.

– Vad fin du är i kväll, viskade han i henne hår.

Han drog upp henne från stolen och slöt henne i sina armar. Värmen från hans kropp fick pulsen att öka. Varsamt kysste han henne på pannan och halsen. Hon reste sig upp på tå, lät tungspetsen utforska hans läppar och mellanrummet mellan hans tänder. Hon kände hans tunga som girigt sökte hennes. De klamrade sig fast vid varandra.

Hennes kinder blev våta av tårar. Var det sorg eller glädje? Hon visste inte. Hon visste bara att hon inte längre ville stå emot. Hon skulle ge sig hän. Ta för sig av det som livet bjöd och sluta att oroa sig för morgondagen.

Hans händer smekte henne, knäppte upp knapparna i hennes blus.

Hon stelnade till, plötsligt osäker. Han sköt henne ifrån sig och tittade frågande på henne.

– Förlåt, sa hon. Det var länge sen. Har inte varit någon sedan Robert.

Han tog hennes hand och ledde in henne i sovrummet. Han kysste hennes bröst, lät tungan snudda vid hennes bröstvårta. Ivrigt hjälpte de varandra av med kläderna. Lät dem falla ner på golvet.

Hon låg naken, utsträckt på sängen. Han låg bredvid med huvudet lutat i handen och betraktade henne.

– Jag kan inte se mig mätt på dig, sa han och smekte henne ömt med lätta fingertoppar.

Malin rös av vällust.

De älskade tills de svettiga och utmattade somnade i varandras armar.

Malin vaknade med ett ryck. Hjärtat bultade i halsgropen.

Shit, tänkte hon. Hur länge har jag sovit?

Det var mörkt sånär som en ljusstrimma från utebelysningen som kastade ett svagt ljus över Stefans sovande ansikte.

Olivia, tänkte hon. Jag måste hem. Olivia kommer tolv och då måste jag vara hemma.

Hon tände sänglampan och såg på sitt armbandsur. Klockan var kvart över elva. Hon drog en suck av lättnad.

Stefan satte sig upp och strök henne över ryggen.

– Jag följer dig, sa han.

– Det behöver du inte.

– Jag vill inte att du går ensam i mörkret. Det är skönt med en kvällspromenad.

De klädde sig och klev ut i mörkret. Vinden hade avtagit och det duggade fint. Utebelysningen hade bleka auror av den fuktiga luften och det luktade starkt av kryddor från kökslandet.

Malin stack tacksamt sin arm under Stefans. Det kändes tryggt att ha honom bredvid sig, det hade varit kusligt att gå ensam i mörkret. Hon tänkte på Olivia, var glad att hon köpt nya lysen till cykeln.

Huset låg i mörker och ingen cykel syntes utanför. Då hade hon trots regnet blivit kvar på campingen. Hon låste upp och Stefan följde med in i hallen. Han slog armarna om henne och höll henne hårt intill sig.

– Tack för en fin kväll, mumlade han i hennes hår.

Malin ställde sig på tå och kysste honom på munnen.

– God natt, sa hon. Vi ses i morgon.

Hon följde honom till ytterdörren, hejdade honom när han klev ut på trappan.

– Tack för att du finns, sa hon och strök honom över armen.

Han log och stängde dörren efter sig.

Malin gick in i köket, klämde ut tandkräm på tandborsten samtidigt som hon försökte se om Olivia syntes genom fönstret. Köksklockan visade på tio minuter i tolv.

Olivia kommer säkert inte en minut innan hon måste, tänkte Malin.

Hon gick in i vardagsrummet och lade sig på soffan så hon hade uppsikt över hallen. Tankarna surrade, hoppade mellan mamma, Stefan, Olivia och Ellen. Hon var trött. Ville ha en hand att hålla i. Någon som ledde henne rätt.

Hennes ögonlock blev tunga och sömnen befriade henne från grubbel.

Kapitel 7

Olivia fumlade med blixtlåset i sovsäcken som hon delade med Johannes. Det var svårt att andas, hon fick inte luft. Hon kämpade för att få upp armarna. Johannes låg som klistrad mot hennes rygg. Han muttrade något ohörbart och tog tag i hennes handled och höll fast.

– Vad gör du? väste han och reste upp huvudet.

Sovsäcken drogs åt om hennes hals.

– Jag måste hem, sa hon.

– Äh, varför det?

– Malin sa att jag måste vara hemma senast tolv.

– Skit i Malin. Hon är inte din morsa.

– Nä, det kan jag inte. Hon blir sjukt förbannad.

Hon lyckade få ner dragkedjan och kravlade upp på knä. Med händerna sökte hon över tältgolvet och hittade sina hopknölade kläder intill tältduken som var kall och fuktig. Hon drog på sig trosor, jeans, linne och munkjackan som hon fått av Johannes. Linnet hamnade bak och fram. Det var obekvämt men hon brydde sig inte om det. Ville komma ut från tältet, så forts om möjligt. Behån som Johannes slitit av så häftigt att en hyska lossnat, knölade hon ner i jackfickan.

Hon kände sig ofräsch, önskade att hon kunde tvätta sig innan hon cyklade hem. I campingens servicehus skulle hon kissa och torka av sig kladdet från Johannes.

– Kommer du i morgon? sa Johannes.

– Vet inte.

– Vadå, vet inte? Vi har för fan åkt hela vägen för din skull.

– Malin är skitsträng. Jag fick typ tjata för att få åka hit. Hon kommer tjalla för morsan och då får jag ett helvete när jag kommer hem.

Johannes muttrade att han minsann inte skulle gå hemma och vänta på henne.

Hon var osäker på om hon ville träffa honom igen. Känslorna för honom var förändrade. När de hade sex första gången blev hon besviken. Det var inte vad hon hade drömt om. Inte alls som Sofia hade beskrivit när hon låg med Petter. Smärtan hon kände när han trängde in i henne fick henne nästan att gråta. Sedan gick det så fort att hon inte hann fatta att det var över.

Det är bara första gången det gör ont, hade Sofia sagt när hon anförtrott henne hur hon känt. Fast det hade inte blivit bättre. Inte mycket, i alla fall.

Kanske var det henne det var fel på. Inget hade känts eller blivit som hon väntat sig. Tänk om hon var lesbisk?

Johannes drog henne till sig och tryckte läpparna hårt mot hennes. Instinktivt sköt hon honom ifrån sig. Han suckade och vände henne ryggen.

– Stick då för fan, sa han.

Hon kröp ut från tältet och drog in frisk luft i näsborrarna. Kvällens regn hade övergått till ett disigt dugg. Hon vände upp ansiktet och lät den fuktiga luften svalka hennes panna och kinder. Gympaskorna som hon ställt utanför tältet, var blöta och svåra att få på sig. Skosnörena lämnade hon oknutna när hon småsprang mot servicehuset. Toaletterna var låsta och hon hade glömt bort koden. Att gå tillbaka till Johannes i tältet ville hon inte. Hon fick hålla sig tills hon kom till vassen vid bron.

Sofia låg i ett annat tält med Petter. Hon funderade på om hon skulle gå dit, hade velat säga hej då, men bestämde sig för att avstå. Hon ville inte störa eller ändå värre behöva svara på Sofias frågor. Det fick bli ett sms i morgon.

Malins cykel stod lutad mot baksidan av butiken som den här tiden på dygnet var stängd och nedsläckt. Inga människor syntes till men hon kunde ana att det lös bakom fördragna gardiner i några husvagnar. En vildkanin rusade skrämd upp framför hennes fötter. Hon hajade till och hjärtat slog några extra slag av den plötsliga rörelsen.

Sadeln på cykeln var blöt, hon torkade av den med tröjärmen och knäppte på de batteridrivna cykellamporna. Det var inte svårt att hitta tillbaka hem, även om hon inte cyklat vägen i mörker tidigare. Hon skulle ta sig fram till gångbron över Helge å. Sen följa Lillesjö väg tills hon kom fram till Havsbadsvägen. Därifrån var det några hundra meter till avtagsvägen som ledde till Malins hus.

En lättnad spred sig i bröstet när hon trampade iväg mot bron. Johannes krävde saker av henne som hon inte ville eller hade lust att ställa upp på. Bara hans önskningar gällde, han hade aldrig frågat hur det var för henne eller hur hon ville ha det. Han blev sur och vresig när han inte fick som han ville och Olivia medgav för första gången för sig själv att hon varit alldeles för angelägen att vara honom till lags. Det fick vara slut på det från nu. Hon längtade efter Malin, Ellen och Stefan som lät henne vara i hans verkstad. Malin var faktiskt schyst. Hon brydde sig. I morgon skulle hon dreja. Stefan hade lovat hjälpa henne att göra temuggar att ta med hem.

Bron saknade belysning och var hal av regnet. Olivia klev av cykeln och började leda den. Hon rös till, frusen av den fuktiga luften som letade sig in under jackan. Hon såg bara några meter framför sig. Ljuset från cykellampan åts upp av duggregnet. Hon trevade med handen i jackfickan efter mobilen. Skulle hon ringa Malin och be om skjuts? Nej, det kunde hon inte. Hon hade tjatat om att få åka till campingen. Nu fick hon klara sig själv. När hon närmade sig slutet av bron kändes det bättre. Det lös i ett fönster i en av sommarstugorna på andra sidan ån.

Hon snubblade, flämtade till och föll ner på knä. Cykeln lyckades hon hålla upprätt.

Shit, tänkte hon. Skosnöret …

Hon böjde sig ner och knöt skorna med darriga fingrar. I ögonvrån tyckte hon sig se hur en figur lösgjorde sig från mörkret invid vassen och närmade sig henne med snabba steg. I förskräckelsen tappade hon taget om cykeln som ramlade omkull med ett skrammel. Framlyset lossnade och föll ner i vattnet med ett plums. En knuff i ryggen fick henne att falla handlöst över cykeln. Hon tappade andan när styret träffade henne i mellangärdet.

En hand slöt sig över hennes mun. Blodet rusade i hennes ådror. Hon var skräckslagen. Starka armar höll fast henne bakifrån, klämde till om halsen så att hon inte fick luft. Hon satt fast som i ett skruvstäd. Hon sparkade, försökte med alla krafter vrida sig loss. Inget hjälpte.

Farmor, tänkte Olivia. Jag skulle ha stannat hos dig. Vem ska vara hos dig, nu när du är sjuk?

Det ringde i öronen, kändes som om ögonen skulle tränga ut ur sina hålor av trycket i skallen. Musklerna blev slappa och kraftlösa innan allt blev svart.

Kapitel 8

Ryggen värkte och nacken var stel som en pinne. Malin tog stöd med händerna mot soffbordet, satte sig upp och rullade huvudet från sida till sida. Det tog en stund innan hon erinrade sig varför hon sovit på soffan.

Olivia, tänkte hon. Har Olivia kommit hem utan att jag vaknat?

Malin slängde av sig filten som låg virad runt benen, stack fötterna i ett par skinntofflor och gick ut i hallen. Inga skor, ingen jacka som tillhörde Olivia. Hon sprang uppför trappan till flickornas rum. Dörren var öppen och sängarna orörda.

Malin satte händerna i sidorna och irritationen växte. Hon ångrade att hon gått med på Olivias tjat. Hon reste sig, lutade pannan mot den svala fönsterrutan och tittade ut mot vägen. Regnvädret som dragit in under kvällen var ersatt av dis. Naturen utanför fönstret var inbäddad i ett vått täcke. Det var tyst. Fåglarna hade ännu inte vaknat. Ingen vind fick löven att rassla. En gammeldags väckarklocka som Ellen köpt på loppis, tickade ljudligt och visade på tio över fyra.

Malin hämtade mobilen och slog Olivias nummer. Svararen gick igång direkt och Malin knäppte bort samtalet.

Har hon mobilen avstängd? tänkte hon. Jag hoppas hon har en jäkla bra förklaring till varför hon inte är hemma. Ska hon vara kvar här får hon fan lära sig att rätta sig efter regler.

Malin gick ner till hallen och öppnade dörren till klädkammaren. Där hittade hon, efter en stunds letande, en gammal röd regnjacka som inte varit använd de senaste somrarna. Hon grimaserade när hon kände en svag doft av mögel. Utan att bry sig om att hon var barfota klev hon i ett par stövlar och gick ut till bilen.

Motorn hostade till i den fuktiga luften när hon vred om startnyckeln. Sakta rullade hon nerför grusvägen och svängde av mot samhället. Fram till ån gick det att köra. Hade hon inte stött ihop med Olivia innan bron fick hon promenera sista biten till campingen.

Ingen Olivia syntes till efter vägen. Framme vid ån parkerade hon intill brofästet. Vattnet var spegelblankt och det var ovanligt tyst. Vanligtvis sjöd det av liv och rörelse nere vid ån på sommaren, och trafiken från landsvägen brukade höras. Hon kunde inte påminna sig att hon gått här vid denna tid på dygnet tidigare. Det luktade rökt fisk från rökeriet och campingen var sömnigt inbäddad i dimslöjor. Tre tält var uppsatta närmast vattnet, annars var det husvagnar och husbilar som befolkade området. Hon tog för givet att Olivia och hennes kompisar höll till i tälten.

Hon valde ut ett på måfå, satte sig på huk och drog upp tältets blixtlås en bit. Obehaget inför vad som väntade innanför tältduken fick händerna att darra, det kändes inte okej att snoka. Själv hade hon blivit fly förbannad om hon hade legat i tältet.

Med ansiktet nära tältöppningen, ropade hon tyst.

– Olivia!

Det rörde sig inne i tältet och dragkedjan drogs upp från insidan. Ett sömnigt flickansikte tittade ut.

Malin kände genast igen Sofia som hon träffat hemma hos Lisen vid några tillfällen. Senast var det när Olivia fyllde femton.

– Hej, det är jag som är Malin. Jag letar efter Olivia. Vet du var hon är?

– Hon skulle hem vid tolv, sa Sofia och gäspade. Om hon är kvar är hon i det blå tältet med Johannes.

– Okej, jag ska kolla där.

Olusten växte och hon fick stålsätta sig för att inte ge upp och gå därifrån. Det var kanske inte så farligt om Olivia blev kvar på campingen under natten. Hon tänkte på när hon själv var tonåring och sov i tält hemma hos en kompis. Hur galen hon blev på sin pappa när han sent en kväll kom smygande och överrumplade dem med att tjuvröka. Fast nu hade hon lovat Lisen att ta ansvar för Olivia. Hon hade trots allt kommit ner till Yngsjö för att komma ifrån sitt destruktiva sällskap i Salem. Oliva skulle hem, så var det bara.

Hon öppnade tältöppningen några centimeter.

– Hallå, är det någon där? sa hon.

Det var tyst och ingen rörelse märktes inne i tältet. Hon upprepade sin fråga, lite högre den här gången.

Ett rufsigt huvud blev synligt. Blicken som mötte hennes var förvirrad med onaturligt stora pupiller. Han såg inte ut att vara helt vaken. Om det inte hade varit för allvaret i situationen hade Malin haft svårt att hålla sig för skratt vid synen av den besynnerliga figuren. Han hade ringar i båda ögonbrynen och en större ring i näsan. En plugg i vänster öra hade töjt ut örsnibben och håret var svart och spretigt.

Är det Johannes? tänkte hon. Herregud, vilken smak Oliva har.

– Va fan är det om, sa Johannes.

– Jag letar efter Olivia. Är hon här?

– Hon stack hem för flera timmar sen.

Johannes drog igen tältöppningen.

Ilskan sköt upp som en blixt i huvudet på Malin. Nu fick det fan vara nog. Hon böjde sig ner, tog tag i blixtlåset och slet upp tältöppningen.

– Vad i helvete håller du på med, skrek Johannes.

Malin stirrade snopet in i tältet. Ingen Olivia ...

– Vet du var Olivia är? sa Malin. Hon har inte kommit hem. Klockan är snart halv fem.

– Jag har ingen aning. Jag skiter fullständigt i var hon är. Det kan du hälsa henne när du träffar henne.

– Fattar du inte att det är allvar? Olivia är försvunnen.

– Jag är trött på att vara ihop med en jävla barnunge.

– Kan hon ha gått till någon i de andra tälten?

– Vet inte. Kolla i Petters och Sofias tält.

– Det har jag gjort. Hon var inte där. Kan hon vara i det tältet? sa Malin och pekade på det tredje tältet med cyklar utanför.

– Tror jag inte, sa Johannes. De är tyskar.

Malin tog upp mobilen och slog Olivias nummer igen. Svararen gick igång.

– Hon har inte telefonen på, sa hon. Vad har du för nummer?

Johannes rabblade upp sitt mobilnummer och Malin knappade in det i telefonen.

– Jag skickar ett sms till dig, så har du mitt nummer. Lova att du ringer om hon kommer eller om du hör något om var hon kan vara.

– Okej, sa Johannes.

Det fanns något nervöst hos honom. Malin kunde inte sätta fingret på vad det var. Han undvek att se henne i ögonen och drog oavbrutet i den uttöjda örsnibben.

Han har tagit sig hela vägen ner till Skåne för att träffa Olivia, tänkte Malin. Hon har tydligen stuckit ifrån honom. Inte konstigt om han är besviken.

Malin gick runt på campingen och letade efter sin cykel som Olivia lånat. Hon tittade vid campingens servicehus och vid butiken där hon brukade handla rökt fisk. Ingen cykel.

Hon har lämnat campingen i alla fall, tänkte hon och gick tillbaka till bilen.

Solen började tränga igenom dimmolnen. Det skulle bli en varm dag när dimman lättade. Metrologerna hade lovat ett stabilt högtryck och hon hoppades att de hade rätt. Det var betydligt lättare att hitta på aktiviteter för Ellen och Olivia om vädret blev mer stabilt.

Jag väntar en timme, tänkte hon. Har inte Olivia kommit tillrätta innan dess ringer jag polisen. Vem vet vilka som rört sig i området i natt.

Hon rös till när hon kom att tänka på den gången hon liftade hem från Åhus. Hon var sjutton år och hade varit på fest hos ungdomar hon lärt känna på stranden. Det bjöds generöst på både öl och vin och hon hade blivit berusad. Att ringa pappa och be om skjuts var otänkbart. Trots alla varningar gick hon upp till landsvägen för att försöka få lift.

Första bilen som hon visade tummen, stannade. En man i fyrtioårsåldern öppnade dörren på passagerarsidan och frågade vart hon skulle.

– Yngsjö, svarade hon. Jag bor vid Havsbadsvä-
gen fast du kan sätta av mig vid affären så går jag res-
ten av vägen.

– Okej, hoppa in.

När hon satt sig tillrätta i bilen och knäppt fast sä-
kerhetsbältet, ångrade hon sig. Något var fel. Förnuftet
sa henne att hon borde försöka komma ur bilen. Han
stirrade på henne med ett obehagligt flin i ansiktet som
gjorde henne osäker. Han körde sakta. Åt henne med
blicken. Efter några hundra meter placerade han sin
hand på hennes knä.

Hon stelnade till och flyttade sig så långt från ho-
nom som det var möjligt.

– Vad gör du? sa hon.

Han svarade inte, tog hennes hand och tryckte den
över sitt kön.

Hon slet till sig handen. Paniken fick henne att
nyktra till.

– Stanna bilen, skrek hon.

Han ignorerade henne. Fortsatte köra.

Hon tog tag i bilens dörrhandtag, slet för att få upp
dörren.

– Vad i helvete gör du? sa han. Fattar du inte att
det är livsfarligt att öppna dörren medan jag kör.

Han bromsade in vid vägkanten och glodde ilsket
på henne.

– Stick, sa han. Lifta aldrig mer om du inte är be-
redd att betala för tjänsten.

Hon öppnade bildörren med skakiga händer. I
vägrenen blev hon stående dubbelvikt och kräktes.
Spyor stänkte på byxbenen och satte fläckar på hennes
tygskor. Hon grät och tårarna blandades med snor. När
illamåendet lättat började hon gå. Det tog henne drygt

en timme att på darriga ben ta sig hem. Hon hade aldrig liftat sedan den gången.

Bara inte Olivia fått för sig att följa med någon, tänkte hon. Det finns så mycket konstiga typer.

Var fanns cykeln? Om Olivia åkt med någon, borde cykeln finnas efter vägen.

Malin kröp fram på tvåans växel. Med blicken scannade hon av området närmast vägen. Ingenting.

Hon suckade resignerat när hon klev ur bilen hemma på tomten och strök handen trött över pannan. På verandan klev hon ur stövlarna och slängde regnjackan över pinnstolen som var täckt med kläder. Oron för Olivia fick tankarna att surra osammanhängande. Vad skulle hon göra? Var skulle hon börja? Var det överspänt att ringa polisen?

Hon satte sig i fåtöljen inne i ateljén. Trummade rastlöst med fingrarna på armstödet. Mobilen förhöll sig tyst. Displayen visade inga missade samtal eller meddelanden.

Hon slog Olivias nummer igen och hamnade åter i röstbrevlådan. Olivias barnsliga röst rabblade upp ett kortfattat svar. *Olivia här. Säg något så ringer jag upp när jag kan. Ha en bra dag.*

Malin väntade tills pipet klingat ut.

– Det är Malin, sa hon. Ring mig så fort du hör det här. Det är viktigt. Jag är orolig för dig.

Hon knäppte av samtalet, blev sittande med mobilen i handen och stirrade på duken med kvinnoporträttet. Inte mycket hade blivit gjort sedan hon kom till sommarhuset. Hur hade hon kunnat inbilla sig att hon skulle kunna ge sig in på en konstnärlig bana. Så patetiskt. Som konstnär måste man vara egocentrisk, ha egen tid. Det skulle dröja många år innan den perioden infann sig.

Malin tittade på klockan. Halv sex. Då kunde hon ringa Stefan.

Han svarade på tredje signalen.

– Tack för i går, sa han innan hon hann säga något. Jag såg att det var du som ringde. Du är tidigt uppe.

Hans röst var lugn och trygg. Malin fick en klump i halsen och svalde hårt.

– Olivia har inte kommit hem, sa hon.

– Har hon inte kommit hem?

– Jag somnade på soffan i går kväll. När jag vaknade vid fyratiden var hon inte hemma.

– Hon kanske är kvar på campingen.

– Jag har varit där. Träffade hennes kompisar som sa att hon åkt för flera timmar sedan.

Stefan blev tyst en lång stund. Malin kände hur det brände bakom ögonlocken och hon snörvlade ljudlig.

– Fanns cykeln kvar? sa Stefan.

– Nej, jag letade på campingen. Där fanns den inte och inte efter vägen. Jag är orolig, Stefan. Vad ska jag göra? Ska jag ringa polisen?

– Ring polisen. Jag kommer om en stund. Jag tar vägen förbi campingen.

Malin googlade fram numret till Kristianstadpolisen, drog djupt efter andan och slog numret.

Hon fick tala med en förstående polis som antecknade uppgifter om Olivia. Han förhörde sig om vad som hade hänt sedan hon senast såg henne, om de hade varit osams, hur hon var klädd och om hennes besök på campingen. Polismannen lugnade henne med att försvunna personer oftast kommer tillrätta av sig självt inom tjugofyra timmar. Olivia hade kanske cyklat ner till havet. Hon ville kanske vara ensam om hon grälat med sin pojkvän. Det fanns mängder av anledningar till att personer höll sig undan frivilligt. Han bad Malin att omedelbart kontakta polisen om det skedde någon förändring. Eftersom Olivia var så ung skulle en efterlysning gå ut direkt men en organiserad skallgång fick vänta några timmar.

Malin gick ut i köket, hällde upp ett glas vatten och satte på kaffebryggaren. Hon drack det iskalla vattnet i ett svep och satte sig med pannan lutad i händerna. Med fingrarna masserade hon tinningarna, tänkte att hon måste hålla huvudvärken i schack och hjärnan alert.

Det knastrade från grusgången och genom köksfönstret såg hon hur Stefans bil svängde upp på grusvägen. När han stannade bilen framför verandan såg hon cykeln som stack ut under den halvt öppna bakluckan.

Vilken tur. Stefan, hennes räddare i nöden. Han har hittat Olivia. Nu ska hon få höra ett och annat. Något sådant här kommer jag inte att tolerera

Hon sprang ut, stannade tvärt på trappan när hon konstaterade att det bara var Stefan som klev ur bilen. Paralyserad blev hon stående och stirrade på cykeln. Den var full av dy och sjögräs hängde från bakhjulet.

Olivia, Olivia …

– Den låg slängd i vassen invid bron, sa Stefan med ett plågat uttryck i ansiktet. Det är nog dags att du ringer Lisen.

Kapitel 9

L isen lät badrocken falla till golvet och stack prövande ner foten i det heta vattnet. Det var inte ofta hon tog sig tid att nyttja det nya bubbelbadkaret, som hon införskaffade för drygt ett år sedan. Badkaret var egentligen alldeles för stort för hennes badrum men hon njöt av lyxen med alla finesser. Köpet av den otympliga pjäsen hade varit helt oplanerat. Hon hade låtit sig övertalas av en enträgen säljare som insisterade på, att ett bubbelbad måste hon ha.

Shit, hur gick det där till? tänkte hon när hon skakade hand med en till synes mycket nöjd försäljare.

Hon gled ner i badet, lät sig omslutas av det heta vattnet och knäppte på badkarets massagefunktion. Badrummets kakel och spegeln ovanför handfatet immade igen. Ögonlocken blev tunga och koppen slappnade sakta av. Lisen var dödstrött. I två veckor hade hon tvingats jobba över varje kväll. Hon var less på jobbet. Varje år innan semestern utspelades samma scenario. Stressen var så påtaglig att den svävade som ett fysiskt väsen över hela kontorslandskapet. Övertidstimmarna blev många och alla anställda slet för att kunna unna sig några veckors semester och slippa gnaget av dåligt samvete maggropen.

Jag spyr på momsredovisningar och delårsbokslut, tänkte hon. En vecka kvar, sen får det bli hur det vill med gnälliga kunder och chefer som skiter i om medarbetarna brakar in i väggen.

Till Tylösand skulle hon. Bara hon och Erik, om han nu kunde slita sig från sin forskningsrapport. Hon kunde fortfarande inte fatta att hon haft sådan tur som träffat honom. Äntligen en seriös man med ambitioner, bra utbildning och ett prestigefyllt jobb. Dessutom gav han sken av att ha bra ekonomi, även om hon aldrig frågat honom rakt ut, märktes det på hans vanor. Hans familj var välbärgad. Han hade berättat att de ägde en stor egendom i norra Värmland och själv hade han en fastighet i Stockholms skärgård. Att han var snygg att se på var extra bonus. Det gick inte att undgå att lägga märke till hur kvinnor slängde sina lystna blickar efter honom. Hon hade trillat dit ordentligt.

Efter att ha halvslumrat i badet en halvtimme steg hon upp och frotterade sig torr, tog på rena trosor och kröp ner i sängen. Lakanen var svala mot hennes heta hud. En deckare av Håkan Nesser låg på nattduksbordet. Hon hade köpt den i pocketshoppen på Arlanda för flera veckor sedan men bara kommit till kapitel fyra. Det var omöjligt att orka läsa mer än några få sidor åt gången. I kväll var det inte ens lönt att försöka. Hon släckte lampan och somnade omedelbart.

Fem timmar senare vaknade hon av telefonen som vibrerade ljudligt.

– Hallå, sa hon med skrovlig röst.

– Lisen, det är Malin. Väckte jag dig?

– Det är ingen fara. Jag ska ändå gå upp, jobbar den här veckan.

– Lyssna! Du måste åka hit. Olivia är försvunnen.

– Försvunnen? sa hon och blev med ens klarvaken.

– Olivia kom inte hem från campingen i går kväll,
sa Malin. Det går inte att nå henne på mobilen. Jag är så
sjukt orolig. Det är så ... jobbigt.

– Hon är väl hos Johannes.

– Hon är inte kvar på campingen. Jag har kollat
med både Johannes och Sofia.

Lisen blev med ens klibbig av svett och det blev
trångt att andas.

– Vad gör vi nu? Har du ringt polisen? pressade
hon fram.

– Det är fixat. Försök få plats på ett tåg till Kristi-
anstad nu på morgonen. Jag hämtar dig på stationen.

Med darriga fingrar slog hon numret och beställde
en taxi. Halvspringande mellan rummen, klädde hon
sig, rotade fram ombyte från en byrålåda och packade
ner det viktigaste i weekendväskan som hon fått av
Erik. Rena underkläder, några t-shirts och necessären.
Hon drog en kam genom håret samtidigt som hon
hämtade handväskan som hängde över en stolsrygg i
köket. Från köksfönstret såg hon taxin som svängde
upp på parkeringen utanför.

Någon minut senare svängde taxichauffören ut
mot E4 samtidigt som hon instruerade honom, han
nickade och studerade henne med rynkad panna, i back-
spegeln. Hon kröp ihop i taxins baksäte och ringde Eva
på kontoret. Eva svarade som vanligt med sin lugna
tydliga telefonröst.

– Rydéns revisionsbyrå.

– Hej Eva, det är Lisen, hasplade hon ur sig.

– Oj, sa Eva. Du låter stressad.

– Snälla Eva, du måste hjälpa mig. Jag är på väg
till Stockholms central. Vill du vara snäll och ringa och
boka en tågbiljett till Kristianstad med avgång så fort

som möjligt. Jag kan vara där om fyrtiofem minuter.
Jag förklarar sen.

Lisen bad taxichauffören att köra så fort det gick.
Hon hörde själv hur paniken fick rösten att låta gäll. I
jämnhöjd med avfarten till Fruängen ringde Eva tillba-
ka.

– Ditt tåg går åtta och tjugofem. Det bör du hinna.
Jag messar dig bokningsnumret.

– Tack snälla Eva. Hälsa Martin att jag måste ta
ledigt några dagar. Jag får skjuta på semestern och job-
ba igen det jag missar när jag kommer tillbaka.

– Får man fråga vad som har hänt? sa Eva.

– Det är Olivia ...

Gråten trängde sig upp i halsen och hon fick svårt
att tala.

– Inget allvarligt hoppas jag, sa Eva.

– Vi får ta det sen. Jag orkar inte prata om det nu.

Aldrig tidigare hade tågresan varit så lång. Lisen
var yr och illamående. Hon drog sig till minnes att hon
inte ätit någon frukost. I restaurangvagnen köpte hon en
kopp kaffe och en plastinpackad baguette med ost och
skinka. Hon tog sig tillbaka till sin sittplats, balanserade
kaffekopp och smörgås på en bricka. När tåget stannade
i Nässjö tre timmar senare låg baguetten fortfarande
oäten på pappersassietten. Det var omöjligt att få ner
något.

Två gånger under tågresan, hade Malin ringt. Poli-
sen hade varit hos henne och hållit förhör. Sofia, Petter
och Johannes hade fått redogöra för polisen vad som
hade hänt under gårdagskvällen. Några spår efter Olivia
fanns inte. Bara cykeln som de hittat i ån.

Fem timmar efter att hon startade resan från Stockholm, klev hon av tåget i Kristianstad och gick mot det gula stationshuset. Vid Pressbyrån fick hon syn på Malin som kom mot henne med utsträckta armar. Lisen släppte sin väska och de kramade om varandra. En lång stund stod de i en ordlös omfamning. Äntligen kunde Lisen släppa fram sina tårar.

– Jag är så ledsen, sa Malin. Allt är mitt fel.

– Det är inte ditt fel, snyftade Lisen. Det kunde lika väl ha hänt hemma.

– Vi måste hålla hoppet vid liv, sa Malin. Det finns säkert en rimlig förklaring till hennes försvinnande.

– Hon är inte alltid så noga med att ringa hem när hon stannar över hos kompisar, sa Lisen och torkade bort tårarna med tröjärmen.

– Stefan väntar vid parkeringen, sa Malin.

De gick över Västra Boulevarden bort mot vattentornet där Stefan parkerat. Stadsdelen runt centralstationen var som en stor byggarbetsplats. Människor sprang kors och tvärs. Bussar försökte tränga sig fram i den trånga passagen utanför stationshuset.

– Vad rörigt det är, sa Lisen.

– De håller på att bygga om centrum, sa Malin.

Stefan stod med bildörren på förarsidan öppen. Han vinkade. Gick dem till mötes och kramade om Lisen. Hon var tacksam att han inte sa något om Olivia, hon ville inte börja böla igen.

Malin satte sig bredvid henne i baksätet och höll henne i handen som om hon var ett barn. Lisen lutade pannan mot bilfönstret och såg ut på landskapet som rusade förbi, hon orkade inte tala, önskade bara att hon kunde få ordning på alla förvirrade tankar. De svängde ut på motorvägen mot Kalmar och tog av mot Åhus. Vägen var välbekant. Hon hade åkt mellan Kristianstad och Yngsjö alla somrar hon tillbringat med Malins familj. Ibland hade hon och Malin tagit bussen in till staden för att shoppa. Hon älskade Skåne. Ljuset. De öppna fälten med vallmo och prästkragar i dikesrenen. Naturen brukade fylla henne med glädje och förväntan. I dag såg hon inte det vackra. Oron vred sig som ett hungrigt djur inom henne och fick allt att se grått och färglöst ut.

Det första hon fick syn på när de svängde upp på Malins tomt var cykeln som de hittat i ån. Den stod där som ett omen med torrt sjögräs hängande från ekrarna. Synen var outhärdlig, som ett knytnävslag i solarplexus. Med ens blev Olivias försvinnande så påtagligt. Hon kunde inte hejda gråten längre, slog händerna för ansiktet och grät högt.

Stefan hjälpte henne ur bilen och ledde henne uppför trappan in i Malins kök. Malin kom efter med hennes väska.

– Vill du ha något att dricka? sa Malin och lade en hand på hennes axel.

– Bara en kopp kaffe, tack. Jag törs inte ta något starkt, har inte ätit något.

Malin bryggde kaffe och bredde smörgåsar som hon lade upp på ett fat och ställde fram på köksbordet. Kaffebryggarens sörplande och tevens brus som hördes från vardagsrummet, kändes lugnande. Vardagliga ljud som fick henne att hålla kvar i verkligheten.

– Poliskommissarie Sven Hedman kommer hit i kväll, sa Malin. Han vill ha så mycket information han kan få om Olivia. Försök att äta så att du är klar i huvudet. Alla detaljer är viktiga.

– Vad gör polisen? sa Lisen.

– De gör vad de kan, sa Stefan. I dag har de talat med folk på campingen. Eftersom hon är ung och inte kommer från trakten, ser de allvarligt på händelsen.

– Vi har anmält hennes försvinnande till Missing People, sa Malin. De kommer att hjälpa till vid en skallgång om det blir nödvändigt. Polisen kommer att använda hundar att söka med.

– I morgon ska polisen dragga i ån om hon inte kommit tillrätta, sa Stefan och lade sin hand över hennes.

Vad talar de om? tänkte hon. Söka med hund? Dragga i ån? Skallgång?

Hon fick ingen ordning på tankarna som osammanhängande studsade runt i huvudet och hotade göra henne galen.

Hon tog en smörgås, bet av en bit och tuggade mekaniskt. Tuggan växte till en gigantisk klump i munnen, omöjlig att svälja. Hon drack vatten, blundade och försökte tränga undan illamåendet.

– Kan vi inte göra något? sa hon. Ut och leta. Vad som helst. Jag står inte ut med att vara passiv.

– Du gör mest nytta om du talar med poliserna, när de kommer, sa Stefan.

– Jo, det klart. När kommer de?

– Vid sjutiden, sa Stefan. De är angelägna att få tala med dig så fort som möjligt.

Lisen hjälpte Malin att duka av och diska upp kaffekopparna. Båda var försjunkna i tankar. Det var svårt att tala, fanns inget småprat att lätta upp stämningen med. Lisen ville inte visa sin ångest för Malin. Det var inte svårt att inse att Malin hade tagit på sig en stor del av skulden till Olivias försvinnande. Hon ville övertyga

100

Malin att det inte var hennes fel. Det var hon som hade bett Malin om att Olivia skulle få komma till Yngsjö, därför att det höll på att gå snett för henne hemma i Salem. Lisen hade inte blivit särskilt förvånad om Olivia hade försvunnit hemma. Men här ... Hon hade i sin enfald trott att Olivia skulle vara trygg hos Malin. När Malin messade och ville veta om det var okej att Olivia träffade sina kompisar på campingen hade hon gett sitt medgivande, tänkte att det var en tryggare miljö än i närheten av Stockholm. Så naivt. Så jäkla enfaldig hon var.

Samvetet gnagde när hon tänkte på hur oengagerad hon varit. Bara messat ett okej tillbaka. Hon hade varit tillsammans med Erik när meddelandet från Malin kom.

Herregud, tänkte hon. Jag var helt upptagen av Erik. Jag orkade inte engagera mig i Olivia. Var så nöjd att någon annan tog ansvar för henne.

Hon rycktes upp ur sina tankar när det knackade på dörren. Stefan gick och öppnade. Hon hörde mansröster från hallen.

– Lisen, ropade Stefan. Kommissarie Sven Hedman är här och vill tala med dig.

Hon torkade av händerna på kökshandduken och tog ett steg ut mot hallen.

Malin grep tag i hennes hand.

– Kom ihåg en sak Lisen. Vad som än händer kommer jag att göra allt för att hjälpa dig. Kom ihåg det. Allt!

Lisen såg att Malins ögon var blanka och det ryckte svagt i hennes överläpp. Hon strök henne över kinden innan hon med skakiga steg gick för att tala med kommissarie Sven Hedman

Kapitel 10

Malin slog igen Bröderna Lejonhjärta och lade den på bordet intill Ellens säng. Oengagerat och slentrianmässigt hade hon tagit sig igenom ett kapitel högläsning utan att hon kom ihåg ett enda ord. Tankar flög okontrollerat och landade oupphörligen hos Olivia och Lisen.

Ellen låg tyst med oro i sitt annars så frimodiga ansikte. Malin strök henne över kinden och försökte le.

– Mamma, var är Olivia? sa Ellen.

– Jag vet inte gumman. Hon kommer säkert hem i morgon.

Malin hörde hur falskt det lät. Varför låtsas? Ellen var inget småbarn längre.

– I morgon är det många som ska hjälpa oss att leta efter henne, fortsatte Malin. Om hon inte har kommit hem innan förstås.

– Tänk om hon blivit bortrövad, sa Ellen.

– Det ska vi väl inte tro. Sov nu. Annars orkar du inte med morgondagen.

Hon kysste henne på pannan och gick mot dörren.

– Jag vill ha sänglampan tänd i natt, sa Ellen.

Malin nickade och sköt igen dörren. Från nedervåningen hörde hon hur Lisen talade med kommissarie Sven Hedman. I snart två timmar hade de hållit på.

När han förhörde henne och Stefan hade hon blivit irriterad. Han tjatade om detaljer och fick henne att känna sig som om hon var misstänkt. Stefan hade lugnat henne efteråt och påmint henne att polisen bara

102

gjorde sitt jobb. Det var i detaljerna som lösningen kunde finnas. De skulle få vänja sig vid fler jobbig förhör om inte Olivia kom till rätta.

Malin gick ner till köket. Stefan satt vid köksbordet med hennes laptop framför sig. Han lutade sig fram och läste koncentrerat med en bekymrad rynka mellan ögonbrynen.

– Nu är det ute i tidningarna, sa han och pekade på skärmen. Jag har kollat kvällstidningarna och Kristianstadsbladet. Samtliga har artiklar om Olivias försvinnande.

Hon satte sig bredvid honom, lutade sig fram mot datorskärmen och läste.

– Det är bra att allmänheten får veta, sa hon. Ju fler som är uppmärksamma desto bättre. Någon måste väl ändå ha sett eller hört något.

– Bara du slipper få hela tomten full med journalister i morgon bitti, sa Stefan.

– Det har du rätt i, och hur kommer Robert att reagera när han läser tidningen och ser på teve? Shit, det har jag inte tänkt på.

Fan, tänkte hon. Nu dröjer det inte länge förrän Robert och Bettan dyker upp. Han väntar bara på ett lämpligt tillfälle och bättre än det här kan han knappast få.

Ofta funderade hon över varför Robert ville krossa henne. Hon fattade inte hans syfte. Kanske var det hans dåliga samvete över att han gått bakom hennes rygg som gjorde att han hade ett behov av att trampa på henne. Han hade alltid velat framstå som lite bättre och mer seriös än andra.

Malin strök sig med en uppgiven gest över pannan.

– Det här kan få mer långtgående konsekvenser än de som direkt rör Olivia, sa hon.

Stefan såg på henne med ett frågande uttryck.

– Det har med Robert att göra, sa Malin. Det går tillbaka till händelser för flera år sedan.

– Okej, vill du berätta?

– Innan vi fick Ellen miste vi två barn sent i graviditeten. Jag krisade ihop, trodde aldrig jag skulle komma över sorgen. Det var fruktansvärt.

Hon hade svårt att hålla rösten stadig, trots alla åren som gått var det svårt att tala om förlusten.

– Det blev för mycket drickande under en period, fortsatte hon. Jag kunde inte hantera det på annat sätt, det var enda sättet att överleva. Robert ville inte förstå och nu använder han det mot mig.

Stefan lade armen om hennes axlar och snusade i hennes hår. Hon sköt honom från sig, klarade inte av hans ömhetsbetygelser. Allt kändes förvirrat.

Robert tittade på henne med en sårad min.

Hon ställde sig med korslagda armar över bröstet, lutade sig mot diskbänken och suckade uppgivet. Tankarna plågade henne. Hon kunde inte låta bli att undra vad som hade hänt om hon varit hemma och erbjudit sig att hämta Olivia. Åtminstone upptäckt i tid att hon inte kommit hem.

– Du vågar inte släppa in mig, sa Stefan.

– Vad menar du? sa hon.

– Jag tror säkert du förstår vad jag menar, sa Stefan och reste sig.

Lisen och kommissarie Sven Hedman kom ut från vardagsrummet. Hon var märkbart blek och ögonen var svullna och rödkantade. Malin gick fram och kramade om henne.

– Vill ni ha te? sa hon så neutralt hon förmådde.

– Tack, inte för mig, sa Sven Hedman.

Lisen följde honom till ytterdörren.

– I morgon fortsätter vi med vårt sökande efter O-livia. Polisen kommer att göra sitt yttersta för att hitta henne, sa Sven Hedman och klappade Lisen tafatt på axeln.

Lisen nickade och torkade sig under ögonen med blusärmen. Stefan kom samtidigt ut i hallen och tog sin jacka från klädhängaren.

– Jag ska också dra mig hemåt, sa han.

Han strök Malin över ryggen och sökte ögonkontakt med henne men hon orkade inte möta hans blick.

När Malin och Lisen blev ensamma slog de sig ner mitt emot varandra vid köksbordet. Malin hällde upp te och Lisen slevade upp honung ur burken som Malin köpt av den lokala biodlaren. Hon rörde tankfullt i sin kopp.

– Hur var hon innan … Jag menar, hur har hon varit de senaste veckorna? sa Lisen.

– Det har inte varit helt oproblematiskt om jag ska vara ärlig, sa Malin. Första veckan var hon trulig och otillgänglig. Sen blev det bättre. Hon har verkat glad de senaste dagarna.

– Har hon sagt något som kan förklara varför hon mår dåligt?

Malin harklade sig.

– Hon sa något som jag tolkade som att känner sig sviken.

– Vadå? sa Lisen med en rynka mellan ögonbrynen.

– Hon påstod att det bara är hennes farmor som bryr sig om henne, sa Malin och bet på en tumnagel.

– Sa hon det?

Malin lade sin hand över Lisens och lutade sig fram.

– Å Lisen, sa Malin. Det är så svårt när situationen är som den är. Jag vill inte göra det värre och kritisera dig, men Olivia har fått för sig att du inte bryr dig om henne längre. Hon sa att det är Erik som bestämmer och att du gör som han vill. Att sommarvistelsen här är hans förslag.

Lisen slog händerna för ansiktet.

– Hon kom hem en kväll utan att vi märkte det, sa Lisen. Erik var vansinnig den kvällen. Han hade kommit på Olivia med att surfa på hans dator.

– Var det så farligt?

– Hans forskningsmaterial finns där. Innan disputationen är allt så hemligt. Det var då han sa att det vore bra om hon fick komma ifrån Salem ett tag

– Vad tyckte du?

– Jag höll med. Inte för det där med Eriks dator. Jag vill ha bort henne från gänget hon håller ihop med. Det är så destruktivt för henne att umgås med dem.

– Vad tror du att hon hörde av ert samtal?

– Vet inte. Säkert bara fragment. Sen drog hon sina egna slutsatser.

De satt tysta. Lisen stirrade ner i sin tekopp och Malin masserade tinningarna i ett försök att hålla huvudvärken borta. Lisen som vanligtvis uppvisade ett oklanderligt yttre var långt ifrån sitt vanliga jag. Mascaran kletade runt ögonen. Hennes blonda hår var rufsigt och livlöst och blusen hade mörka svettfläckar under armarna.

– Jag tror Olivia har börjat trivas här, sa Malin. Jag har svårt att tro att hon har rymt frivilligt. Hon gillar Stefan. Han håller på att lära henne dreja. Hon ser upp till honom och tycker att det är kul att vara i hans verkstad.

Tårarna började rinna nerför Lisens kinder och hon torkade sig med baksidan av handen under näsan.

Malin reste sig och drog av en bit hushållspapper som hon räckte till Lisen.

– Vem vet vad Johannes lurat i henne, sa hon. Det räcker att man ser honom så fattar man att han håller på med droger och annat skit.

– Hoppas att polisen manglar honom ordentligt, sa Malin. Han var riktigt stöddig när jag var där i morse. Men nervig. Går han på amfetamin kan det förklara hans ryckighet.

– Sven Hedman ska ta in honom till förhör i morgon, sa Lisen. Så länge de inte vet om det har begåtts något brott kan de inte hålla honom kvar.

Lisen tog tag i Malins händer och tryckte dem hårt.

– Malin, sa hon. Jag är så ledsen att jag har utsatt dig för det här. Hade jag bara kunnat ana …

– Vad menar du?

– Jag visste att Olivia har problem. Jag skäms över att jag lämpade över ansvaret på dig. Det var inte juste.

– Vi är bästa vänner, sa Malin. Då hjälper man varandra. Du berättade för mig att Olivia hade kommit på glid, jag känner mig inte lurad. Nästa gång kan det vara jag som behöver din hjälp.

– Det är inte lätt att vara ensamstående med en strulig tonåring, sa Lisen. Jag borde vara mer delaktig, engagera mig mer. Men jag blir så fruktansvärt trött på henne emellanåt. Det är så frustrerande när jag inte når fram till henne, som att tala med en jäkla zombi.

– Jag har lovat dig att vi ska reda ut det här, sa Malin. Vi ska hitta Olivia. Lita på mig.

Malin var stark i sin övertygelse. Hon skulle göra allt vad som stod i hennes makt för att hjälpa Lisen. Hon hade sett Lisens förtvivlan tidigare och vad den kunde göra med henne.

När Lisen separerade från Mats för tre år sedan drabbades hon av en djup depression. Det var skrämmande att se hennes förändring. I en månad vårdades hon på psykiatriska avdelningen på Huddinge sjukhus. Malin besökte henne flera gånger i veckan. Hon satt i dagrummet med Lisen och gjorde vad hon kunde för att pigga upp henne. Lisen visade tydligt att hon ville att Malin skulle gå och lämna henne ifred. Malin tog ingen hänsyn till hennes avoghet. Hon trängde sig på. Envisades med att sitta hos henne i timmar även om Lisen vägrade tala. När Lisen började må bättre och skalet runt henne började krackelera, blev Malin helt tömd på energi. Under en kort period blev det nästan ombytta roller.

Efteråt hade Malin funderat på vem som egentligen behövde den andra mest. Hon hade blivit smärtsamt medveten om att hennes behov av att hjälpa Lisen speglade hennes egen rädsla för att bli övergiven. Lisen var den enda vännen som stod henne riktigt nära, som hon kunde anförtro allt, gråta och skratta tillsammans med och våga vara helt och hållet sig själv tillsammans med.

Jag glömmer aldrig den sommaren som Lisen kom till oss i Yngsjö, tänkte Malin.

Vårterminen innan hade varit en pina. Hon var tretton år, mager som en sticka och utan tillstymmelse till kvinnliga former. Hennes röda ostyriga hår var o-möjligt att forma till en frisyr. Malin var utfrusen och det hände att hon blev hånad i duschen efter gymnastiken. Minnet gjorde ont även om hon inte kände någon bitterhet längre. Flera av hennes klasskamrater levde i dag trista liv. Dåligt utbildade med slitsamma jobb. Några var arbetslösa. Åsa, som var den värsta plågoanden, var sjukpensionär sedan flera år.

När Lisen kom ändrades allt. Hon var glad och full av tilltag. Med sina elva år kändes hon mer jämngammal än hennes klasskamrater. Hon beundrade Malin, något som Malin inte hade upplevt tidigare.

Hon smålog vid minnet.

– Vad tänker du på? sa Lisen.

– På dig och mig när vi var barn.

Lisen log och hennes trötta bekymrade ansikte mjuknade.

– Det var en fin tid.

Klockan började närma sig midnatt. Malin var dödstrött och Lisen såg svimfärdig ut. Huset låg i mör-ker. Ingen av dem hade brytt sig om att tända. Det var bara lampan över köksbordet som var tänd.

– Ska jag bädda åt dig på soffan? sa Malin och reste sig.

– Jag tar Olivias säng, sa Lisen.

På väg ut mot dasset plingade det till i Malins te-lefon.

Det kändes som hjärtat stannade när hon läste sms:et. Det var från Johannes. *Har hittat Olivias mobil. Den låg i vattnet vid bron.*

Hon skrev ett snabbt svar. *Kontakta polisen!*

Lisen tittade på henne med rädda ögon.

– Johannes har hittat Olivias mobil, sa Malin. I ån.

Lisen bleknade. Med ett beslutsamt uttryck i ansiktet, som förvånade Malin, tog hon Malins telefon och vände tillbaka till köket.

– Då kan vi dra slutsatsen att något allvarligt har hänt henne, sa hon. Jag ringer Sven Hedman.

Kapitel 11

Duggregnet från gårdagen hade övergått till ett strilande regn som slog mot plåttaket över verandan. Malin huttrade till i den råa inomhusluften och drog morgonrocken tätare omkring sig. Hon skulle behöva tända en brasa i vedspisen för att driva ut fukten ur huset. I dörröppningen intill köket blev hon stående och stirrade på Lisen som satt helt stilla vid bordet. Ryggen var hopsjunken och huvudet hängde slappt framåtlutat. Inte ett ljud kom från henne. På golvet låg Malins mobiltelefon.

Malin satte sig på huk framför henne, tog tag om hennes axlar och ruskade henne.

– Lisen! Vad är det som har hänt?

Lisen slog upp ögonen och stirrade oförstående på Malin.

– Jag somnade, sa hon förvirrat. Jag har suttit uppe hela natten. Efter att jag försökt få tag i Sven Hedman i säkert två timmar ringde han mig. Han tog situationen på största allvar och åkte in till polisstationen för att sätta fart på spaningsarbetet.

– Vad sa Sven Hedman om att Johannes hade hittat Olivias mobil?

– De återupptog sökningen efter henne i natt. Jag tror att de söker med hund. Sedan ringde jag Erik. Han blev bestört när han hörde vad som hänt.

– Kommer Erik hit? sa Malin.

– Han har svårt att komma ifrån. Avhandlingen ... suckade Lisen.

Malin strök Lisen över ryggen när hon såg hennes besvikna och trötta ansikte.

– Vill du ha kaffe? sa hon och började fylla bryggarens kanna med vatten.

Malin plockade fram smör, bröd, ost och ett halvfullt juicepaket.

– Ät, sa Malin. Du måste få krafter om vi ska ut och söka efter Olivia.

– Jag ska försöka, sa Lisen. Det ska bli skönt att komma ut och hjälpa till i sökandet. Att sitta här och inte veta vad som försiggår är en plåga.

Tysta drack de sitt kaffe och försökte få i sig varsin smörgås. Malin sneglade på Lisen som med frånvarande blick stirrade mot köksfönstret.

I samma stund knackade det på dörren. En kall kåre spred sig över ryggen när Malin öppnade och såg kommissarie Sven Hedman på trappan tillsammans med en kvinna som presenterade sig som Anita Ek, jourhavande präst.

– Får vi komma in, sa Sven Hedman.

– Naturligtvis, sa Malin.

– Vi vill tala med Lisen Carlström, sa Anita Ek. Ja, med dig med naturligtvis.

Malin visade in dem i köket. Lisen hade rest sig. Hon var blek. Käkmusklerna rörde sig och ögonen uppspärrade av rädsla.

– Vi har hittat Olivia, sa Sven Hedman. Våra dykare hittade henne i ån, vid Gropahålet, för en halvtimme sedan.

Malin klev fram till Lisen. De omfamnade varandra krampaktigt som två drunknande som försöker rädda varandra från att dras ner i djupet.

– Är hon …? viskade Malin, rädd för att uttala frågan.

Det susade i huvudet och synfältet blev till en smal tunnel.

Jag svimmar, tänkte hon och svalde ner illamåendet som pressade sig upp i halsen.

Lisen var likblek.

– Tyvärr, sa Sven Hedman. Jag är ledsen att behöva meddela att hon inte var vid liv när vi hittade henne.

Lisen sjönk ner på köksstolen.

– Det kan inte vara sant, viskade hon. Inte min flicka. Det kan inte vara hon.

– Jag beklagar, sa Anita Ek. Det är tragiskt när unga människor förolyckas.

– Ni måste ha misstagit er, snyftade Lisen och tårar strömmade ner för hennes kinder.

– Var är hon? sa Malin och lade armarna runt Lisens rygg.

– Hon har förts till Patologen i Lund. Kommer troligtvis att flyttas till Rättsmedicinska senare i dag.

– Jag tror er inte, sa Lisen. Jag vill se henne.

– Självklart, sa Anita Ek. Vi kör er till sjukhuset.

Malin hjälpte Lisen att komma på fötter.

– Gå upp och klä dig, sa hon till henne.

Lisen såg sammanbiten ut. Hon var fortfarande blek men hade fått ett beslutsamt uttryck i ansiktet.

Det är inte sant, tänkte Malin. Det får inte vara sant.

Först nu märkte hon att tårar rann ner för hennes kinder och satte blöta fläckar på morgonrocken. Det värkte i bröstet. Situationen var overklig. Suset i huvudet steg till ett öronbedövande brus. Sven Hedmans läppar rörde sig utan att hon uppfattade orden.

Malin rycktes tillbaka till verkligheten av Ellens röst.

– Mamma, gnällde Ellen. Mamma, vilka är de?

Malin tog med Ellen till vardagsrummet. Hon lyfte upp henne i knät och vaggade henne fram och tillbaka. Ellen vred sig ur hennes famn.

– Mamma, vad gör du? sa hon och tittade på Malin med rynkade ögonbryn.

– Ska vi ringa Marcus mamma? sa Malin så behärskat hon kunde. Du kanske kan vara där och leka med valpen medan jag följer med Lisen till sjukhuset.

– Är Lisen sjuk? sa Ellen.

– Hon mår inte bra. Fast det är ingen fara. Kom så går vi upp och klär på oss.

Malin höll Lisen hårt i handen på väg ner mot Lund. Sven Hedman och Anita Ek satt tysta, Anita Ek med ansiktet riktat mot sidorutan. Ångesten fick musklerna i full stridsberedskap och tankarna for som ett snälltåg genom huvudet, på Malin.

Det fick inte vara Olivia, hon skulle aldrig kunna leva vidare med skulden över att ha varit delaktig i hennes död. Hur skulle det gå för Lisen? Skulle hon överleva en sådan tragedi?

Malin ville skrika. *Stanna bilen, kör oss tillbaka, det är ett misstag. Olivia väntar kanske på oss hemma.* Istället satt hon stum och stilla, såg forskande på Lisen, försökte ana sig till vad som rörde sig inom hennes bästa vän. Anklagade hon henne? Skulle det någonsin kunna bli normalt igen?

När bilen stannade utanför Patologen skakade benen så att hon hade svårt att kliva ur. Hon och Lisen stödde sig på varandra när de tillsammans med Sven Hedman och Anita Ek tog sig in i en kal rostfri miljö. Sven Hedman talade lågmält med en av personalen. Han gick fram till Lisen och lade en hand på hennes arm.

– Jag vill att ni identifierar kroppen först, sa han. Sedan får ni en stund för er själva, om ni vill.

Lisen nickade, utan att titta på honom, hennes blick var som fastnaglad vid båren mitt på golvet. Med Malins hand som stöd gick hon fram och ställde sig nära huvudändan.

När skynket drogs av och Olivias späda gestalt uppenbarades drog Malin efter andan och höll sig om magen. Hon fick svälja hårt för att få bort spykänslan.

Olivia var liten och späd där hon låg med slutna ögon. Det svarta håret föll mjukt ner bakom hennes axlar. Hon såg ut som ett skogsrå Om det inte hade varit för den bleka huden som hade börjat anta en blå ton, hade hon sett ut som om hon sov. Det enda som vittnade om att hon hade mött en brutal död, var de blåsvarta märkena på hennes hals. Märkligt nog, vilade något fridfullt över den veka gestalten. Det var som om hon kommit till ro.

– Det är hon, sa Malin och vände sig till Sven Hedman. Herregud, det är Olivia.

Hon tittade på Lisen som hade blivit askgrå i ansiktet. Med ett kvidande sjönk hon ner på kakelgolvet framför Malins fötter. I ett töcken såg Malin hur sjukhuspersonal skyndade fram till Lisen.

Lisen skakade våldsamt, spastiska ryckningar slet i hennes kropp och hon var okontaktbar. Malin satte sig på huk bredvid henne men blev bortskuffad när sjukvårdspersonal kom med en bår som de lyfte upp Lisen på.

– Har hon epilepsi? sa en av sjukvårdarna.

– Inte vad jag vet, sa Malin och skakade på huvudet.

De försvann iväg med Lisen. Anita Ek kom fram till Malin och lade en hand på hennes axel.

– Följ med oss tillbaka, sa hon. Du behöver vila. Jag kan stanna hos dig om du vill prata.

Malin nickade och följde efter Anita Ek och Sven Hedman, till bilen, med sänkt huvud. Att tårarna rann okontrollerat över ansiktet brydde hon sig inte om.

– Har du någon som kan vara hos dig? sa Anita Ek.

– Kanske, sa Malin och tog fram mobilen ur handväskan.

Hon slog numret till Stefan men fick inget svar. Hon försökte med hans hemtelefon, lät mer än tio signaler gå fram innan hon gav upp. Anita Ek studerade henne noggrant som om hon försökte bestämma sig om Malin var tillräknelig och kunde lämnas ensam.

– Det är okej, sa Malin. Jag klarar mig själv.

Det började skymma utanför fönstret. Malin hällde upp det sista vinet ur flaskan hon öppnat efter att hon fått Ellen i säng. Synen av Olivia ville inte lämna henne ifred. Hon tömde glaset i ett svep. Vinet gjorde tankarna osammanhängande. Det blev som vadd runt de taggiga bilderna som trängde sig på. Smärtan som hela dagen molat i bröstet började avta. Ensam och utan press på att vara stark för Lisens skull, tillät hon tårarna att strömma. Bilden av en flicka med en skadeskjuten kråka kom för henne. Den som Mikael Wiehe sjöng om. Hon var flickan som sprang och kråkan hennes förlorade hopp. När hon tänkte efter. Hade inte Olivia liknat en kråkunge med magra ben, svarta kläder och färgat hår? Stefans keramikkråkor var kusligt mänskliga ... Porträttet med kråkor i håret ...

Hon satt handen för munnen för att inte skrika rätt ut.

Jag håller på att bli tokig, tänkte hon, drog fingrarna genom håret och reste sig på ostadiga ben. Fåtöljen välte, ramlade mot bordet så att burken med penslar for ner på golvet.

Hon gick fram till staffliet och vräkte omkull målningen som for i golvet med ett brak. På den blårandiga trasmattan som hennes mamma vävt på sjukhemmet, sjönk hon ihop och hamrade med knytnävarna mot golvet.

Min starka mamma, tänkte hon. Du som kämpade för barnens rätt i samhället. Nu ägnar du tiden åt att väva randiga mattor. Livet är inte rättvist. Jag vill inte mer. Orkar inte.

Hon slöt ögonen, rullade ihop i fosterställning. Utmattningen och berusningen fick henne att sjunka in i en dvala.

Det tog en stund innan hon uppfattade Stefans röst och kände hans hand på axeln.

– Malin, sa han. Hur är det med dig? Älskade Malin, res på dig. Här kan du inte ligga.

Hon lät sig lydigt dras upp på fötter och ledas in i köket. Stefan hällde upp ett glas vatten och gav henne.

Märkte han att hon var berusad var han taktisk nog att inte visa det.

– Olivia är död, snyftade Malin. De har hittat henne. Strypt och slängd i ån. Det är ofattbart. Som en mardröm.

– Jag vet, jag vet. Jag har varit i förhör hos polisen flera timmar i dag.

– Förhör? Varför det?

– Jag var den som sist träffade henne innan hon cyklade till campingen.

– Du är väl inte misstänkt för något?

– Polisen undersöker alla spår. De som har haft med henne att göra innan hon dog blir förhörda tills bilden av vad som hänt klarnar.

– Vi två var tillsammans hela kvällen. Det kan jag intyga. Du har alibi.

Han strök henne över håret och höll om henne. Hon protesterade inte utan klamrade sig fast vid honom, försökte stjäla av hans lugn och trygghet. Hon kunde inte vara ensam i den här situationen. Han tog hennes hand och ledde in henne till sovrummet. Med varsamma händer klädde han av henne plagg efter plagg.

– Stefan. Jag kan inte … Jag vet inte …

– Jag stannar hos dig, Malin, sa han och lade pekfingret över hennes läppar.

Det var skönt att lämna över besluten till någon annan. Hon var viljelös. Lät honom ta kommandot. Han drog undan täcket i sängen och hon kröp ihop med knäna uppdragna mot magen. När han bäddat ner henne satte han sig på sängkanten och strök henne över huvud och rygg.

– Det kommer att ordna sig, sa han. Vi ska stötta varandra. Du måste lita på att det blir bättre även om det känns som ett helvete nu.

– Du skulle ha sett Lisen, sa Malin. Hon bröt ihop fullständigt. Jag är rädd att hon går in i en psykos. Hon är den enda riktiga vän jag har.

– Vi åker till henne i morgon, sa Stefan. Hon mår kanske bättre när hon har fått medicin och den värsta chocken har släppt.

– Jag är så ledsen att du har blivit indragen. Du som har ställt upp för Olivia.

– Vem har sagt att livet ska vara lätt? Vill man leva får man vara beredd på att det kommer kriser. När min son Love föddes var det ovisst om han skulle överleva. Det var en svår förlossning. Syrebrist. Vatten i lungorna som orsakade infektion. Han föddes i vecka trettiotvå. När det stod klart att han skulle överleva kvarstod risken att han skulle få bestående men av syrebristen.

– Hur klarade ni det?

– Vi tog en dag i taget. Försökte att leva i nuet. En klok läkare på prematuravdelningen gav oss rådet att hålla hoppet uppe och utgå ifrån att det skulle gå bra. Sörj inte ett barn så länge det lever, sa han. Om det inte slutar lyckligt blir inte sorgen mindre för att ni redan har sörjt. Gläds istället åt den tid ni får tillsammans. Det var kloka ord som jag har försökt att ta med mig i andra svåra situationer.

– Hur gick det för Love?

– Bra. Han klarade sig utan värre skador än att hans vänstra sida är något kraftlös. Han är en duktig fotograf i dag.

Ögonlocken kändes tunga. Dunkandet innanför pannbenet vittnade om att hon druckit för mycket vin och skulle vakna med baksmälla i morgon. Med Stefans hand på ryggen somnade hon.

Ett blekt morgonljus letade sig i mellan gardinerna och Malin sparkade av sig täcket. Hon var kruttorr i munnen. Huvudvärken dunkade bakom ögonen och hon låg stilla och försökte svälja ner illamåendet.

Stefan sov i sängen bredvid med ryggen vänd mot henne. Han snusade hörbart med lugna jämna andetag.

Hon smög ut i köket och hällde upp ett glas vatten. Hon rev runt i skafferiet innan hon hittade asken med huvudvärkstabletter bakom en mjölpåse. Det var kallt i huset. De senaste dagarnas regnande hade fått temperaturen inomhus att sjunka åtskilliga grader. Hon tassade tillbaka på kalla fötter och kröp ner under täcket. Stefan vände sig i sömnen och lade armen runt henne. Hon kurade ihop sig och tryckte sin rygg mot hans mage. Han var varm och naken. Hon kände konturerna av hans kropp. Bröstkorgen, magen. Hans ben följde hennes. De flöt ihop. Blev ett med varandra.

Hon ville ha honom. Uppleva lyckoruset från kvällen hos honom.

Hon tog hans hand och lade den över sitt nakna bröst.

Hans andning förändrades och den varma andedräkten mot hennes hår fick blodet att rusa i ådrorna. Hon blev varm och tung i skötet. Han kramade hennes bröst och kysste henne i nacken. Hon vände sig med en suck mot honom.

Medan Stefan gjorde frukost stod Malin i duschen och försökte skölja av sig illamående och trycket bakom pannbenet. Lisen hade, till Malins lättnad, ringt från sjukhuset och ville bli hämtad. Hon mådde efter omständigheterna ganska bra. Stefan hade lovat att köra ner till Lund. Förutom baksmälla var nervositeten inför mötet med Lisen det som plågade henne mest. Hur tänkte Lisen? Lade hon skulden på Malin?

De åt yoghurt med müsli och drack kaffe under tystnad. Malin stirrade ut genom fönstret, försjunken i tankar. Stefan kollade mail i telefonen och sände iväg några svar. Han reste sig och ställde sin tallrik på diskbänken.

– Är du klar att åka? sa han.

Malin nickade och reste sig. Stefan kramade om henne och försökte le ett uppmuntrande leende.

Lisen stod i foajén och väntade när de kom. Hon såg så liten och spröd ut, ryggen var svagt böjd och ansiktet var onaturligt blekt. Malin kunde inte hindra tårarna när hon såg henne. Hon skyndade fram och kramade om henne. Tysta stod de en stund och höll om varandra. Stefan stod några meter ifrån dem och Malin tolkade det som om han ville visa hänsyn och låta henne och Lisen få ta den tid som krävdes för att de skulle samla sig.

– Förlåt, viskade Malin mellan snyftningarna.

Lisen sköt henne ifrån sig, skakade på huvudet och strök henne över kinden.

– Det finns inget att förlåta, sa hon svagt.

Morgonen efter satt Lisen med en kopp kaffe när Malin kom in i köket.

– God morgon, sa Malin, gäspade och sträckte på
sig. Är du redan uppe?

– Sanningen är nog den att jag inte har kommit i
säng ännu.

Malin tittade oroligt på Lisen. Så tanklös hon kän-
de sig. Det klart att Lisen inte kunde sova, det skulle
hos själv aldrig ha klarat i samma situation. Hon lade
handen på hennes axel.

– Fick du ingen medicin med dig från sjukhuset?

– Jag har piller så det räcker för att söva en häst,
fast det hjälper inte. Jag somnar men vaknar efter några
minuter med så kraftig ångest att jag inte får luft. Det är
fruktansvärt, jag vågar inte somna.

Malin lade stumt armarna om Lisen, visste inte
vad hon skulle säga eller göra. Det fanns absolut ingen-
ting som kunde ändra på situationen, något som kunde
göra gott. Känslan av maktlöshet var total.

– Du får köra mig till psyket, sa Lisen. Jag klarar
inte av det här, är förlamad av trötthet. Jag måste få
professionell hjälp om jag ska orka leva vidare.

Tre timmar senare klev Malin och Lisen in på
psykakuten i gula byggnaden. De lyckats övertala en
läkare att Lisen måste läggas in, även om hon tillhörde
ett annat landsting. Det fanns inte på kartan att sätta
Lisen på tåget upp till Stockholm. Vem var beredd att
ta ansvar för det? Till slut hade han gett med sig, efter
att han muttrat om överbeläggning och personalbrist.

Malin skyndade vidare till ortopeden där hennes
mamma satt upp i sängen och fick hjälp med att få i sig
eftermiddagskaffe av en undersköterska, som presente-
rade sig som Erika, Hon trodde knappt sina ögon. Sist
hon var här hade hon varit övertygad om att Ingrid inte

skulle överleva lårbensbrottet. Nu såg hon piggare ut än innan olyckan.

– Mamma! sa Malin. Jag tror inte det är sant. Du ser jättepigg ut.

– Ellen, sa Ingrid. Kom så ska jag bjuda på kaffe.

Erika såg upp på Malin och log överseende.

– Ska du bjuda på kaffe, sa hon och skrattade. Är det inte bättre att jag hämtar en kopp.

Malin slog sig ner på sängkanten och tog Ingrids händer i sina.

– Så stor du har blivit Ellen, sa hon och strök Malin över kinden.

– Ellen är hemma, det är jag, Malin, din dotter.

– Ja, det ser jag väl. Har du inte pappa med dig.

– Mamma ...

Malin tittade medlidsamt på Ingrid medan hon drack kaffet som Erika hade hämtat åt henne. Visst var det fantastiskt att hon återhämtat sig så bra, fast demensen gjorde alltid Malin betryckt. Hennes mamma hade alltid varit ett stort stöd för henne, alltid funnits tillhands när livet varit tufft. Sedan fem år var rollerna ombytta. Hon hade blivit mamma till sin mamma, en roll som kändes allt annat än bra.

Kapitel 12.

Malin svängde av mot campingen och parkerade bilen vid rökeriet. Klockan var kvart i sex på morgonen och hon hade bara mött några enstaka bilar på landsvägen. Hon försökte bli kvitt obehaget som hängde kvar sedan hon smög sig ut och lämnade Ellen ensam hemma. Hon klev ur bilen och började gå mot ån. Det fuktiga gräset blötte ner joggingskorna efter bara några meters promenad. Det var tyst. Inga campare syntes till. En svan med tre ungar simmade makligt fram i det spegelblanka vattnet. Morgonens solstrålar glittrade i vattnet. Att en ung flicka hade mördats här för några dagar sedan var ofattbart.

Olivias död lämnade Malin ingen ro. Hon hade svårt att sova, slocknade vid tolvtiden och sov några timmar för att sedan vakna och ligga och vrida sig utan att kunna somna om. Hon klarade inte av att passivt vänta på att polisen skulle lösa fallet. Hon skulle bli galen av att gå hemma och grubbla. Det verkade inte hända särskilt mycket i polisutredningen. Polisen var förtegen om vad de kommit fram till. Inte ens Lisen fick någon information.

Efter att Malin hade legat vaken sedan tretiden bestämde hon sig för att åka till campingen och gå samma väg som Olivia måste ha tagit på natten när hon skulle hem. Hon hoppades att hennes intuition skulle leda henne rätt och att hon kanske skulle hitta något som polisen missat.

Hon gick sakta med blicken i marken, följde vägen där Olivia måste ha cyklat. Furubodavägen var enda möjliga väg för att komma ner mot bron.

Nere vid ån fick hon syn på Kalle. Han stod intill strandkanten med ryggen mot henne. I handen höll han ett metspö som han petade med i vassen.

Kalle var fiskaren Sunes vuxne son. Fram till treårsåldern var Kalle ett helt normalt barn. En dag hade han helt plötsligt förlorat sitt språk och sina sociala färdigheter. Ingen visste om det hade hänt honom något, om han blivit skämd eller på annat sätt råkat ut för ett trauma. Läkaren kallade det för regression. Sune hade tillkallat specialister som undersökte och testade Kalle utifrån konstens alla regler. Det skrevs långa utredningar. Kalle var autistisk. Skulle aldrig bli som normala barn.

Malin hade aldrig träffat Kalles mamma. Rykten i byn sa att hon inte orkat ta hand om sin handikappade son. Hon hade flyttat tillbaka till sina hemtrakter i Småland och efter en tid gift om sig.

Kalle var snudd på vacker med gåtfull uppsyn och pojkaktigt utseende. Att han närmade sig trettio år gick inte att se.

Det är ödets ironi, tänkte Malin. Han hade kunnat få vilken flicka som helst om han varit normal.

Fast Kalle ville inte ha någon flickvän. Han undvek alla mänskliga kontakter.

Malin tvekade om hon skulle ge sig till känna, ropa till honom och hälsa. Det var inte bra om hon skrämde honom eller om han fick för sig att hon spionerade, men hon kunde inte slita blicken från honom när han med ryckiga rörelser sprang fram och tillbaka och slog med spöet i vassen.

Vad sysslar han med? tänkte hon.

Hon närmade sig honom bakifrån. Han var helt upptagen av sin märkliga dans och märkte henne inte.

– Hej Kalle, sa hon, när hon bara var några meter från honom.

Han blev stående helt stilla med ryggen mot henne och metspöet i vassen.

– Fiskar du? fortsatte hon.

Kalle vände sig om. Han tittade förbi henne med en uttryckslös min, slängde spöet i vassen och började småspringa upp mot vägen.

Shit, tänkte hon. Nu jagade jag iväg honom.

Malin gick fram och tog metspöet som Kalle lämnat, drog med det i vassen några gånger fram och tillbaka. Hon lade spöet i gräset intill åkanten så att Kalle skulle hitta det när han vågade sig tillbaka. Hon var just på väg att fortsätta fram till bron när hon fick syn på något vitt som skymtade i dyn. Med metspöet lyckades hon få tag i det vita och slängde upp det på land. Det var en behå. Storleken såg ut att kunna passa en späd kropp. Kunde det vara Olivias?

Kalle, tänkte Malin. Har han något med mordet att göra?

Hon tog upp mobilen och ringde till kommissarie Sven Hedman.

Senare samma dag när klockan hade passerat tolv stod Malin och skar upp tomater och gurka som hon blandade med salladsblad. Hon tömde en påse salladsmix i olja och vatten och hällde ner i skålen. Utanför fönstret stod Stefan stod på en stege och rensade hängrännorna från löv och skräp. Det hade inte blivit gjort sedan hon tog över huset. Utan att hon bett honom hade han tagit initiativet till att hjälpa henne med diverse underhållsarbete. En tiolitershink med målarfärg stod i hallen. När det blev stabilare väder skulle utomhusfärgen bättras på. Både hon och Stefan hade svårt att vara overksamma. Oron kliade i kroppen och enda botemedlet var att vara sysselsatt och gärna med fysiskt arbete.

Hon knackade på rutan och ropade till honom.

– Kom in, maten är klar.

Ellen som lekt med sina barbiedockor hela förmiddagen kom in och satte sig med hakan lutad i händerna. Hon var blek och håglös. Det plågade Malin att se de mörka ringarna runt hennes ögon. Blicken var inte längre glittrade utan såg ledsen ut. Olivias död plågade henne. Malin hade försökt att berätta så skonsamt hon kunde. Det hjälpte föga. Ellen hörde på nyheterna och hade så klart snappat upp ett och annat samtal mellan henne och Stefan. Hemma hos Marcus talades det om Olivias död. Det var ofrånkomligt. Hela byn var omskakad och föräldrar var oroliga för att lämna sina barn utan tillsyn. Ellen pratade med Robert i telefonen varje dag. Det var en tidsfråga innan Robert skulle göra allvar av sina hot och komma och hämta henne.

– Vill du ha korv med bröd eller mos? sa Malin.

– Med bröd, sa Ellen. Jag går till Marcus efter maten. Vi ska gå ut med Bellman. Han är jätteduktig att gå i koppel nu.

– Vad kul. Ni går väl inte iväg för långt?

Malin lät ängslig på rösten. Hon gjorde vad hon kunde för att dölja sin oro men insåg att hon inte lyckades fullt ut. Så länge det gick en mördare lös skulle hon vaka som en hök över Ellen.

– Vi ska vara på Marcus tomt, sa Ellen.

– Bra, sa Malin. Jag kommer och hämtar dig när du ska hem.

Stefan kom in och slog sig ner vid köksbordet. Han lade upp en rejäl portion mat och skämtade om att det var han värd efter att ha rensat bort mer skräp än vad som rymdes i skottkärran som grannen lånat ut.

Malin log tacksamt mot honom. Hennes matlagning hade en hel del i övrigt att önska. Hon hade aldrig varit intresserad eller speciellt huslig. När hon tänkte på alla trerättersmiddagar hon var skyldig att bjuda igen, kändes det helt oöverstigligt.

– Det var inte en dag för tidigt, sa Stefan och puttade till Ellen. Inte konstigt att inget vatten kom ur stuprören. Nu kan du samla regnvatten och tvätta dig i. Då förblir man ung sa min gamla farmor. Har du provat det Ellen?

– Nej, sa Ellen.

– Det vore väl häftigt att se ut som nio hela livet.

Ellen skrattade.

– Tack, sa Malin. Vad skulle jag ta mig till utan all hjälp jag får?

Ellen ställde sin använda tallrik på diskbänken. Hon kramade Malin, gjorde en lustig min till Stefan och sprang iväg ut.

– Jag var nere vid ån i morse, sa Malin när hon var säker på att Ellen var ute ur huset.

– Vad gjorde du där? sa Stefan.

– Jag kunde inte sova. Fick en impuls att gå samma väg som Olivia cyklade när hon skulle hem.

Stefan skakade sakta på huvudet.

– Malin, det är polisens arbete. Du måste lita på att de sköter sitt jobb.

– Det händer ingenting, sa hon. Sedan det blev klart att hon blev strypt har det blivit helt tyst. Jag klarar inte av att gå passiv och i ovisshet. I morgon ska de släppa Johannes. I brist på bevis. Jag fattar inte vad de håller på med.

– Tänk på Ellen, sa Stefan och satte fingret över munnen.

– Lyssna nu! Kalle var nere vid ån och bar sig mycket besynnerligt åt.

– Kalle är autistisk. Du kan inte dra några slutsatser utifrån hur han beter sig.

– Han hoppade omkring och slog med ett metspö i vassen. När han fick syn på mig sprang han iväg som ett skrämt djur. Så har han aldrig reagerat tidigare.

– Vad säger det?

Malin blev irriterad.

– Jag fick för mig att han letade efter något. När jag gick ner till åkanten fick jag syn på en behå i vattnet. Den kan mycket väl vara Olivias.

Malin lutade sig fram mot Stefan och knackade med näven i bordet.

– Fattar du inte att det kan vara en viktig ledtråd, fortsatte hon.

– Jag kan inte påstå att jag förstår dig, sa han. Det du går igenom måste vara ett helvete. Jag önskar bara att du kunde hitta tillbaka till en normal vardag. Försök att leva i nuet trots skuldkänslor och frustration. Olivia kommer inte tillbaka för att du plågar dig själv. Jag känner också skuld. Hon var hos mig nästan varje dag sen hon kom till Yngsjö.

Malin reste sig från bordet och ställde sig vid diskbänken med ryggen mot Stefan. Tårarna brände innanför ögonlocken.

Hur skulle hon kunna leva normalt? Det var befängt att tro att det kunde bli en vanlig vardag efter vad som hänt. Hennes bästa vän var inlagd på psyket för att hennes dotter hade blivit mördad. Och det när Malin hade ansvarat för henne. Var han helt känslokall? Varje cell i hennes kropp var inställd på katastrofläge. Hon kunde inte slappna av. För att undvika att bli galen var hon tvungen att få fast den jäveln som gjort det. Kosta vad det kosta ville.

Hennes känslor för Stefan var kluvna. Hon älskade hans värme och omtänksamhet. Han var den klippa hon behövde när marken under henne fötter höll på att rämna. Samtidigt retade hon sig på hans snusförnuftighet. Han fick henne att känna sig som ett omoget barn. Hon behövde någon som stöttade henne, inte en förälder som talade om för henne vad hon skulle göra.

Hon ville inte ha det som med Robert. Åklagaren Robert som alltid visste bäst. Hon blev illamående när hon tänkte på hur hon under alla år fått rätta in sig i ledet.

Hans fina familj. Hon skulle aldrig glömma första gången han tog med henne hem till sin far och mor. Hon pluggade på socionomlinjen, var ung och arg över samhällets orättvisor. Roberts pappa hade stolt visat henne runt i den vackra patriciervillan som gått i arv i flera generationer. Hans mamma som under middagen beklagade sig över invandrare som invaderade landet och levde på bidrag.

Hon hade naturligtvis inte sagt emot. Roberts blickar hade talat sitt tydliga språk. När hon kom hem till sin studentbostad efter besöket hos sina blivande svärföräldrar, slängde hon sig på sängen fylld av självförakt.

Stefan reste sig från bordet och gick fram och lade armarna runt hennes midja. Hans läppar rörde vid hennes nacke.

– Ska vi åka och besöka Lisen på sjukhuset i morgon? sa han.

– Vill du det? sa Malin.

– Självklart. Kom ihåg att vi är två om det här.

Malin vände sig mot Stefan och lade huvudet mot hans bröst.

Att han står ut med mig, tänkte hon.

Det hettade i kinderna när hon tänkte på kvällen då Stefan hittade henne berusad på golvet i ateljén. Han hade inte nämnt något om det efteråt och hon hade bestämt sig för att inte hitta på någon ursäkt om han skulle fråga. Det skulle göra situationen än mer pinsam.

– Vi måste koncentrera oss på utställningen, sa han. Det är ett bra sätt att skingra tankarna. Om du vill kan vi jobba i min ateljé.

– Jag är inte redo än. Det kanske känns annorlunda när vi har besökt Lisen.

Stefan strök henne över kinden.

– Jag hoppas det, sa han. Livet är kort och måste tas tillvara.

– Erik kommer till Kristianstad på fredag, sa hon. Han ska hämta Lisen.

– Får hon åka hem?

– Hon har kontakt med öppenvårdsmottagningen på Huddinge sjukhus. Har varit patient där tidigare. Hon känner överläkaren och har förtroende för henne. Karin Gunnarsson tror jag hon heter. En underbar läkare och människa. Hon har fått Lisen på rätt köl tidigare.

– Bra att Erik kan slita sig från avhandlingen, sa Stefan. Hon kommer behöva honom.

Malin kunde höra en tydlig sarkasm i hans röst.

Dagen efter körde Stefan Malin till sjukhuset och släppte av henne utanför psykiatriska avdelningen. De hade kommit överens om att han skulle fortsätta in till centrum tillsammans med Ellen för att uträtta några ärenden. Att lämna Ellen hemma var inte att tänka på efter rådande omständigheter.

– Jag hämtar dig klockan två, sa Stefan och tittade på sitt armbandsur.

– Okej, sa Malin. Jag lovar att vara vid parkeringen då.

– Hälsa Lisen, sa Stefan.

Hon vinkade till dem när de körde iväg från sjukhusområdet och försvann bakom några buskar. Utanför entrén stod en klunga personer som rökte och gestikulerade med yviga gester. När hon passerade hörde hon att diskussionen handlade om att en vän till en av personerna hade blivit tvångsomhändertagen. Två skötare kom gående från akutmottagningen och hon frågade om vägen till avdelningen där Lisen befann sig. Hon hoppades innerligt att Lisen hade återhämtat sig från den värsta chocken. Vid sköterskeexpeditionen stannade hon till och blev visad till dagrummet där Lisen satt och tittade på teve. Hon fick syn på henne direkt och stannade till i dörröppningen innan hon tog mod till sig och klev fram till henne.

– Hej Lisen, sa hon och lade handen på hennes axel.

Lisen ryckte till och vände ansiktet mot henne.

– Kommer du? sa hon.

Malin blev lättad när hon såg att Lisen var sig någorlunda lik. Hon var blek, med ett trött och uttryckslöst ansiktsuttryck men för övrigt såg hon förvånansvärt fräsch ut med nytvättat hår och klädd i sina privata kläder. Malin drog fram en stol och satte sig mitt emot henne. Hon tog hennes händer i sina och lade dem mot sina kinder. Lisen log matt.

– Jag är glad att se dig igen, sa Malin.

– Tack det samma, sa Lisen, drog tillbaka händerna och stoppade in dem i armhålorna.

De satt tysta och såg på varandra. Det var svårt att hitta de rätta orden. Malin såg ner i knät och skruvade på sig. Tystnaden som tidigare hade varit naturlig och bekväm mellan dem kändes besvärande.

– Hur mår du? sa Malin.

Blicken som mötte Malins var svar nog på hennes fråga. Det syntes tydligt att Lisen fick starka mediciner. Det behövdes ingen livlig fantasi för att förstå att Lisens lugn var artificiellt.

– Det går, sa Lisen. jag försöker fokusera tankarna på annat än på Olivia.

Lisens ögon blev tårfyllda och hon slog ner blicken. Malin hämtade ett paket pappersnäsdukar som stod på ett av borden. Hon tänkte att det var ingen slump att det fanns näsdukar utplacerade i dagrummet på avdelningen.

– Det känns skönt att få komma hem förstår jag, sa Malin.

Lisen nickade och log svagt. Hon tog en näsduk från paketet som Malin räckte henne, torkade sig under ögonen och snöt sig.

– Erik hämtar mig i morgon, sa hon. Jag är så glad att jag har honom, vet inte vad jag skulle ta mig till annars.

– Du har mig, sa Malin. Glöm inte att gammal vänskap oftast är tåligare än en kärleksrelation.

– Förlåt, sa Lisen. Det klart jag vet att jag alltid kan lita på dig. Fast allt känns plötsligt så komplicerat. Jag är så ledsen att jag har satt dig i den här situationen.

Malin tryckte hennes hand.

– Kom, sa hon. Vi går och dricker en kopp kaffe.

De följdes åt till kafeterian där de tillbringade en dryg timme tillsammans. Lisen sa inte mycket, satt mest och vek en pappersservett i dragspelsform, vecklade sedan ut servetten och slätade till den, för att sedan börja om från början. Malin följde henne tillbaka till avdelningen, hade svårt att bryta upp. Det var så mycket hon ville tala om och diskutera. Istället kramade hon om Lisen hårt utan att känna något gensvar.

Utan att se sig om gick hon tillbaka till parkeringen. Stefan och Ellen satt med nedvevade vindrutor och väntade på henne. Ellen skrattade och viftade med en påse när hon fick syn på Malin.

– Titta vad jag har fått av Stefan, ropade hon.

Malin tog påsen och tittade ner på ett cyklop och ett par röda simfötter.

– Det börjar bli badtemperatur, sa Stefan och skrattade.

Malin log ansträngt. Hon kunde inte få bort synen av Lisen som håglöst sjönk ner framför teven i dagrummet, när hon lämnade henne. Känslan av hur det var att mista ett barn hade gjort sig påmint och öppnat hennes ögon för den ofattbara smärta Lisen måste känna. Själv hade hon mist två ofödda barn, Lisen hade mist Olivia under fasansfulla omständigheter. Ett barn som hon levt ihop med under sexton år. Olivia var nästan en självständig individ på väg in i vuxenlivet. Hur skulle hon själv ha reagerat om det varit Ellen, det var en ofattbar tanke, något hon aldrig skulle överleva. Det skulle vara som att mista en del av sig själv. Malin hade varit allt för upptagen av skuldkänslor för att kunna inse vad Lisen gick igenom.

Hon satte sig på sätet bredvid Stefan och tittade ut genom den öppna vindrutan. Hon bet ihop käkarna, ville inte att Ellen skulle se hennes förtvivlan. Stefans varma hand lade sig över hennes. Han strök henne över kinden utan att säga något och startade bilen. När de passerat den gula sjukhusbyggnaden växte övertygelsen att hon måste hämnas på den som gjort detta. Hon måste gottgöra Lisen för det fasansfulla som hon gick igenom. Hon skulle aldrig få ro i sin själ om hon inte lyckades hjälpa polisen att få fast mördaren.

Kapitel 13

Det var omöjligt att radera ut bilden av Lisens uppgivna gestalt från näthinnan. Dagarna efter besöket på sjukhuset for Malin rastlöst runt mellan målardukar, strandbad med Ellen, matlagning och försök att rensa garderober, utan att få något gjort. Samvetet över hennes bristande förmåga att ta hand om Olivia lämnade henne ingen ro. De nattliga mardrömmarna avlöste varandra och sömnbristen började göra henne ouppmärksam och omdömeslös. Hon började tvivla på sin förmåga att vara lämplig förälder till Ellen. Nattens mardröm hade fått henne att svettig och med tryck över bröstet sätta sig käpprak upp i sängen. Osammanhängande minnesbilder från drömmen fick henne att bestämma sig. Hon skulle bege sig till Sune, hur vanvettigt det än var.

Hon satte försiktigt ner fötterna på golvet, rädd för att knarrande golvplank skulle väcka Ellen, drog på joggingbyxor och en träningsjacka. Hon smög nerför trappan, knöt på sig joggingskorna, tog den lilla ficklampan som hon brukade använda när hon gick till dasset på natten och låste dörren på utsidan. Hon bad en tyst bön att Ellen inte skulle vakna av motorljudet när hon startade bilen och körde iväg. Intill brofästet parkerade hon bilen. Det var kusligt att tänka att här i närheten hade Olivia blivit mördad.

Bron över Helge å var hal av den fuktiga nattluften. Dimma svävade över vattenytan och en blek måne kunde anas som en suddig ljus fläck på himlen.

Malin höll sig i broräcket när hon med snabba steg tog sig över till den södra sidan av ån. Hon småjoggade Delfinvägen i riktning mot havet. Det var tyst, endast knaster av grus under skorna och de egna snabba andetagen, hördes. Vid stigen ner mot Sune stannade hon framåtböjd med händerna på knäna, andfådd och svettig av språngmarschen. Hon sög in den svala nattluften i lungorna och lät hjärtat återfå sin normala rytm innan hon fortsatte i lugnare tempo. Det var svårt att se i mörkret. Hon hade gått stigen flera gånger tidigare i dagsljus. Situationen var då en helt annan. Att promenera till Sune för att köpa färsk fisk var ett sant nöje, inte som nu, en skrämmande och surrealistisk upplevelse.

Sjöboden låg vid åkanten, bara några meter från Sunes hus. Här var ån bred innan den smalnade av och mynnade ut i havet.

Hon spanade i mörkret. Det var mörkt i alla fönster. Det enda ljus som syntes kom från en glödlampa ovanför ytterdörren som spred ett svagt ljus vid entrén. Sakta närmade hon sig boden utan att släppa huset med blicken. Trots mörkret kunde hon tydligt urskilja näten som hängts på tork utmed sjöbodens långsida. Den starka lukten av fisk gav henne kväljningar. Hon svalde och försökte undvika att dra in luft genom näsborrarna. En fönsterlucka som en gång varit grönmålad hängde snett framför bodens enda fönster. Ljudet av en and som flaxade upp ur vassen fick henne att tvärstanna. Pulsen bultade i tinningarna, hon hukade sig och sprang så fort hon kunde fram till boden och sköt upp dörren.

Väl inne, ställde hon sig med ryggen lutad mot dörren och drog några djupa andetag. Hon fick fram ficklampan från jackfickan, tände den och lyckades hitta en papperssäck som hon klämde fast framför fönstret. Hjärtat lugnade sig något och andningen återgick till det normala när hon förvissat sig om att risken för att hon syntes utifrån, var minimal. Hon lät ljuset svepa över väggar och golv. Åror i varierande skick och storlek stod uppställda mot väggen. Det hängde håvar, ålryssjor och kräftburar på väggarna och från taket. Fiskenät som inte använts på länge låg slängda i högar på golvet täckta av damm.

Det var overkligt som i en dröm. Som en fortsättning på den mardröm som fört henne hit.

I drömmen hade hon sett Kalle bära Olivias döda kropp och lagt den i vassen. Innan Olivia sjönk ner i vattnet hade han tagit silverkedjan med namnbrickan som hon bar om halsen.

Smycket hade saknats när de gick igenom Olivas tillhörigheter. Hon var övertygad om att det var så. Hade inte tänkt på det vid identifieringen. Det var alldeles för mycket känslor då.

Om Kalle visste att Olivias behå fanns i ån, visste han kanske mer.

Malin kunde inte släppa tanken på att något omedvetet kommit till ytan genom drömmen. Den starka känslan som drömmen lämnat efter sig hade tvingat ut henne i natten. Nu kändes hennes infall absurt och ologiskt.

Hon svepte planlöst med ljuset från ficklampan runt väggarna och över golvet.

Vad gör jag här? tänkte hon, samtidigt som ett hysteriskt skratt började tränga fram. Instinktivt satte hon handen framför munnen, lyckades tränga tillbaka alla ljud utom en snyftning.

Shit, tänkte hon. Jag håller på att bli galen. Att försöka hitta något här är som att leta efter en nål i en höstack. Jag är en jävla idiot.

Hon släckte ficklampan och tryckte ner handtaget på dörren. Den gick inte att öppna. Hon knuffade till dörren med höften. Den var omöjlig att rubba. Hon stod stilla, försökte uppfatta ljud utifrån. Det var tyst. Svett från pannan rann ner i ögonen och med jackärmen försökte hon torka bort svedan. Med all kraft hon lyckades uppbringa tog hon sats och knuffade till dörren. Den gav inte vika en tum.

Den måste vara reglad utifrån, tänkte hon skräckslagen.

Hon drog bort papperssäcken från fönstret, ställde sig på tå och försökte se ut genom den ingrodda rutan. Det tog en stund innan ögonen vande sig vid mörkret.

Dimman svävade över vattnet och förvrängde konturerna av bryggan. Vid åkanten låg en eka med kölen upp som en mogen ärtskida. Det var omöjligt att urskilja någon varelse eller rörelse.

Hennes svettiga tröja kändes kall mot ryggen och fick henne att börja skaka. Hon gjorde ytterligare några fruktlösa försök att få upp dörren.

Telefonen, tänkte hon. Fan, den ligger hemma på köksbordet.

Ellen tassade in i tvättrummet där pottan stod. Hon vågade inte gå ut till dasset i mörkret. Efter att hon kissat smög hon in i Malin sovrum. Det var tryggt att ligga bredvid mamma. Sedan det hemska hänt med Olivia hade hon allt oftare sovit intill Malin.

Ellen blev stående på mattan intill dubbelsängen. Sängen var obäddad, täcket låg hopknölat men mamma var inte där. Hon gick ut från sovrummet och lutade sig över trappräcket. Försökte se om Malin var nere i köket. Det var mörkt på nedervåningen och huset var tyst.

Mamma är säkert ute på dasset, tänkte hon och satte sig på översta trappsteget med armarna runt benen.

Hon gäspade. Varför kom inte mamma? Det var kusligt att sitta ensam i mörkret. Hon frös. Vågade inte gå tillbaka till sängen innan Malin kom. Hon gick ner för trappan och kikade in i ateljén. Det var tomt.

– Mamma!

Ellen var nära gråten. Hon hackade tänder. Högra benet hade somnat och hon rörde sig klumpigt och ovigt.

– Mamma, var är du?

Nu snyftade hon högt. Tårarna strömmade över ansiktet. Hon sprang in i köket. Var är hon?

Malins mobil låg på köksbordet. Ellen letade upp numret till Robert i telefonens kontaktlista och tryckte på ring. Det gick fram fem signaler innan hon hörde sin pappas röst. Han lät hes och sömnig.

– Mamma är borta, snyftade Ellen.

– Är det du Ellen? Det är mitt i natten. Sover du inte?

– Mamma är inte hemma. Jag vet inte var hon är.

Hon grät högt. Hulkade så att hon hade svårt att få fram orden.

– Vad säger du?

– Jag vet inte var hon är. Hon är inte i huset. Jag vågar inte gå ut och leta.

– Det ska du inte göra, sa Robert bestämt.

Ellen snyftade. Tyckte inte om när pappa lät sträng. Hon ville inte att han skulle bli arg på mamma.

– Lyssna nu Ellen, sa Robert. Kan du ringa Stefan eller Marcus mamma. Du får inte vara ensam.

Ellen förstod att Robert var rädd att det skulle hända samma sak med henne som med Olivia.

– Jag kan ringa Stefan, sa hon.

– Bra. Jag kommer till Yngsjö så fort jag kan. Du vet att det tar många timmar att köra så lång väg. Ring Stefan så ringer jag dig om en liten stund. Är det okej?

– Mm, sa hon och drog ljudligt in snoret som rann nerför överläppen.

– Känn på ytterdörren så att den är låst, jag väntar kvar i telefonen.

Ellen reste sig på skakiga ben och gick ut i hallen. Hon tryckte ner handtaget.

– Den är låst, sa hon.

– Bra. Ring till Stefan så ringer jag snart igen.

Ellen letade upp Stefans nummer. Hon darrade i hela kroppen. Samtalet med pappa hade fått henne att inse att det var allvar. Mamma var borta och hon var ensam i huset. Det kunde till och med vara farligt.

Stefan svarade nästan direkt.

– Hej Malin, sa han.

– Det är Ellen.

– Ellen? Vad vill du mitt i natten?

– Mamma är inte hemma. Pappa sa att jag skulle ringa till dig.

Hon grät högt igen.

– Stanna inne, sa Stefan. Jag kommer på en gång.

Malin lät ljuset från ficklampan svepa runt väggarna. Hon måste ut från sjöboden. Det var helt nödvändigt att vara hemma när Ellen vaknade.

Fönstret var litet och hon tvivlade på att hon skulle kunna ta sig ut den vägen. Hon kände runt fönsterkarmen. Det fanns inga fönsterhakar eller handtag. Det måste vara ett fast fönster som inte gick att öppna.

Enda möjligheten att ta sig ut var genom dörren och då måste hon ge sig till känna. Att banka och ropa till dess någon hörde och släppte ut henne. Hon kunde inte sitta här tills det blev morgon och Ellen saknade henne. Det var bara att hoppas att den som hade låst in henne gjort det av misstag.

För säkerhets skull tog hon ner en åra från väggen och lade den bredvid sig. Hon gick fram till dörren och bankade med knytnävarna.

– ÖPPNA! skrek hon så högt hon kunde.

Hon ställde sig på tå och tittade ut genom fönstret.

– Sune, ropade hon. Släpp ut mig.

Hon bankade på fönsterrutan.

En gestalt lösgjorde sig ur dimman och gick med snabba steg mot sjöboden. Att det var en man kunde hon se på gången.

Regeln lyftes av från dörrens utsida och Sune stod i dörröppningen. Han glodde dumt på henne.

– Vad gör du här? sa han.

– Jag var ute och joggade. Fick ett infall och tittade in i sjöboden.

Sune tittade misstroget på henne.

– I min sjöbod? sa han. Mitt i natten? Du får allt komma med en bättre förklaring.

Sune höll i dörren med ena handen och lutade den andra handen mot dörrkarmen så att hon omöjligt kunde kliva ut.

– Var det du som låste in mig? sa Malin och försökte anta en så neutral ton hon kunde.

– Vad fan har du i min bod att göra? Var glad att du klarade dig med att bli inlåst. Vi har haft ungdomar som stryker omkring här. De är ute efter Kalle. Får jag tag i någon av dem kan jag inte svara för vad jag gör.

Sune klev åt sidan och Malin trängde sig förbi honom, hon drog ett djupt andetag och mötte hans blick.

– Vad obehagligt, sa h

– Det kan du ge dig fan på, sa han. Det är inte många som fattar hur det är att vara annorlunda. Att inte passa in.

Hon tittade ner i gräset och tänkte på hur hon spionerat på Kalle. Han skulle aldrig kunna försvara sig om någon anklagade honom.

– Trodde du att det var någon av ungdomarna som var i boden.

– Vem det än var tänkte jag ge den som smög omkring här en läxa han aldrig skulle glömma.

– Vad gör du själv ute mitt i natten? sa hon.

– Har du med det att göra? sa han och glodde trotsigt på henne.

– Nej, förmodligen inte.

– Jag fiskar ål. Det funkar bäst på natten.

– Är Kalle med och fiskar?

– Hur så? sa Sune med höjd röst. Vad är du ute efter, snokar du?

– Förlåt. Jag menade verkligen inte att vara nyfiken. Nu måste jag jogga hem.

Sune ställde sig i vägen för henne.

– Inget snack om ålfisket, sa han. Okej?

– Okej, sa Malin.

– Se till att du har en jävligt bra förklaring om du hamnar i sjöboden igen, sa han.

Hon tog sig förbi honom och började småspringa samma väg som hon kommit. Benen var ostadiga av nervositet och utmattning och det värkte i bröstet. Trots ansträngningen stannade hon först när hon kom fram till den gamla Volvon. Hon fumlade med nyckeln innan hon fick upp låset. Lättnaden av att vara tillbaka i bilen gjorde henne matt. Hon lutade pannan mot ratten och tog några djupa andetag innan hon vred om tändningsnyckeln och körde hemåt.

När hon svängde upp på tomten såg hon Stefans bil. Det lös i alla fönster på nedervåningen.

Shit, tänkte hon, svalde hårt innan hon klev ur bilen och gick upp mot huset.

Kapitel 14

Erik växlade upp till femmans växel och lade sig i ytterfilen på E4 mot Stockholm. Lisen satt på passagerarsidan med ansiktet vänt mot vindrutan. Håret var bakåtkammat i en frisyr som han inte gillade. Hon var osminkad, mörk under ögonen och kindbenen stack ut och skvallrade om att hon magrat. Hon hade inte sagt många ord sedan han hämtade henne på sjukhuset och de lämnade Kristianstad.

Han tvingade sig att stryka henne över kinden som tack och lov kändes varm och len, lät handen fortsätta ner över hennes bröst och landa på hennes ben.

– Förlåt, viskade hon. Jag måste vara hemskt tråkig.

Erik tog hennes hand och kysste hennes fingertoppar.

– Ska vi stanna och äta i Jönköping? sa han. Jag är utsvulten.

Lisen ryckte oengagerat på axlarna och fortsatte se ut genom sidorutan.

– Vi kan ta Mac Donalds, fortsatte han. Vi äter i bilen så slipper du konfronteras med folk inne på restaurangen.

– Tack, sa Lisen. Jag känner mig inte redo för folksamlingar.

Erik körde upp till Mac Drive och ropade sin order i mikrofonen där en raspig röst frågade vad de ville beställa. I luckan några meter längre fram fick de sina påsar med mat. De åt på parkeringen under tystnad, bara prasslet från pappersförpackningarna hördes. Han försökte komma på något att säga som kunde lätta upp stämningen. Lisen tuggade frånvarande på en friterad kycklingbit och han tolkade hennes tystnad som att hon inte hade lust att umgås.

– Du har gått ner i vikt, sa han med ett torrt konstaterande. Du måste äta.

Hon gav honom ett matt leende.

– Jag som alltid kämpar med mina extra kilon. Nu när jag inte orkar bry mig rasar kilona av. Det är bra märkligt.

Han knäppte på radion och bläddrade mellan kanalerna till Rix FM där Magnus Ugglas känslosamma tolkning av "Jag och min far" spelades. Den påverkade honom alltid starkt. Första gången han hörde den fick han en klump i halsen och blev tårögd. Han förstod inte varför, han som hatade sin far trots att han varit död i flera år.

Han samlade ihop skräpet, klev ut bilen, sträckte på ryggen och försökte skaka av sig olusten som hade övermannat honom.

– Vill du ha kaffe? sa han och lutade sig in i bilen.

– Tack, det är bra, sa Lisen.

Med en irriterad suck satte han sig tillrätta och knäppte fast säkerhetsbältet. Han svängde ut på E4 och tryckte gasen i botten. Det hade börjat skymma, himlen hade antagit en violett ton i väster och det var minst två timmar att köra innan de var hemma.

Lisen somnade nästan omedelbart när han svängde ut på E4. Hon var ingen vacker syn när hon sov med halvöppen mun och huvudet bakåtlutat i en obekväm ställning. Han fick bita ihop för att inte låta irritationen ta överhand. Bilresan kändes oändlig. Tröttheten gjorde honom surrig i huvudet och det sved i ögonen. Han hissade ner fönsterrutan och skruvade upp radion, ångrade att han inte köpte kaffe vid deras stopp. När avfarten mot Salem kom och han svängde av mot radhusområdet sov Lisen fortfarande.

Lisens gata var tyst och folktom när han körde upp och stannade intill gångvägen som ledde upp till entrén. Han var tacksam över att slippa nyfikna blickar från grannar. Han hade fått nog av frågor och medlidsamma klappar på axeln.

Han öppnade dörren på passagerarsidan och skakade Lisen tills hon vaknade. Hon strök sig trött över ögonen och klev ur bilen. Erik öppnade bakluckan och Lisen lyfte ut sin väska och gick mot ytterdörren.

– Följer du med in? sa hon med sömndrucken röst.

– Jag ska bara parkera bilen, sa han

Lisen satt i köket med jackan på, när han klev in. Det var mörkt i huset. Hon hade inte ens bemödat sig att tända någon lampa.

Han stannade i dörröppningen intill köket och betraktade henne tyst.

– Hur är det? sa han och lutade sig mot dörrposten.

– Det är okej, sa Lisen. Ska jag sätta på kaffe?

– Vill du att jag stannar?

Lisen reste sig och slog armarna om honom. Hon grät tyst. Han höll om henne och strök henne tankspritt över håret tills skakningarna i hennes rygg upphörde. Han var tafatt inför hennes sorg, visste inte hur han skulle bära sig åt för att trösta eller vara ett stöd för henne.

– Det klart jag vill att du stannar, snyftade hon.
Fast jag är inget vidare sällskap.

Hon drog sig ur hans grepp och gick fram till diskbänken

– Jag hjälper dig, skyndade han sig att säga.

Han mätte upp vatten och kaffe i bryggaren, plockade fram kaffekoppar och öppnade kylskåpsdörren.

– Det finns inget ätbart där, sa hon. Ta fram några skorpor från skafferiet. Jag får rensa bort den mat som blivit dålig i morgon.

Det surrade till från mobiltelefonen i jeansens bakficka. Han ursäktade sig och gick in i vardagsrummet, tog fram telefonen och knappade fram meddelandet.

Ring mig, det är viktigt. Birgitta.

Birgitta, tänkte han. Vad fan vill hon mig och hur har hon fått tag på mitt nummer?

Han lät mobiltelefonen glida ner i fickan igen och gick tillbaka till Lisen i köket.

– Var det något viktigt? sa hon.

– Det gällde avhandlingen.

– Lämnar de dig inte ifred ens på helgerna?

– Sätt dig, jag sköter det här, sa han och tog påsen med skorpor från henne. Du måste vila så att du blir frisk.

– Jag mår bra av att ha något att göra, protesterade hon. Det är inte vila jag behöver utan något kreativt att göra. Passiviteten på sjukhuset var inte hälsosam, jag behöver skingra tankarna. Jag önskar att jag hade någon hobby, något som jag verkligen brann för. Som Malin med sitt måleri.

– När tänker du börja jobba? sa Erik.

– Så snart som möjligt. Att gå hemma är förödande, jag blir folkskygg och gräver ner mig i självömkan om jag inte får träffa folk och komma in i rutiner. På måndag ska jag träffa min läkare och hoppas att hon ger mig klartecken att börja jobba. Jag behöver känna mig behövd.

Han förvånades över hennes beslutsamhet. Under bilresan hade hon verkat allt annat än redo för att ta tag i sitt liv och gå ut och möta vardagen.

Det kommer att ordna sig, tänkte han.

Det var kvävande varmt i sovrummet när han vaknade dagen därpå. Lisens säng var tom. Han sträckte sig efter jeansen och ruskade ur mobiltelefonen på täcket. Klockan var elva på förmiddagen. Det var länge sedan han sovit så länge, faktiskt inte sedan han var tonåring.

Mobilens display visade att han hade ett nytt meddelande.

I badrummet sköljde han ansiktet med kallt vatten och tog fram ett nytt par kontaktlinser ur necessären som han hade stående hos Lisen. Tillbaka i sovrummet satte han sig på sängkanten och knappade fram meddelandet. Irriterad såg han att det var från henne igen.

Dumt av mig att hoppas på att du skulle ringa. Måste meddela dig att mamma är död. Hon avslutade sitt liv själv, i torsdags. Tog tabletter som hon samlat en tid. Hemtjänsten hittade henne. Det finns ett brev adresserat till dig. Jag har inte läst det, anar att det var så hon ville ha det. Jag behöver din hjälp. Det är mycket som ska ordnas. Begravning, bouppteckning och försäljning av mammas lägenhet. Hör av dig. Din syster Birgitta.

Erik stirrade stelt framför sig. Med tummen tryckte han på radera.

Kaffedoft letade sig upp till övervåningen och han gick ner i köket där Lisen hade dukat fram frukost.

– Hur har du lyckats trolla fram allt det här? sa han och kysste henne på kinden. I går fanns det inget ätbart i kylskåpet.

– Jag körde till ICA medan du sov, sa hon och log.

Han virade armarna om hennes midja och kysste henne i nacken. Lisen vände sig om, tryckte sig mot honom och kysste honom.

Brödrosten small till och två färdigrostade brödskivor hoppade upp. De fnissade och Lisen sköt honom ifrån sig. Hon tog fram en skärbräda och skivade upp ost, leverpastej och gurka. Gårdagens tungsinne verkade vara bortblåst.

– Du ser ut att må bra i dag, sa han. Sovit gott?

– Tabletterna jag fick hjälper. Jag är rädd att det är ett kemiskt lugn, fast hellre det än den ångest som jag har haft sedan Olivia försvann.

– Det är fruktansvärt det som hänt, sa han och drog henne till sig. Jag förstår nog inte vidden av din smärta. Jag har inga egna barn, kan bara gissa hur du känner.

– Jag talade med Malin i telefon för en timme sedan, sa hon. Polisen har plockat in en autistisk kille för förhör. Han är son till den lokala fiskaren som säljer fisk till rökeriet vid campingen. Jag har träffat sonen några gånger när han var barn. Kalle heter han.

– Det är på tiden att det händer något i polisutredningen. Hoppas att de har hittat rätt person den här gången.

– Polisen kommer hit på tisdag. De ska gå igenom huset för att se om de hittar några ledtrådar. Kan jag vara hemma hos dig då?

– Tisdag ... Jag tror att det är ett seminarium inplanerat.

Han borstade bort några brödsmulor från skjortärmen.

– Låt inte det som hänt påverka din avhandling. Jag vet hur viktig den är för dig. Jag löser det på något annat sätt.

Hon reste sig och hällde upp kaffe.

– Den där autistiska killen, sa han. Hur fick de tag på honom?

– Malin kom på honom när han var på väg att fiska upp Olivias behå ur ån. Hon tog kontakt med polisen som tyckte att det var ett intressant tips, värt att undersöka närmare.

– Malin? Hon tycks ha en förmåga att vara på plats där det händer.

Lisen ryckte på axlarna.

– Jag trodde att polisen kommit fram till att det inte var något sexmord, sa han. Vad gjorde hennes behå i ån?

– Polisen kunde konstatera sperma från Johannes, men vad bevisar det? Hon var tillsammans med honom frivilligt. Hur behån har hamnat i ån har polisen ingen aning om. Hon var påklädd när de hittade henne.

Hennes röst var inte längre lika samlad utan lät hes och sprucken. Helst ville han slippa se hennes växlande känsloläge. Att trösta hade aldrig legat för honom. Han hade fått lära sig att bita ihop och inte bete sig som en hysterisk kärring.

Två timmar senare svängde Erik upp utanför El-Giganten i Kungens Kurva och hittade en ledig parkeringsplats alldeles utanför ingången. Spänningarna i nacken som besvärat honom sedan gårdagen började släppa. Han klev in i butiken och styrde stegen mot avdelningen med telefoner. En ung säljare kom fram och frågade om han behövde hjälp.

– Jag är ute efter en mobil med kontantkort, sa han.

– Det finns många att välja på, sa säljaren. Något speciellt märke eller teleoperatör? De har olika erbjudanden om det är okej att telefonen är operatörslåst.

– Det spelar ingen roll fast jag vill inte att numret blir registrerat på Eniro eller någon annan internetsida.

– Följ med ska jag visa dig några olika modeller.

Erik valde en av de dyraste modellerna, tackade den nöjda försäljaren, betalade och gick tillbaka till bilen. Han packade upp den nya telefonen och laddade över kontaktlistan, stängde av den gamla telefonen och tänkte att han skulle göra sig av med den vid lämpligt tillfälle. Han hissade ner fönstret på förarsidan, startade bilen och svängde ut på E4 mot Stockholm.

Kapitel 15.

M alin blev stående på trappan med handen på
dörrhandtaget, blundade och koncentrerade
sig på att få ner andningen i magen, innan hon öppnade
ytterdörren och klev in. Hon stannade i dörröppningen
in till vardagsrummet. Ellen satt uppkrupen i soffhörnet
insvept i en pläd. På soffbordet framför henne stod en
kopp choklad. Stefan satt bredvid, höll tröstande en arm
om hennes axlar och strök henne lugnande över håret.
Golvlampan intill soffgruppen spred ett varmt sken i
rummet
    – Mamma, ropade Ellen, slängde av sig filten och
sprang fram till Malin.
    – Är du vaken? sa Malin och kramade om henne.
Jag har varit ute och joggat. Inte trodde jag att du skulle
vakna.
    Herregud så idiotiskt det låter, tänkte hon.
    Stefan tittade på henne och skakade sakta på
huvudet.
    Hon följde med Ellen tillbaka till soffan, svepte
filten om henne och buffade upp en kudde som hon
sköt in under hennes huvud.
    Stefan reste sig, tog Malin i armen och föste hen-
ne framför sig ut i köket.
    – Var fan har du hållit hus? väste han.
    Han såg trött och sliten ut med okammat hår och
dygnsgammal skäggstubb. Det var första gången hon
sett honom så upprörd.

– Ellen ringde mig och var helt uppriven, sa han. Hur kan du lämna henne ensam mitt i natten?

Hon vred sig ur hans grepp och gick fram till diskbänken, tappade upp ett glas vatten som hon drack i djupa klunkar

– Jag kunde inte sova, var tvungen att ge mig ut för att få tankarna att klarna, sa hon och såg trotsigt på honom.

– Ellen ringde till Robert innan hon ringde mig. Fattar du vad du har ställt till med?

– Sluta Stefan, viskade hon med eftertryck. Jag är en vuxen människa. Jag behöver ingen moralpredikare. Jag kan fatta mina egna beslut.

– Jag vill bara hjälpa dig, sa han. Jag bryr mig om dig och Ellen, mer än du anar. Jag kan inte stå och se på när du förstör för dig själv.

Hon gick tillbaka till Ellen som hade somnat med huvudet på soffans armstöd, kudden låg på golvet. Munnen var kladdig av chokladdryck och ögonlocken var röda och svullna.

– Älskade unge, viskade hon. Förlåt.

Hon strök bort några svettiga hårlockar och lade kinden mot Ellens fuktiga panna.

Stefan stod tyst och tittade på med armarna korslagda över bröstet.

– Du kan gå, sa Malin. Vi klarar oss själva.

Stefan suckade och gick ut i hallen. Med handen på dörrhandtaget vände han sig mot Malin.

– Du vet att jag finns för dig och Ellen om du behöver mitt stöd, sa han.

– Snälla, sa hon. Gå. Jag behöver vara ensam med Ellen.

Det började ljusna när Stefan gick. Malin hörde de första trevande tonerna från en koltrast utanför fönstret. Hon lutade ansiktet i händerna och släppte efter för gråten.

Malin bar upp Ellen till sovrummet, lade ner henne i dubbelsängen och kröp ner bredvid. Det var omöjligt att somna. Morgonljuset, tankarna som surrade i huvudet lämnade henne ingen ro. Ett illamående sköljde över henne när hon tänkte på natten. Till slut gav hon upp, gick ner i köket och drack en kopp kaffe i ett försök att skaka av sig den värsta tröttheten. När Ellen vaknade serverade hon henne frukost och gick ut och duschade. Hon lät vattnet strila över ansiktet och sin trötta kropp, stod där tills varmvattnet tog slut. Hon svepte en badhandduk om sig och småsprang över gräsmattan i samma stund som Roberts blå Passat svänga upp på grusgången. Bettan satt bakom ratten.

Var det nödvändigt att ta med henne? tänkte Malin. Fattar han inte hur han kränker mig?

Malin drog handduken hårdare om sig och fortsatte till huset utan att låtsas se dem.

Inne i köket satt Ellen och petade med skeden i sin filmjölk. Hon stirrade ner i tallriken och tittade inte upp när Malin svepte förbi upp till sovrummet.

Ytterdörren öppnades och Malin hörde Robert och Bettan tala med dämpade röster. Ellens ljusa röst övergick i snyftningar. Att höra henne gråta, fick det att knyta sig i magen på Malin. Tack och lov kunde hon inte uppfatta vad som sas. Hon knöt händerna hårt för att inte skrika och be dem dra åt helvete.

De har inte i mitt hus att göra, tänkte hon och trasslade på sig jeans och tröja.

– Malin, ropade Robert. Kan du komma ner så vi får talas vid.

Hon sträckte på ryggen, bet ihop tänderna och gick ner för trappan.

Robert, Bettan och Ellen stod tillsammans i hallen. Bettan höll armarna skyddande runt Ellen. Hennes blick svepte runt i huset.

Plötsligt såg Malin vad Betten såg, hur ostädat det såg ut. Hallgolvet var fullt av grus. Skor och stövlar låg slängda i en enda röra.

Malin bet ihop tänderna, sa inte ett ord.

– Har du någon väska? sa Robert.

Malin öppnade dörren till klädkammaren och tog fram väskan som Ellen haft med sig från Salem. Hon räckte den till Robert utan ett ord.

Ellen och Robert gick upp på övervåningen. Bettan stod kvar och såg på Malin med samma min som hon brukade ha när det var besvärliga ärenden på jobbet.

– Är det inte dags att vi sluter fred? sa hon.

Malin bet ihop tänderna och gick ut i köket.

Ellen och Robert kom ner med Ellens väska fullpackad. Blixtlåset gick inte att få igen.

Det är tydligt att hon tänker tillbringa resten av sommaren med Robert och hans nya familj, tänkte Malin och kände en sur smak av galla i munnen.

– Som du förstår ser jag ingen annan utväg än att Ellen flyttar till oss, sa Robert. I alla fall under en period.

– Har du frågat vad hon själv vill? sa Malin. Jag har en känsla av att du drar dina egna slutsatser utan att vara särskilt lyhörd för hur Ellen eller jag ser på saken.

Ellen såg ner i golvet med ett plågat uttryck i ansiktet.

Robert tog Malin i axeln, föste henne framför sig in i ateljén och stängde dörren.

– Sluta bete dig som en barnunge, sa han. Ellen behöver trygghet efter allt som hänt. Hon har inte behov av en mamma som spelar på hennes lojalitet. Det är inte juste.

– Jag vet inte vad du talar om, sa Malin. Det är du som tvingar henne att fatta beslut som får henne att må dåligt.

– Tvärt om. Jag fattar beslutet åt henne så att hon slipper känna att hon sårar dig. Dessutom har du utsatt henne för fara och lämnat henne ensam när en mördare går lös. Jag förstår mig inte på dig, Malin. Trodde faktiskt att du hade bättre omdöme.

Det är lönlöst, tänkte hon. Jag har aldrig klarat av att argumentera mot honom.

Det fanns inget mer att säga till sitt försvar, dessutom var hon pinsamt medveten om att han hade rätt.

– När får jag hem Ellen igen?

– Flytta hem till Salem medan mordutredningen pågår. Då kan hon bo hos oss växelvis varannan vecka.

– Tänker ni åka nu på en gång?

– Följ med ut och visa henne att det är okej att hon följer med oss. Låt henne slippa våndas över att hon gjort dig besviken.

– Varför tog du med Bettan hit? Fattar du inte hur jäkla ont det gör. I dag såg hon ut som om hon var här för att rädda Ellen från … Ja, jag vet inte vad.

– Kom nu så får vi det här överstökat. Den här diskussionen leder ingenstans. Den gör inte saken bättre.

Malin följde med Robert ut i hallen. Hon försökte le mot Ellen som tittade med tårblanka ögon på henne. Hon svalde hårt och hoppades att rösten skulle vara stadig.

– Det blir bäst så här, sa hon och strök Ellen över kinden. Jag lovar att ringa dig varje dag.

– Är du arg mamma? sa Ellen.

– Klart jag inte är. Jag kommer hem till Salem om några veckor. Då blir allt som vanligt igen.

Malin kramade om Ellen som klängde sig fast runt hennes hals. Hon lösgjorde sig varsamt.

– Det blir bra, viskade hon i Ellens öra. Pappa kan behöva rå om dig ett tag också. Hon vände bort ansiktet och gick in i köket.

Ytterdörren slog igen, ljudet av en motor och grusets knastrade när de körde iväg, trängde in i köket.

Malin satte sig vid köksbordet och stirrade ut genom fönstret.

Sommaren pågick för fullt där ute och hon undrade varför hon inte kunde ta tillvara på dagarna, vara den förälder hon ville vara för Ellen. Varför hon drogs till det svarta och problematiska? Förra sommaren hade picknickkorgen packats så fort solen visat sig och hon, Ellen och Robert hade tillbringat hela dagar nere på stranden. Ensam med Ellen var hon tydligen oförmögen att ta till vara på det ljusa i tillvaron.

Malin reste sig och gick in i ateljén som badade i solljus. Hon drog för de vita linnegardinerna som släppte igenom så mycket ljus att färgerna på palett och dukar kom till sin rätt. Porträttet på staffliet stirrade stumt på henne. Malin tog ett steg tillbaka, lade huvudet på sned och betraktade målningen.

Hon behöver ett annat uttryck, tänkte hon och tog fram penslar, hällde upp linolja och terpentin och tryckte ut färg på paletten.

Hon målade som i trans. Penseln flög över duken och hon var helt uppslukad av sitt arbete. Timmarna rann iväg. Det hade hunnit bli kväll och skumt i rummet innan hon märkte att hon var hungrig. Klockan var tio på kvällen och hon hade inte ätit på hela dagen.

Hon tog några steg tillbaka och betraktade med förvåning målningen. Den var fulländad, precis som hon ville ha den. Vilken lycka. Det blev varmt i magen och bubblade i bröstet. Hon ville dela glädjen med någon. Stefan! Skulle hon våga ringa honom?

Malin gick ut i köket. Bredde några mackor och hällde upp ett glas vin som hon tog med in i ateljén. Det här var värt att fira. Hon tände fyra värmeljus på arbetsbordet och satte sig i fåtöljen med fötterna under sig. Med fingertopparna trummade hon på mobilen som legat tyst hela dagen. Stefans nummer låg som favorit och hon fingrade på sifferdisplayen osäker på om hon skulle våga ringa honom.

En knackning på ytterdörren fick henne att rycka till. Var dörren låst? Stefan brukade kliva in utan att knacka.

– Kom in! ropade hon, och gick ut i hallen.

Dörren öppnades och Sune klev in. Trots att han höll sig i dörrposten svajade han betänkligt. Han var smutsig, orakad och det stod en stank av alkohol och rökt fisk kring honom.

Malin backade in mot köket. Intill skostället stod hennes gåstavar och hon hann ta några steg i den riktningen innan Sune spärrade vägen. Han rörde sig förvånansvärt smidigt trots att han var påtagligt berusad.

– Vad vill du? sa hon och tog några steg bakåt. Hon trevade bakom sig för att försöka nå en av stavarna men var inte tillräckligt nära.

Han stirrade på henne och en sträng brun saliv rann i mungipan och fortsatte nerför hakan på honom. Hon vek äcklad undan med blicken.

– Vad fan har du ställt till med, sluddrade han och kom närmare.

– Jag tycker att du ska gå hem och komma tillbaka när du har nyktrat till, sa hon med ostadig röst.

– Jag har kämpat i snart trettio år för att ge Kalle en dräglig tillvaro. Fattar du det? Så kommer det några jävla stockholmsyngel och ställer till det. Jag är inte dummare än att jag begriper vem som ligger bakom att polisen misstänker Kalle.

Hans saliv stänkte henne i ansiktet. Det var äckligt. Hon blev illamående och svalde för att inte kräkas.

Hon backade in i köket och Sune följde efter. Hans bröstkorg trycktes mot hennes.

– Gå din väg!

Handtaget i kylskåpsdörren stötte henne i ryggen. Sunes kroppshydda spärrade vägen.

– Du tror du är nåt va? sa han. Om du kunde se dig själv, skitförnäm med Stockholmsdialekt. Du är väl för fin för att kännas vid att du är härifrån. Fy fan.

Sune spottade fram orden och hatet lös i ögonen på honom.

Tankarna virvlade runt i huvudet på Malin. Vad var han kapabel att göra? I vanliga fall hade hon litat till hans förnuft men i det tillstånd han nu var i, visste hon inte vad hon skulle tro.

160

– Lugna dig ...

– Lugna? skrek han och tryckte henne hårdare mot kylskåpet.

Paniken tjöt i öronen på Malin. Nu gällde det att handla, att göra vad hon kunde för att försvara sig. Hon fattade tag om Sunes axlar och med all kraft hon kunde uppbringa knuffade hon honom ifrån sig.

Med gapande mun och en fåraktig min stirrade han på Malin när han föll. Huvudet träffade stolsitsen med en otäck smäll och kroppen sjönk ner på golvet i en halvsittande ställning.

Malin höll sig för bröstet och andades tungt. Hon stirrade på Sune vars huvud hade fallit framåt med hakan mot bröstkorgen.

Kapitel 16

Äntligen fick Stefan syn på Loves svarta Golf
när den svängde upp mot huset. Love hade
ringt för fyra timmar sedan och sagt att han var på väg
ner till Skåne. Stefan blev först förvånad. Det var inte
likt Love att vara så spontan. Sen blev han glad över att
få träffa honom och få de senaste nyheterna från hans
arbete i Tyskland. Det blev inte så ofta de träffades
numer.

Love parkerade intill kastanjen som så här års gav
en svalkande skugga med sitt kraftiga lövverk. Han
tutade två gånger innan han klev ur bilen och sträckte
på ryggen. Med handen som solskydd tittade han upp
mot köksfönstret där Stefan skrattande viftade med en
kökshandduk till hälsning.

Stefan tryckte in en sexpack öl i kylskåpet och
täckte salladsskålen med gladpack.

Fan, vad kul att grabben är här, tänkte han och
sprang ut på gårdsplanen.

Love skrattade när han fick syn på Stefan som
rusat ut i ett volangprytt förkläde som blivit kvar efter
Lena.

Han är sig olik, tänkte Stefan. Slätrakad både på
huvudet och i ansiktet.

– Välkommen! gastade han och kramade om Love.

Love dunkade honom vänskapligt i ryggen.

– Fan, vad glad jag är över att vara här, sa Love.
Det känns som evigheter sedan.

162

– Skönt att ha dig hemma, sa Stefan. Jag började bli rädd att du skulle lämna Sverige för gott.

Love lyfte ut en resväska från bagageluckan och baxade försiktigt ut en sportbag från baksätet som han räckte till Stefan.

– Har du småsten i väskan? sa Stefan och skrattade.

– Det är delar av fotoutrustningen. Jag tänkte fota omgivningarna så att jag kan visa mina tyska vänner hur fantastisk den skånska östkusten är.

– Då åker vi till Haväng någon dag, sa Stefan. Bättre reklam kan du inte få med dig. Är du sugen på något från grillen? Vädret ser riktigt bra ut efter allt regnande. Vi kan käka ute.

– Jag är hungrig som en varg. Grillat låter perfekt.

De hjälptes åt att bära in bagaget. Love slängde resväskan på hallgolvet och gick in i köket. Han öppnade hemvant kylskåpet och tog fram en öl.

– Är det okej att jag tar ett glas? sa han. Jag är torr som en öken i munnen.

– Självklart, sa Stefan. Ta en dusch när du har druckit upp så fixar jag maten. Jag brinner av nyfikenhet att få veta hur du har det i Berlin och hur utställningen har gått.

Love försvann upp till gästrummet och Stefan fortsatte med matförberedelserna. Han visslade medan han vispade ner olja i en skål med äggulor, vinäger och fransk senap. Han snålade inte med vitlöken, pressade ner tre klyftor och smakade av. Det blev en aioli precis i hans smak.

Love kom ner i köket, lagom till att Stefan hade blandat två Dry Martini. Han var nyduschad och omklädd i shorts och en ren tröja

Grilloset letade sig in genom den öppna terrassdörren.

– Vi går ut, sa Stefan. Jag måste passa köttet.

Solen stod högt på himlen och Stefan fällde upp det marinblå parasollet som han köpte för en månad sedan. Det var inte många dagar det hade behövts solskydd den här sommaren som hitintills varit en blöt historia. En flock svalor lämnade en telefonledning och flög med sina höga srii över trädgården.

– Du har ändrat stil, sa Stefan.

– Vi blev tillsagda att fixa till hår och kläder inför en teveintervju, sa Love. Programledaren tyckte att vi såg för jäkliga ut. Långhåriga och skäggiga.

De skrattade och Stefan såg hur vuxen Love hade blivit. Han var riktigt snygg. Lenas rena drag och hans mörka ögon och ögonbryn.

– Jag trodde det var en flickvän som fått dig att tänka om.

Love log snett, gick in i köket och hämtade brickan med tallrikar och glas.

Stefan gick efter, tog med de två glasen med Dry Martini. De gick tillbaka ut på terrassen och han sträckte fram det ena glaset till Love.

– Skål och välkommen hem, sa han.

– Skål farsan och tack för att jag fick komma.

Love satte sig i fällstolen, sköt upp glasögonen i pannan och vände ansiktet mot solen

– När kom du till Sverige? sa Stefan och vände köttbitarna på grillen.

– Jag har varit hemma i tre veckor.

– Så länge? Varför har du inte hört av dig och kommit tidigare?

164

– Jag har haft en del att ordna med. Köttet är nog klart. Jag vill ha min biff blodig.

Love gick in i köket och tog ut de kylda ölen från kylskåpet. Stefan lade upp köttet på tallrikar och de flyttade sig under parasollet. Han höll stolt fram en ugnsform mot Love.

– Gratängen är gjord efter din farmors recept. Du älskade hennes mat när du var liten. Ingen kunde laga mat som hon.

– Du har väl alltid kunnat laga mat, sa Love. Mamma brukar säga att hon saknar dina middagar. Hon gick ner fyra kilo när ni skildes.

– Hm, sa Stefan. Har hon sagt det? Jag som tycker att det är först nu, sedan jag blev ensam, som jag har lärt mig.

Han njöt av det saftiga köttet och ölen fick honom på bättre humör. Loves sällskap fick honom att glömma hur Malin avvisat honom, faktiskt kört iväg honom.

– Berätta hur det gick på utställningen, sa Stefan.

– Jag sålde de flesta naturmotiven och alla porträtten.

– Det är fantastiskt. Betalar tyskarna bra?

– Några tusenlappar blev det kvar efter att galleriet hade tagit sitt. De är inte blyga för att ta betalt. Accepterar man inte priserna, står det fler på kö som är beredda att betala.

– Hur gick det för Alex? Sålde han lika bra?

– Absolut. Han är jäkligt kompetent. Det var häftigt att ställa ut tillsammans med honom. Vi blev uppmärksammade både i pressen och i ett tyskt kulturprogram på teve. Det var helt hans förtjänst. Jag är usel på att ta de rätta kontakterna.

– Kompetenta vänner ska man vara rädd om. När åker du tillbaka?

– Jag har inga planer på att åka tillbaka. Jag ska jobba på hemmaplan en tid framöver.

– Har du fått jobb eller ska du jobba med något eget projekt?

Love sjönk ihop och såg helt plötsligt trött ut. Han fyllde på sitt glas med öl och svepte innehållet i ett drag innan han svarade.

– Det är problematiskt för tillfället. Jag ska förklara senare, sa han och körde runt med gaffeln i aiolin.

Stefan tittade oroligt på honom. Det mesta av maten på hans tallrik var kvar.

– Du behöver inte oroa dig, sa han. Kultursektorn är stentuff. Det ordnar sig om du har is i magen. Ta ett annat jobb så länge.

– Är det okej om jag drar mig tillbaka? sa Love och reste sig. Jag är skittrött efter resan. Jag har sovit dåligt sista tiden.

Det ryckte nervöst i mungipan på honom. Stefan hade fått en känsla av att allt inte stod rätt till redan när Love kom men nu såg han hur spänd och okoncentrerad Love såg ut. Stefan lade band på sig för att inte börja fråga ut honom. Tids nog skulle det visa sig om något gått fel.

– Självklart, sa Stefan. Dra dig tillbaka du, jag fixar disken.

– Det var en fantastisk middag, sa Love och reste sig. Du skulle ha blivit kock, farsan.

Han log ett matt leende. Stefan lade märke till att han haltade lätt när han gick mot altandörren. Det var inte ofta hans handikapp syntes, bara när han var ordentligt slutkörd.

Stefan trummade med fingertopparna mot bords-
skivan och stirrade ut i trädgården. Tankarna for fram
och tillbaka.

Han har väl inte ställt till det eller råkat illa ut?
tänkte han.

Love var enda barnet och fick Lenas och hans to-
tala uppmärksamhet under uppväxten. Rädslan för att
hans förlossningsskada skulle påverka hans barndom
negativt gjorde dem båda överbeskyddande.

Under skolåren var Love blyg och tillbakadragen.
Stefan och Lena gjorde vad de kunde för att han skulle
få kamrater. Så här efteråt insåg han att deras ansträng-
ningar snarare fick motsatt effekt.

Allt vände när Love började fotografutbildning i
Göteborg. Hans självförtroende växte i takt med hans
framgångar bakom kameran. Betygen var höga och
han fick strålande recensioner i de utställningar han
deltog i. Studiekamrater var det gott om och Love fick
klara sig i en studentkorridor, utan Lenas omsorger. Det
såg ut att ordna sig bra för honom.

När han besökte dem kom han alltid ensam. Han
tog aldrig hem någon flickvän eller visade något större
intresse för det motsatta könet. Stefan funderade då och
då över om Love var gay. Han tyckte sig inte ha några
fördomar eller lida av någon homofobi, folk fick leva
och älska som det passade dem bäst. Det var helt okej.
Några av hans nära vänner var homosexuella. Fast om
hans son … Hur skulle han reagera på det?

Då kanske jag inte är så jäkla fördomsfri som jag
vill tro, tänkte han.

Stefan plockade ihop disken, bar in den i köket
och lät den stå på diskbänken. Han hällde upp en whis-
key och gick tillbaka ut på terrassen där grillkolen fort-

farande glödde och spred en behaglig värme. Den rökiga drycken brände i strupen. Han suckade och önskade att Malin hade varit där. Trots hennes knäppa ifall och obetänksamma handlande, beundrade han henne. Hon hade mod och var handlingskraftig som få. Hon väckte liv i känslor hos honom som varit djupt nerbäddade efter skilsmässan från Lena. Besvikelsen han känt den dagen Lena berättat att hon träffat en annan och ville skilja sig, visste inga gränser. Han trodde aldrig att han skulle komma över hennes svek. De hade så mycket gemensamt. Tillsammans hade de kämpat för att ge Love ett så bra liv som möjligt trots handikapp. Han tyckte att de växt ihop. Skulle då en annan man ta hans plats? Det var ofattbart. Oacceptabelt. Att nu Malin lyckats tränga igenom den försiktighetsmur han byggt upp förvånade honom. Kvinnor hade han haft efter skilsmässan men ingen hade lämnat några djupare avtryck.

Han tog fram mobilen och sms-ade henne att Love kommit och att han hoppades att allt var okej. Han avslutade med att hon var välkommen att ta ett glas med honom om hon hade lust. Innan han hann ångra sig tryckte han på sänd. Han suckade, lutade sig tillbaka i stolen och såg upp mot den stjärnklara himlen. Ljuset i Loves sovrum släcktes och endast ett flimrande, blåvitt sken från en bildskärm syntes från fönstret.

Stefan reste sig för att gå upp till Love och se efter att inget fattades honom, och för att säga god natt. Han svepte det sista av whiskeyn, gick upp för trappan och knackade lätt på sovrumsdörren. När han inte fick något svar öppnade han en springa och tittade in.

Love låg i sängen med täcket uppdraget till hakan. Sängen stod vänd mot skrivbordet där datorn stod. Han

168

hade hörlurar instoppade i öronen och visade inget tecken på att han lagt märke till Stefan.

Stefan kunde inte undgå att se bildskärmen på Loves laptop. Bilden fick honom att haja till. En våg av vämjelse sköljde över honom. Han stängde dörren ljudlöst och blev stående med handen på dörrhandtaget och lyssnade efter tecken på att Love lagt märke till övertrampet. Sakta gick han nerför trappan och lovade sig själv att så fort som lämpligt tillfälle gavs, skulle han ta upp ämnet och kräva en förklaring på vad han sett.

Kapitel 17

Malin stödde sig på köksstolen och stirrade med fasa på Sune. Hårda pulsslag dunkade i tinningarna och det susade dovt i öronen. Sune låg orörlig på golvet med utsträckta ben och huvudet mot ett stolsben så att hakan trycktes mot bröstkorgen. Endast köksklockan på väggen gav ifrån sig ett svagt tickande.

– Sune, sa hon med darrig röst. Är du skadad?

Sune visade inga tecken på att vara vid medvetande. Hon petade på honom med foten beredd att hoppa undan om han skulle vakna till sans. Hans huvud sjönk ner på golvet, ögonen var slutna och munnen halvöppen.

– Herregud, vad har jag gjort? viskade hon med gråten i halsen.

Hon satte sig på huk och lade två fingrar mot hans hals. Tre gånger fick hon flytta runt fingrarna innan hon till slut kände hans puls. Lättnaden fick henne att snyfta till.

Tack och lov, tänkte hon. Han lever.

Hon reste sig och gick fram till diskbänken och blötte en kökshandduk under kallvattenkranen. Försiktigt flyttade hon hans huvud i en bekvämare ställning och lade den våta handduken över hans panna.

Sune stönade till, öppnade ögonen och stirrade på henne med ett förvirrat uttryck i ansiktet.

– Vad fan … sa han och tog stöd mot bordsbenet.

170

Med ett stönande drog han sig upp på fötter och slängde handduken på golvet. Han svajade oroväckande när han med båda händerna mot bordskivan försökte återfå balansen.

Hon backade undan från honom. Skräcken hon känt när han tryckte upp henne mot kylskåpsdörren gjorde henne fortfarande knäsvag och hon var rädd att han skulle ge sig på henne igen.

Han drog ut en köksstol och satte sig med pannan lutad i händerna.

– Vatten, väste han. Jag behöver något mot huvudvärken. Har du någon magnecyl?

– Visst, sa hon och hällde upp ett glas vatten som hon räckte honom.

Från skafferiet tog hon fram asken med Ipren. Hon tryckte ut en tablett och lade den på bordet framför honom.

– Du behöver kanske läkarvård, sa hon. Om det är en hjärnskakning behöver du få det undersökt.

– Skit samma, om det är brännvinet eller slaget i skallen. Jag behöver något som tar bort värken.

Hjärtat hade lugnat sig och hon betraktade honom medan han drack vattnet i djupa klunkar och torkade sig under näsan med jackärmen. Han verkade ha nyktrat till, var inte så berusad, som när han för mindre än en timme sedan trängde sig in i hennes hus. Av någon anledning tyckte hon synd om honom. Han såg trött och uppgiven ut.

– Vill du ha mer vatten? sa hon.

– Ja, tack, sa han och räckte henne glaset.

– Varför kom du hit i kväll? Du skrämde vettet ur mig.

Han drog båda händerna genom håret och stirrade på henne med förtvivlan i blicken.

– Polisen kom och hämtade Kalle i dag, sa han med sprucken röst. Han var alldeles ifrån sig.

Han gjorde en paus och tittade mot hallen.

– Jag kan inte få bort synen av Kalles förvridna ansikte när de körde iväg med honom, sa han mer till sig själv än till henne. De fick vara två poliser för att hålla fast honom när han försökte få upp bildörren. Han blir så jävla stark när han blir arg eller rädd.

Malin ställde sig vid fönstret med ryggen mot Sune och lutade pannan mot det svala glaset.

– Jag sätter på kaffe, sa hon och suckade. Både du och jag är i behov av något stärkande.

– Kalle är beroende av mig, sa Sune. Jag kan inte minnas att vi har varit ifrån varandra en enda dag.

Malin slogs av hur uppgiven och ynklig han lät.

– Sedan hans mamma lämnade oss har det varit han och jag, fortsatte han. Kan du fatta det? I trettio år har vi delat allt i vardagen. Han vet inget annat. Det är som att slänga ett lamm till vargarna. Han är helt skyddslös, kan inte ens föra sin egen talan.

Malin ställde fram två kaffemuggar och ett paket mellanmjölk. Hon skivade upp bröd och tog fram en tub mjukost från kylskåpet. Det var skönt att ha något att göra. Att ha en ursäkt för att slippa sitta still och se Sunes förtvivlan. Hon lade handen över hans när hon räckte fram muggen med kaffe.

– Jag är ledsen, Sune.

– När Kalle föddes var han som vilken unge som helst, sa Sune. Det var när han skulle fylla tre år som Kerstin och jag märkte att något inte stod rätt till. Det gick inte att få någon kontakt med honom. Han kunde sitta i timmar och plocka i en burk med små skruvar och muttrar. Han började springa på tå och viftade med händerna som om han hade en svärm flugor framför sig. Vi förstod ingenting utan blev förbannade på hans dumheter. Det hände fler än en gång att han fick en dask i baken och blev instängd på sitt rum.

– Stackars Kalle, sa Malin. Hur fick ni reda på att han var autistisk?

– Det var vid en kontroll på barnavårdscentralen. De hade nog misstänkt en tid att det inte stod rätt till. Kerstin kunde aldrig acceptera hans handikapp. Hon fick så jävla dåligt samvete, trodde att det var hennes fel. Fick för sig att hon var oduglig som morsa. Hon packade en väska och drog iväg till sina föräldrar. Kalle har aldrig träffat henne sedan dess.

– Ta en smörgås, sa Malin och sträckte fram brödfatet mot Sune.

– Vad tror du att de gör med honom?

– Polisen?

– Ja, vem annars. De kommer aldrig få honom att säga något. Jag fattar inte varför de tog med honom till polisstationen. Det måste vara helt utanför reglementet.

– Kanske tar de några prover eller fingeravtryck, föreslog Malin. Jag har faktiskt ingen aning om hur polisen arbetar.

– Kalle har aldrig gjort en fluga förnär. Han är rädd för tjejer och undviker kontakt om han kan.

– Har du varit hemma i kväll innan du kom hit?

– Nej, jag var hos Persson i huset bredvid. Han bjöd på en kaffegök.

– En? sa Malin.

Sune tittade ner på sina smutsiga nävar. Han hade skrapsår på båda händerna och svarta sorgkanter under naglarna. Som om han blev medveten om hur oaptitligt det såg ut tog han ner dem från bordet och lade dem i knät.

– Jag ber om ursäkt för mitt beteende i kväll, sa han. Jag vet inte vad som flög i mig. Spriten fick mig att tappa omdömet. Men jag måste säga att du har betett dig knepigt. Vad fan gjorde du egentligen i vår sjöbod?

– Tänk om Kalle är hemma, sa Malin. Han kanske kom när du var hos Persson.

– Ja, kanske det. Det är nog bäst att jag drar mig hemåt.

Sune stönade och satte handen mot bakhuvudet när han reste sig upp. Han höll sig i bordet innan han med vacklande steg tog sig ut i hallen.

– Jag kör dig, sa Malin. Vi kan ta vägen förbi sjukhuset, om du vill.

– Kör mig hem, jag behöver komma i säng. Jag har ingen lust att sitta på akuten i flera timmar.

Malin tog tag om Sunes arm och stödde honom nerför trappan. Han gick sakta över grusgången och grinade illa vid varje steg. Malin höll upp bildörren på passagerarsidan medan han klumpigt satte sig tillrätta.

Bara han inte spyr, tänkte hon. Hjärnskakning och fylla är säkert inte den bästa kombinationen.

Han vevade ner vindrutan och släppte in den svala nattluften.

– Jag är så jävla rädd att de tar honom ifrån mig, sa han. Tänk om de sätter honom på ett hem. Han klarar inte det och inte jag heller för den delen.

– Om Kalle inte har något med Olivias död att göra kommer han hem. Det kan jag lova dig. Förresten är han kanske redan hemma.

Sune suckade och strök sig över pannan. Färgen i hans ansikte hade börjat återvända.

– Kan jag släppa av dig här? sa Malin och stannade vid stigen som ledde ner mot Sunes hus.

Han klev ur bilen och sträckte upp handen till en hälsning innan han på vingliga ben promenerade iväg. Malin satt kvar och såg honom försvinna i mörkret.

Vi delar samma öde, tänkte hon medan en tomhet spred sig i bröstet. Att förlora ett barn, även om det är för en kortare tid, gör så förbaskat ont.

Hon tog upp mobilen från bakfickan på jeansen. Ett oläst sms visade sig på skärmen. Hon log när hon läste.

– Stefan, viskade hon. Jag kommer.

Hon tände ljuset i kupén och ordnade till håret i backspegeln, vred om startnyckeln och rullade iväg mot Stefan.

Det var släckt i huset när hon svängde upp och parkerade bredvid Loves golf. Natthimlen var klar och vintergatans stjärnor kändes märkligt nära. Månljuset lyste upp natten och buskar och träd kastade sina långa skuggor över grusgången och upp på husfasaden. Om några dygn skulle månen vara full.

Hon skulle just till att knacka på ytterdörren när hon såg att en lampa var tänd på terrassen. Hon gick runt huset och fick syn på Stefan som satt tillbakalutad med ett glas i handen och tittade ut mot den mörka trädgården. Hon fylldes av ömhet för honom, gick fram och lade händerna på hans axlar och lutade kinden mot hans. Han tog tag om hennes nacke och höll fast henne och smekte henne över håret.

– Skrämde jag dig? sa hon.

– Nej, inte alls. Jag hörde när bildörren slog igen och hoppades att det var du som kom. Du är sen.

– Jag såg ditt sms för bara några minuter sedan.

– Kom, vi går in, sa han. Du ska få den utlovade drinken.

Han reste sig och tog henne i handen. Hon följde med honom, lättad över att han inte visade sig stött över hennes beteende kvällen innan.

– Var är Love? sa hon. Jag hade hoppats på att få träffa honom.

– Han sover. Den långa bilresan tog knäcken på honom. Han har haft en tuff tid i Berlin. Du får träffa honom i morgon.

De gick in i vardagsrummet där Malin kröp upp i soffan medan Stefan blandade två drinkar. Han satte sig med armen om hennes axlar och räckte henne ett glas. Hon drog upp fötterna under sig, lutade huvudet mot hans bröst och drog in doften av honom. Han luktade tvål och grillos.

Hon tog en rejäl klunk av drinken, ögonlocken blev tunga och hon kände hur trött hon var. Stefan snurrade en hårlock, som lossnat från hennes fläta, mellan sina fingrar och smekte henne i nacken. Malin tryckte sig närmare honom och utan att kunna kontrollera sina känslor kände hon hur tårarna strömmade ner över kinderna och droppade ner på hans tröja. Stefan tog tag om hennes haka, lyfte upp hennes ansikte och kysste hennes blöta kinder.

– Förlåt, kved hon. Allt är en enda röra. Robert har hämtat Ellen och tagit henne till Stockholm. Sen dök Sune upp. Jag blev livrädd, övertygad om att han tänkte slå ihjäl mig.

– Sune? sa Stefan.

– Han kom hem till mig. Stod helt plötsligt i hallen, onykter och hotfull.

– Har det med Kalle att göra?

– Jag knuffade honom så han for baklänges och slog huvudet i en stol. Han tuppade av och jag blev livrädd att jag hade tagit livet av honom.

Stefan hade oro i ögonen och en djup rynka mellan ögonbrynen när han strök henne över ryggen.

– Malin, sa han och skakade på huvudet. Du måste låta polisen sköta utredningen och inte utsätta dig för fara.

– Det var precis vad jag gjorde. Vad hjälpte det? Det erbjuds inget skydd när man tipsar polisen. Jag kan förstå att många är rädda för att vittna.

– Kan du inte bo hos mig en tid. Jag tycker inte om att du är ensam. Du är alldeles för inblandad för att vara säker. Jag har gott om plats. Du kan få ett eget rum om du vill.

– Ska jag bo här vill jag dela rum med dig, sa hon och log genom tårarna.

– Kom, sa han och räckte henne handen.

Hon följde med honom till sovrummet och han sköt igen dörren efter dem.

– Så att inte Love hör, viskade han.

Hon fnittrade till och lät händerna leta sig in under hans tröja till hans nakna hud. Han tryckte sig mot henne och drog ner blixtlåset i gylfen på hennes jeans. Hans händer var ivriga och varma när han smekte hennes skinkor. Varsamt klädde de av varandra. Lät plagg efter plagg falla till golvet. Månljuset från fönstret fick skuggorna från deras kroppar att dansa mot väggen.

Hans nakna kropp fick en tsunami av känslor att välla fram. Kåtheten gjorde henne matt och knäsvag.

Hon lade sig på sängen, tog hans händer och drog honom över sig.

– Du gör mig galen, viskade han hest.

Efteråt rullade hon ihop sig som en katt med ryggen mot hans bröst. Hon suckade av tillfredställelse, tog hans hand och förde den till sina läppar.

Dagen hade varit en känslomässig berg och dalbana. Hon hade kastats mellan sorg och glädje, rädsla och något som började likna kärlek.

Varför är de lyckliga stunderna så korta? tänkte hon innan hon somnade.

Kapitel 18

Sommarhuset i Yngsjö var hennes barndoms paradis. Här hade hon tillbringat somrarna sedan hon var tio år. Tonåren med Lisen. Deras lekar som med åren blev till upptäcktsfärder in i vuxenlivet. Huset var sprängfyllt av minnen.

Hon hade velat se Ellen tillbringa sina somrar här, ta med sina kamrater och uppleva samma lycka som hon själv hade upplevt.

De senaste veckorna hade så mycket förändrats och hennes värderingar hade satts på prov. Inget skulle bli sig likt igen och Malin var rädd att huset för alltid skulle förknippas med död, sorg och ångest. Barndomens förtrollning var bruten. Hon skulle tvingas ta ställning till vad hon ville göra med sommarhuset i framtiden.

Malin hällde ut den sista skvätten mjölk i diskhon innan hon torkade ur kylskåpet. Övriga matvaror låg nerpackade i en kylväska. När hon var klar lämnade hon kylskåpsdörren på glänt och slog av strömmen. Det nödvändigaste i klädväg var nerpackat och instuvat i bilen. Staffli, målardukar och färger skulle hon och Stefan hämta senare under dagen.

Hon gick en sista runda i huset och gav blommorna vatten, funderade samtidigt om det var någon mening då de förmodligen skulle torka och dö innan hon satte sin fot här igen. Det var med stor tvekan hon flyttade till Stefan. Hon skulle aldrig ha valt att göra det

179

så kort tid efter skilsmässan om det inte hade varit för den förbannade mördaren. Han hade inte bara berövat en ung människa livet, med allt vad det förde med sig av ångest och sorg. Mordet hade rubbat hela hennes existens.

Från och med nu skulle hon dela ateljé med Stefan. Hans keramikverkstad var stor nog så att även hon kunde få en arbetsplats. Visst fanns fördelar med att de arbetade tillsammans, allra helst inför den gemensamma utställningen, fast hon hade lovat sig själv, att aldrig mer bli beroende av en karl. Det fick bara bli tillfälligt, hon måste bestämma sig för en permanent lösning, visste bara inte hur den skulle se ut.

Malin rycktes ur sina tankar när mobilen ringde. Det var ett skyddat nummer vilket alltid gjorde henne illa till mods.

Hon svarade med tunn ängslig stämma men kände sig lugnare när en varm röst presenterade sig som syster Lillemor från ortopeden.

– Din mamma ska få åka tillbaka till Ståthållaren i dag, sa syster Lillemor.

Malin fick inte fram ett ord. Hon rodnade av skam vid tanken på att hon knappt ägnat sin mamma en tanke sedan hon senast besökte henne på sjukhuset.

– Det är fantastisk, sa Malin. Är hon medveten om att hon ska få åka tillbaka.

– Absolut, sa syster Lillemor. Hon är mycket piggare. Hon äter själv och har till och med börjat läsa kvällstidningen och se på teve.

– Läsa tidningen? sa Malin.

– Ja, faktiskt. Du kommer bli förvånad när du träffar henne.

180

– Jag tror knappt det är sant, sa Malin. Mammas demens har de senaste åren blivit allt värre.

– Vi har sett över hennes mediciner. Gamla människor kan verka mer förvirrade och senila än de faktiskt är med fel medicinering. Din mamma kommer få ett betydligt bättre liv efter justeringen.

– Tack för att du ringde, sa Malin. Hälsa henne att jag ska besöka henne så snart jag kan.

Hon stod kvar med telefonen i handen och tittade ut genom köksfönstret. Bilar, cyklister och gående på väg ner mot badplatsen var betydligt fler nu när vädret äntligen hade blivit varmt och soligt.

I dag skulle Ellen och jag ha varit vid havet, tänkte Malin. Istället flyttar jag till Stefan och hon tillbringar sommaren i Stockholm. Tänk om veckorna som gått hade kunnat göras annorlunda.

En dryg timme senare satt hon på Stefans terrass och drack en kopp kaffe med Love. Stefan skyllde på att han behövde tanka och for iväg med bilen. Malin misstänkte att han ville att hon och Love skulle få en stund på tu man hand. De hade träffats en kort stund vid frukosten och Malin fattade genast tycke för honom. Han var lik sin pappa med varma brunmelerade ögon som inramades av svarta ögonfransar och skarpt avtecknade ögonbryn. De hade även samma inåtvända leende som Malin till en början tolkat som blyghet men sedan hon lärt känna Stefan förstått att så inte var fallet. Stefan var inte blyg, snarare en man med stark integritet. Det var förmodligen likadant med Love.

– Då åker vi till Haväng när Stefan kommer tillbaka, sa Malin. Har du varit där tidigare?

– Ja, för två år sedan, sa Love. Vädret var inget vidare då. Dimmigt och kallt. Jag fick säkert inte en rättvis bild den gången.

– Du kommer säkert att gilla platsen. Det finns många fina motiv att fotografera. Bra reklam för Sverige.

– Farsan köpte det här stället efter skilsmässan, jag har inte varit här så mycket att jag lärt känna omgivningarna.

– Många konstnärer dras till Österlen, sa Malin. Kanske är det ljuset. Hur som helst är det en plats som ger inspiration. Jag brukar alltid hitta nya motiv att måla när jag är där. Oftast fotar jag och målar av bilden. Somliga skulle kalla det fusk. Jag tycker att det är praktiskt eftersom jag har svårt att ta mig tiden att måla på plats.

– Jag hörde att du och pappa ska ställa ut tillsammans.

– Stefan föreslog det. Jag har faktiskt aldrig ställt ut för allmänheten. Det känns nervöst och mycket spännande.

Love lutade sig fram och lade armbågarna på knäna medan han snurrade kaffekoppen mellan händerna.

– Pappa var väldigt deprimerad efter skilsmässan med mamma, sa han med blicken i kaffekoppen.

– Jag har förstått det, sa Malin. Jag har gått igenom samma sak så jag tror att jag kan förstå.

– Jag säger det för att jag är rädd att han ska bli sårad igen, sa han och hans blick granskade henne kritiskt.

– Jag tror inte att du kan skydda honom mot besvikelser. Det vore detsamma som att hindra honom från att leva. Din pappa är en klok man. Han har tröstat och gett mig många goda råd sedan min väninnas dotter blev mördad. Jag är övertygad om att han kan ta vara på sig själv.

Det sista sa hon med mer skärpa i rösten än vad hon avsett.

Undrar vad han är ute efter? tänkte hon. Han kanske är svartsjuk.

Det skulle väl visa sig i sinom tid. Hon ville inte tjafsa med honom, tyckte att det var viktigare att skapa en bra relation. Det var hon skyldig Stefan.

Love tittade på henne med en min hon inte kunde tyda.

Shit, tänkte hon. Det här börjar inte bra.

Ett knastrade hördes från grusgången på andra sidan huset och en bildörr slog igen.

– Nu kom Stefan, sa Malin och reste sig.

Love tog tag i hennes hand och hejdade henne när hon var på väg förbi honom.

– Låt det här stanna mellan oss, sa han.

– Självklart, sa Malin. Jag går in och brygger en kanna kaffe som vi kan ta med till stranden.

Klockan var över två på eftermiddagen när de svängde ut på landsvägen på väg mot Brösarp och Haväng. Malin trängdes med fotoutrustning och en kaffekorg i baksätet på Loves Golf, medan Stefan och Love ivrigt diskuterade lämpliga motiv att fotografera utmed kusten. De körde in och stannade på parkeringen vid Brösarps backar.

Love var exalterad över den fantastiska naturen. Hedlandskapet med sina mjuka kullar där man så här års kunde hitta sandlilja, sandnejlika och hedblomster, måste vara ett paradis för en naturintresserad fotograf.

Han tog fram kameran och satte av mot kullarna. Malin och Stefan slog sig ner vid ett av rastplatsens bord.

– Jag har bestämt mig för att säga upp mig från jobbet, sa Malin.

– Gör inget förhastat, sa Stefan. Det är lätt att handla överilat när man känner sig krisig.

– Det fungerar inte att fortsätta vara kollega med Bettan. Fast det är inte hela orsaken. Sommarens händelser har fått mig att tänka till. Allt har på något sätt ställts på sin spets.

– Jaså, sa Stefan. Vill du prata om det?

– Sommarhuset i Yngsjö har varit så viktigt för mig. Jag har haft en nostalgisk idé om att Ellen skulle få uppleva samma fina somrar som jag fick som barn. Nu har jag svårt att tro att jag någonsin kan känna harmoni i det huset igen.

Stefan lade armen om hennes axlar.

– Det känns kanske bättre efter en tid.

– Om jag säljer huset kan jag finansiera en konstutbildning, fortsatte hon. Då skulle jag få tid att tänka över vad jag vill ägna mig åt i framtiden. Olivias död har fått mig att inse hur skört livet är. Det har blivit viktigt att ta vara på varje dag. Att inte låta livet bli en slentrianmässig resa där bara helgerna och semestern ger andningshål.

Stefan satt tyst och tittade fundersamt i riktning där Love försvunnit.

– Tycker du att jag pratar en massa strunt? sa Malin.

– Inte alls, sa Stefan. Jag har dragit samma slutsatser själv. Det var därför jag sålde tandläkarkliniken och satsade på keramiken. Fast du ska veta att det blir vardag även i ett skapande. Det är inte alltid optimalt

184

att ha sin hobby som yrke. Kom, vi går och tittar vart Love tog vägen.

De klättrade upp för den branta stigen som ledde upp på en av de högsta kullarna.

Utsikten var vidunderlig. Havet glittrade i öster och böljande hedlandskap med betande kor omslöt dem.

– Vem har sagt att Skåne är platt? sa Stefan och skrattade.

Love kom gående med kameran dinglande i en rem runt halsen.

Några utryckningsfordon störde friden med tjutande sirener. En brandbil och ambulans skyndade fram på den kurviga vägen nedanför, i riktning mot Kivik.

– Nu kör vi vidare, sa Stefan och vinkade till Love.

De tog sig ner till parkeringen och fortsatte bilresan mot Haväng.

När de närmade sig parkeringen vid korsvirkeshuset, som under många år tjänat som vandrarhem, fick Malin syn på brandbilen.

– Brinner det? sa hon och lutade sig fram.

– Inte vad jag kan se, sa Stefan.

– Ambulansen är också där, sa Love. Titta, de kommer med en bår. Det måste ha hänt en olycka.

Love pekade mot stigen ner mot havet.

– Det kanske är en drunkningsolycka, sa Stefan. Undervattensströmmarna är förrädiska här.

Ambulansmännen sköt in båren i ambulansen, slog igen bakdörrarna och körde iväg. Den samling av nyfikna som bildats klev åt sidan och lämnade fri väg.

Malin, Stefan och Love gick fram till ett ungt par som stod kvar och såg efter ambulansen.

– Vet ni vad som har hänt? sa Stefan.

– Det var en kille som simmade rakt ut i havet, sa tjejen som såg ut att vara i tjugoårsåldern. Han är visst fiskare.

Malin grep tag i Stefans hand.

– Hur vet ni att han är fiskare? sa hon.

– Det var några här som kände igen honom. Han är visst efterbliven.

Blodet förvann från huvudet och benen var nära att vika sig, på henne.

– Hur är det? sa Stefan och stöttade upp henne.

– Det är mitt fel, viskade hon med stela läppar.

– Vadå ditt fel? sa Stefan.

Hon slet sig loss från honom och sprang iväg mot vandrarhemmet. I skydd bakom en häck stannade hon, lutade sig framåt och lät magen göra sig av med sitt innehåll.

Ångesten fick bröstet att krympa. Hon fick inte luft. Hon ville skrika. Nej, nej, nej. Det fick vara nog nu. Hur mycket skulle hon behöva utstå?

– Malin!

Stefan kom springande mot henne.

– Det är ingen fara, Malin. Om det nu var Kalle så lever han.

Kapitel 19

K lockan var halv sju på morgonen och radhus-
området där Malin bodde, slumrade ännu. De
flesta av hennes grannar var bortresta på semester och
de som var hemma hade ännu inte visat sig ute.

Malin balanserade en bricka med kaffe, yoghurt
och en smörgås i den ena handen medan hon låste upp
balkongdörren med den andra. Att äta frukost i lugn
och ro på uteplatsen var en lyx hon sällan unnade sig. I
dag skulle hon skämma bort sig själv och mobilisera
krafter inför besöket hos Lisen.

Hon suckade när hon såg hur ovårdad hennes
gräsmatta såg ut. Närmaste grannarna Gunilla och
Bengt, som hjälpte henne med radhusplätten när hon
var i Skåne, var på Kreta. Hon skulle ta itu med deras
tomt också när hon kom igång med trädgårdsarbetet.
Att klippa gräs och rensa ogräs roade henne inte det
minsta, fast en stunds fysiskt arbete skulle inte skada.

Hon log när hon läste sms:et, från Stefan, som var
skickat i går kväll.

*Stanna inte för länge i radhusträsket, jag längtar
efter dig. Puss! Din Stefan.*

Malin hade fattat ett snabbt beslutet att åka hem till
Salem. Hon längtade efter Ellen och samvetet sa att hon
borde besöka Lisen. När sedan inbjudan till Helenes
fyrtioårsfest kom, bestämde hon sig för att göra slag i
saken och åka. Även Helene och hennes man Martin,
hade drabbats hårt av mordet på Olivia, som föräldrar

till Sofia. Det kändes viktigt att hålla ihop och stötta varandra, även om Helene och Martin inte tillhörde hennes närmaste vänner. Malin hade lärt känna dem via Lisen.

Huset var ödsligt tomt när Ellen inte var hemma. Det var svårt att vänja sig vid delad vårdnad. Lisen brukade skratta åt hennes vånda och försäkra henne att hon skulle uppskatta sin frihet när hon vande sig. Än hade den känslan inte infunnit sig och hon tvivlade på att det någonsin skulle bli så.

Kontakten med Lisen var ansträngd. Malin visste inte varför, men avståndet mellan dem hade växt och kändes minerat. Det gällde att sätta ner fötterna rätt, att välja sina ord. Kanske var det Lisens depression som gjorde att samtalen flöt trögt och att hon brusade upp utan minsta anledning. Å andra sidan hade de bara haft kontakt via telefon sedan Lisen lämnade sjukhuset i Kristianstad och åkt tillbaka till Salem, så det var kanske Malins egen vånda som avspeglade sig i deras samtal och fick Malin att misstolka.

Malin drack upp det sista av kaffet och bar in brickan i köket. Hon gick in i badrummet och vred på kranen till duschen.

Vilken lyx, tänkte hon. Att få slösa med varmvatten.

Hon blundade och lät duschens strålar strila över ansikte och kropp.

En timme senare var hon på väg till garaget över den gemensamma innergården som bildades mellan de fyra radhuslängorna. Susanne i fyran och hennes närmaste granne Louise stod vid gungställningen och talade. Att det var en livlig diskussion syntes på deras yviga gester.

– Hej! ropade Malin och vinkade. Vilken härlig sommar vi har fått.

Susanne vände sig mot henne och lyfte tveksamt handen till en hälsning. Louise tittade ner i marken, undvek att titta åt hennes håll.

Vad är det med dem? tänkte Malin.

Hon fick en obehaglig känsla av att deras diskussion handlade om henne.

Jag börjar bli paranoid, tänkte hon. Fast folk pratar så mycket skit så man kan aldrig veta vilka rykten som grasserar.

Om det upprepades skulle hon fråga rakt ut om det var något problem, något de undrade över.

Hon bestämde sig för att cykla till Lisen. De bodde bara en kilometer från varandra och det hade varit oförsvarligt att ta bilen i det vackra vädret.

Det var en fantastisk lördagsmorgon. Himlen var klarblå utan ett enda moln och värmen gjorde henne svettig under cykelturen. Framme hos Lisen lutade hon cykeln mot Lisens förstutrappa. Ytterkrukor fyllda med pelargonier stod på nedersta trappsteget. De såg ut att vara i stort behov av omvårdnad och vatten vilket inte var likt Lisen som älskade blommor och sin trädgård.

Malin ringde två korta signaler på dörrklockan, öppnade ytterdörren och klev in.

– Hallå! Det är jag, Malin.

Lisen kom henne till mötes från vardagsrummet. Hon var blek och mörk under ögonen. Kinderna var insjunkna och jeansen som hon bar såg ut att ha blivit flera nummer för stora.

– Lisen, viskade Malin. Hur är det med dig?

– I dag känns det för jävligt, sa hon.

Malin kramade om henne och strök henne tröstande över ryggen. Hon kändes stel och otillgänglig. Stod bara rakt upp och ner med armarna passivt hängande utmed sidorna.

– Orkar du berätta? sa Malin, osäker på hur mycket hon själv skulle orka med att höra.

– Det är inte mycket att berätta. Vissa dagar är värre än andra. Min psykiatriker säger att det är helt normalt i en sorgeprocess. Men hur kan något vara normalt när man har mist ett barn och dessutom på ett så fasansfullt sätt.

– Fast du har väl stöd av Erik?

– Inte mycket. Han går helt upp i sin avhandling. Vi har telefonkontakt, mer är det inte. Han har bara varit här en gång sedan han skjutsade mig hem från Kristianstad.

De gick ut på uteplatsen. Senast Malin var här satt de i Lisens trädgårdsmöbler och åt en god middag och drack vin. Nu var bordet belamrat med anteckningsblock, foton på Olivia och en bok från begravningsbyrån.

– Jag ska försöka välja lämplig musik till begravningen och en lämplig dikt till dödsannonsen, sa Lisen.

– När blir begravningen? sa Malin.

– Fredag, nästa vecka. Äntligen ska det bli av. Den rättsmedicinska undersökningen har dragit ut på tiden.

– Fredag? Sa Malin. Varför har du inte hört av dig?

190

– Förlåt. Jag har blivit så egocentrisk. Det är som
om det bara är jag och sorgen. Ibland blir jag förbannad
på min självömkan. Du kommer väl?

– Självklart. Har du någonsin tvivlat på det?

– Förlåt Malin. Jag är inte mig själv, har blivit
glömsk och får ingenting gjort.

– Tråkigt att Erik inte har mer tid, nu när du skulle
behöva stöd från honom.

Lisen tände en cigarett och drog ett djupt hals-
bloss.

Malin tittade skeptiskt på henne. Hade hon börjat
röka? Det måste vara minst tio år sedan hon slutade,
emellertid avstod hon från att kommentera.

– Det är en hel del som jag som jag inte förstår när
det gäller Erik, sa Lisen.

Hon log matt och strök sig över håret.

– Det är inte bara det att han lyser med sin frånva-
ro, fortsatte hon. Det kan jag förstå när han står inför ett
viktigt arbete. I måndags ringde jag och sökte honom
på Karolinska. Vet du vad de svarade? Det finns ingen
Erik Magnusson där, inte på någon avdelning. De hade
aldrig haft någon anställd med det namnet.

– Det är nog ett missförstånd, sa Malin lamt.
Karolinska har säkert avdelningar utspridda utanför
själva sjukhuset.

– Det är inte allt. Han har skaffat hemligt telefon-
nummer som han vägrar att lämna ut. Han påstår att
han blivit hotad av någon som är ute efter hans fors-
kningsresultat.

– Där har du kanske förklaringen på att de svarade
att han inte finns på Karolinska, sa Malin.

– Du har kanske rätt, sa Lisen och suckade. Trots
att jag börjar ana att han är samma sorts skitstövel som

alla andra karlar som jag fastnat för, längtar jag så förbaskat efter honom.

Hon såg ner på sina händer och Malin noterade att hennes vanligtvis så välskötta naglar var nedbitna.

– Förresten, hur länge stannar du hemma? fortsatte Lisen.

– Jag åker tillbaka till Yngsjö på lördag, efter Olivias begravning. Veckan som kommer ska jag tillbringa så mycket tid som möjligt tillsammans med Ellen. Ska du gå på Helenes fest i kväll?

– Jag vet inte, sa Lisen. Jag har inte bestämt mig än. Jag har talat med Helene och det är okej om jag dyker upp utan att lämna besked innan.

– Jag tror att du mår bättre om du försöker komma ut och träffa folk. Det är inte hälsosamt att isolera sig.

– Kanske har du rätt.

– Försök att gå dit, sa Malin och strök Lisen tröstande över armen.

De satt tysta och Malin hade svårt att komma på något att säga. Obehaget växte och hon tog sats för att säga det som tryckt henne senaste tiden och måste sägas.

– Det känns tråkigt att vi har fått så svårt att tala med varandra, sa hon. När vi talar i telefonen känns det som om du inte är där. Jag har fruktansvärda samvetskval och grubblar ständigt och jämt på hur det hade varit om jag hade förbjudit Olivia att campa den där jäkla kvällen.

Lisen lade handen över hennes.

– Vet du vad det värsta är? sa hon. Det är när vänner och grannar går över på andra sidan gatan när man möts. Du kan inte ana hur rädda folk är för att möta en människa med sorg. Den man minst anar tittar åt ett annat håll och skyndar förbi. Det är därför som jag är tveksam till att gå på festen. Risken är att det blir pinsamt och det vill jag bespara Helene.

– Vi då? Ser du mig på samma sätt?

Lisen log sorgset och skakade på huvudet.

– Det klart jag inte gör, sa hon. Du är min bästa vän. Att jag inte orkar vara social har inget med dig att göra.

Malin bläddrade igenom fotografierna på Olivia. Bilder på en knubbig bebis, en dagisflicka med tofsar i håret och ett skolfoto när hon gick i sjunde klass. Hon fick en klump i halsen när hon såg den levnadsglada ungen. Varför hade hon förändrats? Var det en vanlig tonårsrevolt eller något allvarligare? Kanske en psykisk ohälsa. Hon skulle aldrig få veta.

Konstigt att de som står en närmast är de som man är mest blind inför, tänkte Malin.

Klockan hade hunnit bli åtta när hon klev in hos Helene och Martin. Festen var i full gång och Malin gissade att hon var en bland de sista gästerna som anlände. Folk var utspridda i kök, vardagsrum och ute på gräsmattan. Gästerna minglade runt, balanserande på tallrikar och glas.

Hon rev pappret av blombuketten och tog fram paketet som var från Lisen och henne gemensamt.

Helene välkomnade henne med röda stressfläckar på kinderna och öppna armar. Hon var klädd i en kort tajt, klänning och högklackade sandaletter.

– Hej Malin! sa hon. Vad roligt att se dig. Jag är så glad att du kunde komma.

– Grattis, sa Malin. Du ser fantastisk ut. Det är trettio du fyller. Inte sant?

Helene skrattade nöjt.

– Kommer du ensam? Jag hade hoppats på att Lisen skulle komma också.

– Vi får se, hon kanske dyker upp. Hon hade inte bestämt sig när jag träffade henne tidigare i dag.

Martin kom emot henne med en bricka med drinkar.

– Välkommen, sa han och serverade henne ett glas.

Stämningen var hög bland alla gästerna och Malin drogs med i glada skratt och högljudda diskussioner. Drinken som Martin fyllde på så snart som det minskade i hennes glas, gjorde henne berusad, och för första gången på länge kände hon sig sorglös och glad.

Helene och Martin hade verkligen fått till det. I köket ståtade ett buffébord med de mest exklusiva delikatesser och smårätter som Malin hade sett. Vin, öl och snaps fanns i obegränsade mängder. Malin uppskattade att det var ett femtiotal gäster. De flesta var arbetskamrater till Helene från Huddinge sjukhus. Några var grannar från området som Malin kände igen.

Herregud, det här måste kosta en förmögenhet, tänkte Malin.

På tomten var ett partytält tillfälligt uppsatt. Malin skymtade Sofia med pojkvän och några andra ungdomar som Malin antog var klasskamrater. En av de yngre killarna agerade discjockey och några par var uppe på det minimala dansgolvet och buggade. Sofia vinkade när hon fick syn på Malin. Hon sjöng med i låten som spelades och slängde med håret.

Timmarna flög iväg och när klockan var halv tre på morgonen var det bara hon och Lisens grannar Charlotte och Tomas som var kvar tillsammans med värdparet. Sofia hade krupit upp i en fåtölj och somnat. Samtalet hade ofrånkomligt hamnat på Olivia och vad var och en visste om polisutredningen. För första gången sedan mordet kände Malin att det var skönt att prata om vad som hänt. Skuld, ångest och frustration rann ur henne tillsammans med en bitvis osammanhängande berättelse som blandades med tårar och en droppande näsa.

– Det är för jävligt det som hänt, sa Malin. Om jag bra visste hur jag ska kunna stötta Lisen.

– Det gör vi nog bäst genom att finnas till för henne, sa Charlotte. Jag försöker titta in hos henne så ofta jag kan.

– Förlåt, snörvlade Malin och vände sig till Helene. Jag vill inte förstöra din fest genom att sitta och älta vad som hänt.

Hon var berusad och rädd att det skulle höras att hon faktiskt sluddrade.

– Var inte dum, sa Helene. Det här angår oss alla. Vi har försökt att stötta Sofia så gott vi kan. Det som hänt Olivia har varit ett enormt trauma för henne.

– För att inte tala om hur vi har grubblat och brottats med tanken på att det lika väl hade kunnat vara Sofia som var död, sa Martin. Det har hållit oss sömnlösa många nätter ska du veta.

Charlotte och Tomas reste sig, tackade och kramade om Helene och Martin.

– Vill du ha sällskap hem? sa Charlotte till Malin.

– Ja tack, sa Malin och reste sig på ostadiga ben.

Det var pinsamt att hon hade blivit full i kväll. Tankarna var osammanhängande och hon hade svårt att minnas kvällen i sin helhet och allt hon pladdrat

Kapitel 20

Hon klamrade sig fast på en stel hästkropp som gungade upp och ner på en snurrande karusell. Farten ökade och gjorde henne illamående. Hon vinkade och försökte påkalla maskinistens uppmärksamhet. Det gick för fort, skulle sluta med en katastrof om han inte fick stopp på eländet. En flickgestalt vinkade åt henne från en långhalsad giraff. Hon såg glad ut, verkade njuta av farten. Hennes svarta hår flög i vinden och ett smycke i vänstra näsvingen glimmade till i det blinkande karuselljuset.

– Olivia! …

Malin satte sig käpprak upp i sängen. Hjärtat bultade och ångesten snörde ihop strupen. Tinningarna pulserade av huvudvärk och spykänslor vällde upp i strupen och gav henne gallsmak i munnen. Hon stönade, lade sig ner och kröp ihop i fosterställning.

Osammanhängande minnesbilder trängde sig på. Hon fick ingen ordning på vad som hade hänt under gårdagskvällen.

Jävlar, tänkte hon. Jag får inte låta drickandet gå över styr.

Klockan var fem över elva på förmiddagen när hon på nytt vaknade, fortfarande med tryck över pannan. Hon satte fötterna i ett par tofflor och drog med darriga händer på sig morgonrocken. Sovrummet var varmt och kvalmigt och hon rös till när en pust av armsvett nådde henne näsborrar. I köket vred hon på kallvattenkranen

196

och lät vattnet rinna. Efter att ha druckit två glas satte hon på kaffebryggaren och plockade fram två skivor formfranska ur frysen, som hon tryckte ner i brödrosten. Hon knäppte på den lilla köksteven där hon alltid tittade på morgonnyheterna. Det var ett tag sedan nyheterna hade haft något reportage om Olivia.

Hon strök smör på det rostade brödet och lät det smälta innan hon lade på en skiva ost. Mobiltelefonen låg på köksbordet och Malin såg att hon hade ett oläst sms. Det var från Sofia. *Kan vi träffas? Jag har något att berätta. Säg inget till mamma.*

Sofia, vad kan hon vilja mig? tänkte Malin.

Hon slängde en blick på klockan. *Kom klockan ett,* skrev hon till svar och tryckte på sänd.

När meddelandet gått iväg ångrade hon sig. En och en halv timme ... Hon hade verkligen ingen lust att träffa Sofia i det skick hon var i nu.

Hon tog med kaffekoppen in till badrummet och skruvade på duschen.

Punktligt klockan ett ringde det på dörrklockan.

– Hej, sa Sofia och betraktade henne med ett spänt ansiktsuttryck. Är du ensam hemma?

– Ja, kom in, sa Malin och visade in Sofia i vardagsrummet.

Sofia var klädd i avklippta jeans och en blommig tunika. Det blonda håret hade hon uppsatt i hästsvans och solbrännan fick henne att se ut som hälsan själv.

Hon har en helt annan stil än Olivia, tänkte Malin. Det finns inget hårt eller utmanande hos henne.

Sofia satte sig i en fåtölj och drog upp benen under sig. Hon snurrade några fransar från pläden, som hängde över ryggstödet, mellan fingrarna. Det syntes tydligt att hon var besvärad av situationen.

– Vill du ha något? sa Malin och stödde sig mot dörrposten. Te, cola eller något annat att dricka?

– Cola, tack, sa Sofia.

Malin gick ut i köket och hällde upp i två glas som hon tog med till vardagsrummet. Hon slog sig ner i soffan mitt emot Sofia, lutade sig fram och lade handen på hennes knä.

– Du behöver inte vara orolig, sa Malin. Det du berättar för mig kommer jag inte föra vidare.

Sofia tittade ner på sina händer. Det ryckt nervöst i mungiporna som om hon var nära gråten.

– Olivia och jag blev filmade, sa hon.

– Vad menar du med det?

– Det är så jävla pinsamt!

Malin fick något surt i halsen. Hon svalde och tog en klunk cola. Sofia nopprade med pläden. Vad försökte flickan berätta?

– Jag fattar inte, sa Malin och andades tungt.

Sofia drog med handen över hästsvansen. Deras blickar möttes.

– Det är så jävla äckligt, sa Sofia.

– Fram med det, Sofia.

Malin tog hennes hand i sin. Den var fuktig av svett och hon såg hur Sofia kämpade för att behålla kontrollen.

– Jag hörde dig i natt när du berättade för mamma och pappa om att Olivia mådde dåligt typ, innan hon blev mördad. Jag bestämde mig för att jag måste berätta vad som hände innan sommarlovet. Jag orkar inte hålla det inne längre.

Malin försökte komma ihåg vad hon sagt om Olivia, men kunde inte minnas. Gårdagskvällen var som ett töcken.

– Berätta, jag lyssnar.

– Det började med att jag fick kontakt med en tjej som heter Diana, på nätet. Hon har en modellagentur, typ, och lovade att göra oss till modeller.

– Modeller? mumlade Malin.

Sofia nickade.

Tankarna flöt trögt som sirap. Vad snackar hon om? Var det någon form av prostitution eller ... Då var det detta som Olivia hade burit på. En skamlig hemlighet som hon inte orkade bära på.

– Träffade ni henne någon gång? Sa Malin och hörde hur svagt det lät.

Sofia hade övat in vad hon skulle säga och verkade inte lyssna.

– Vi fick posera framför en webkamera. Hon sa hur vi skulle gå och stå när vi filmade.

– Hade ni kläder på när ni poserade?

– Första gångerna hade vi behå och trosor. Sista gången innan Olivia åkte till dig i Skåne ville Diana att vi skulle ta av oss nakna.

– Gjorde ni det? sa Malin och illamåendet tvingade henne att svälja.

– Ja, fast inte till att börja med. Sen gav vi med oss, typ. Diana sa att hon måste se oss nakna om vi skulle kunna bli modeller.

Sofia sjönk ihop. Hon kunde inte hålla tårarna tillbaka och slog händerna för ansiktet och snörvlade ljudligt. Malin hämtade en rulle hushållspapper från köket. Hon satt tyst och lät Sofia lugna sig och torka tårarna.

– Jag skäms så mycket, sa Sofia och snöt sig. Jag är skitskraj för att filmen eller bilderna ska komma ut på nätet. Tänk om mina kompisar eller mamma och pappa får veta. Tänk om det blir utlagt på Facebook, typ. Då dör jag.

Malin drog händerna genom håret. Nakenposering på nätet. Vilka idioter.

– Tror du att det har något med Olivas död att göra? sa Malin.

– Jag vet inte. När vi var på campingen i Yngsjö sa hon att hon hade sett nakenbilder på barn och unga tjejer i någons laptop. Hon ville inte säga vems dator det var. Vi hade rökt på och jag skrattade åt henne, tyckte att hon var skitnojig. Sen har jag tänkt jättemycket på vad hon berättade. Mamma och pappa skulle bli tokiga om de får veta att jag har poserat naken. Får de reda på att jag har rökt gräs kommer jag få utegångsförbud i minst ett år, typ.

– Det är nog viktigt att polisen får veta.

– Nej, snälla Malin, gnällde Sofia. Du måste lova att inte säga något till polisen. Då kommer mamma och pappa garanterat få veta allt. Det kan ändå inte göra att Olivia kommer tillbaka.

Malin tog hennes hand och masserade den. Inte konstigt att Sofia var desperat. Hon hade mist sin bästis och inte genom en olyckshändelse utan för att någon galning hade tagit livet av henne. Att utforska och tänja på gränser gjorde alla tonåringar, skillnaden var att Olivia och Sofia hade fått betala ett alldeles för högt pris.

Hon tänkte på sig själv och Lisen när de var i samma ålder. De blandade häxblandning från pappas barskåp och hånglade med killar. Skillnaden var att de aldrig hade provat andra droger än alkohol och att de klarat sig från värre konsekvenser än brustna tonårshjärtan och baksmälla.

– Det viktiga är att polisen hittar den som dödade Olivia, sa Malin.

Det knöt sig i magen på Malin när hon tänkte på Olivia. Varför hade hon inte lyckats nå fram till henne? Shit, hon var totalt misslyckad. Inte konstigt om Lisen föraktade henne.

– Tänk om den där Diana har med mordet att göra, sa Malin. Olivia hade kanske tänkt att anmäla henne. Andra flickor kan råka illa ut om polisen inte lyckas gripa henne.

Sofias ögon var stora och mörka.

– Tänk om Diana är ute efter mig, sa hon med darrande röst.

– Vet du, Sofia. Vi går tillsammans till polisen och du berättar vad du har varit med om. Jag lovar att hjälpa dig och så försöker vi få polisen att hålla dina föräldrar utanför. Okej?

Sofia nickade, rev av en bit hushållspapper och snöt sig.

– Lovar du att hjälpa mig, sa hon.

– Självklart, sa Malin. Jag följer med dig. Kommer något fram till Helene lovar jag att prata med henne. Kom ihåg Sofia, dina föräldrar och jag har också varit unga och gjort dumheter som vi har ångrat.

Tre timmar senare stannade Malin bilen utanför Helene och Martin för att släppa av Sofia. Hon hade ringt Helene från polisstationen och talat om att Sofia skulle förhöras om några detaljer från mordnatten. Helene svalde hennes förklaringar utan allt för många frågor. Det hade gått förvånansvärt lätt att ljuga, fast lämnat en besk eftersmak. Hon gjorde vad hon kunde för att tränga undan fantasierna på vad konsekvenserna kunde bli om hon fattat fel beslut när hon lovade Sofia att hålla tyst.

– Du har varit jättemodig i dag, sa Malin och strök Sofia över kinden.

– Polisen ställde så mycket frågor. Det kändes som om de inte trodde på mig.

– De måste fråga mycket och ta reda på detaljer för att det inte ska bli några missförstånd. Kom ihåg att det du berättade kan vara jätteviktigt för att de ska få tag i Olivias mördare.

– Du säger väl inget till mamma, sa Sofia och tittade bedjande på Malin.

– Jag lovar, sa Malin och visade tummen upp.

Helene kom ut på trappan och vinkade. Malin vevade ner framrutan och lutade sig ut.

– Tack för i går, ropade hon till Helene. Jättetrevlig fest. Ni har väl mycket att ta itu med så här dagen efter.

– Det är inte så farligt, svarade Helene. Hur gick det hos polisen?

– Det gick fint, sa Malin och blinkade till Sofia. Du har en redig dotter.

Sofia smet förbi Helene in i huset och Malin såg tydligt hur hon försökte spela oberörd. Hennes osäkerhet var så påtaglig att Helene med all säkerhet skulle kräva en förklaring när de blev ensamma med varandra.

Stackars Sofia, tänkte Malin. Så mycket oro och ångest för ett felsteg.

Hon vred om startnyckeln och rullade iväg bort mot centrum. En plågsam rastlöshet började göra sig påmind. Så var det alltid dagen efter hon druckit. Att åka hem till ett tomt hus var uteslutet. Det var allt för många tankar som trängdes i huvudet och som hon inte ville vara ensam med. Att få prata bort några timmar och få möjlighet att glömma sig själv en stund, var vad hon behövde. Hon tänkte på vad Lisen hade sagt om hur rädda alla var för att ta kontakt med henne, nu när hon drabbats av sorg. Hon tänkte inte vara en av dem, förresten var hon var lika drabbad. Det var fan minst lika jobbigt för henne. Skuldkänslor som pumpade runt i skallen dygnet runt.

Malin tog vägen förbi ICA och handlade en grillad kyckling, potatissallad och en baguette.

En kvart senare ringde hon på Lisens dörr. Dörren var låst och ingen verkade vara hemma. Besviken klev hon ner från farstutrappan och skulle just gå därifrån när hon hörde att det rörde sig innanför ytterdörren och i en springa tittade Lisen ut. När hon såg att det var Malin öppnade hon dörren helt.

– Hej, kommer du? sa Lisen och strök håret bakom öronen.

Hon var barfota och klädd i morgonrock. Hon såg inte lika eländig ut som när Malin besökte henne i går.

– Låg du och sov? sa Malin. Jag har köpt med mig kyckling. Jag fick slag i går när jag såg hur mager du har blivit.

Hon puffade Lisen vänskapligt i sidan.

– Erik är här, viskade Lisen och tittade sig över axeln.

– Förlåt, sa Malin. Det var inte meningen att komma och störa.

– Det är okej. Kom in. Jag ska bara klä mig så kan vi fixa något att äta. Jag var faktiskt på väg ner i köket, du kommer som på beställning.

Lisen verkade uppriktigt glad att se henne. Malin klev in, blev stående i hallen, osäker på om hon skulle gå vidare in till köket med sin matkasse.

Shit, tänkte hon. Jag skulle naturligtvis ha ringt först.

Lisen försvann upp till sovrummet för att klä sig och Malin bestämde sig för att ändå packa upp matvarorna ur ICA-kassen. Hon plockade fram tallrikar, glas och bestick och dukade köksbordet. I en av kökslådorna hittade hon en skärbräda som hon skakade ur den fortfarande varma kycklingen på.

Erik kom ner från övervåningen och lutade sig nonchalant mor dörrposten till köket. De slitna jeansen smet åt runt höfterna och skjortan var uppknäppt ner till naveln och avslöjade en solbränd, vältränad överkropp.

– Inte visste jag att Lisen hade beställt catering, log han retsamt.

Det hettade till i ansiktet och hon visste inte om det var av ilska eller av hans sätt att se på henne.

Jag förstår att han förvridit huvudet på Lisen, tänkte hon. Han är förbannat snygg och har en utstrålning som kan nocka en manshatare.

– Jag är ledsen om jag kom och störde när det var som mest olämpligt, sa Malin. Jag trodde att Lisen var ensam. Hon berättade i går att hon inte haft så många besök sedan hon kom hem.

Hon hoppades att gliringen skulle gå fram.

– Jag ska hjälpa dig med kycklingen, min sköna, sa han oberört och tog kniven ur hennes hand.

Kapitel 21

Malin var förvånad över vilken hänsyn och ömhet Erik visade Lisen. Han passade upp på henne, fyllde hennes glas, hämtade en tröja när hon frös och var just i färd med att ta hand om disken. När tillfälle gavs strök han henne över kinden eller handen. De log mot varandra i samförstånd. Malin hade svårt att se på, ville verka oberörd men misstänkte att hennes känslor avslöjade henne. Det var plågsamt att sitta bredvid men ändå inte höra till.

– Ska vi ta kaffet i vardagsrummet? sa Lisen och plockade ner kaffemuggar från en hylla i ett av köksskåpen.

Malin bar ut porslinet på en bricka som hon ställde på soffbordet. Hon slog sig ner i en fåtölj och bläddrade förstrött i en heminredningstidning.

Erik kom efter och satte sig i soffan.

– Är du lika intresserad av heminredning som Lisen, sa han och nickade menande mot tidningen.

– Nej, inte alls, sa Malin. Jag använder Lisen som smakråd när jag ska handla något nytt. Hon har full koll på trender och vad som passar ihop.

Lisen kom in med en termos och hällde upp kaffe i muggarna. Hon såg tillfreds ut och hade fått tillbaka lite av sin vanliga frimodiga uppsyn. Hon log varmt mot Erik som blinkade till henne.

– Hur var det på Helenes fyrtioårsfest i går? sa Lisen.

– Trevligt, sa Malin. Mycket folk, fantastisk mat och dricka i obegränsade mängder. De saknade dig.

– Är Helene en gemensam vän? sa Erik.

– Helene och hennes man Martin är föräldrar till Olivias bästa vän Sofia, sa Malin. Hon var med på campingen den natten Olivia blev mördad.

– Stackars flicka, sa Erik. Det måste ha tagit henne hårt. Var hon med på festen?

– Ja, det var en hel del ungdomar där, sa Malin.

– Helene och Martin är oroliga för Sofia, sa Lisen. Hon går i regelbundna samtal med en psykolog från kristeamet som bildades för att hjälpa de ungdomar som på ett eller annat sätt var berörda. Det verkar inte ha hjälpt henne, berättade Helene. Sofia drar sig undan och har varit mycket ensam efter att hon kom hem från Skåne.

– Sofia var hemma hos mig i dag, sa Malin. Hon har gått och burit på information som kan vara viktigt för utredningsarbetet, fast hon är livrädd för att det ska komma ut och att Helene ska få veta.

– Jaså, sa Lisen. Varför tog hon kontakt med dig? Känner ni varandra?

– Hon hörde ett samtal om mordet på Olivia i natt, och kände att hon ville anförtro sig till någon som hon inte har en relation till. Ibland kan det vara enklare att tala om känsliga saker med någon utomstående. Hon var som en tryckkokare, var säkert tvungen att lyfta på locket för att inte explodera.

– Vad berättade hon? sa Erik. Var det något viktigt som kan hjälpa utredarna?

– Det vet jag faktiskt inte. Jag skjutsade henne till polisen och var där med henne i två timmar, fast inte i förhörsrummet. Hon var rödgråten och slut när vi åkte därifrån.

– Jag hoppas att hon hade något att komma med, sa Lisen. Något som hjälper polisen. Jag får ingen ro så länge det inte blir något avslut, någon som ställs till svars. Jag vill se honom i ögonen och fråga om han fattar vad han har ställt till med hur det känns för mig som mamma och alla andra som stod Olivia nära.

Lisens röst bröts och hennes ögon blev blanka. Erik tog hennes hand och kramade den.

– Jag har lovat Sofia att inte berätta för Helene vad hon anförtrodde mig, sa Malin. Hon har gjort en dumhet, som inte är så ovanligt i hennes ålder. Hon har hållit viktiga upplysningar för sig själv för att hon tycker att det som hänt är pinsamt. Jag har bestämt mig för att respektera hennes önskan så långt det går.

– Det är fan oetiskt att polisen är så sparsam med informationen till mig, sa Lisen. Jag är närmaste anhörig och borde få veta vad som händer i utredningen.

– Älskling, sa Erik. Det fattar du väl och de inte kan berätta vad de kommit fram till. Då dröjde det nog inte länge innan det kom ut i pressen och då är faran stor att det stör utredningen. Du kommer att få veta tids nog, det lovar jag.

Lisen såg trött och plågad ut. Malin ångrade att hon tagit upp ämnet och avslöjat vad som hänt under dagen.

De drack sitt kaffe under tystnad. Lisen hade krupit närmare Erik som höll om henne och strök henne tröstande över hår och rygg.

Det retade henne att Erik tycktes viktigare än den starka vänskap hon och Lisen haft i nästan trettio år.

Det är därför som jag inte tål honom, tänkte Malin. Han har brädat mig på alla fronter.

– Nu ska jag inte störa er längre, sa Malin med ett stänk av desillusion i rösten, och reste sig.

– Jag följer dig ut, sa Lisen och reste sig.

– Vill du ha hjälp att ordna med begravningen? sa Malin.

– Jag hör av mig, sa Lisen. Tack för att du kom och för god mat.

– Det var så lite. Jag visste inte att Erik var här. Då hade jag lämnat er ifred.

Lisen ställde sig på tå nära Malin.

– Du tycker väl att jag är en idiot, viskade hon. Jag kan inte hjälpa att jag inte kan motstå honom. Jag tar emot den tröst jag kan få, orkar inte vara ifrågasättande.

Malin strök henne över kinden.

– Jag hör av mig i veckan, sa hon, klev ut och stängde dörren efter sig.

Fredagen den tjugosjätte juli var en dag som Malin aldrig skulle glömma. Under förmiddagen stod regnet som spön i backen. När klockan slog ett, skingrades plötsligt molnen och himlen uppvisade den mest imponerande regnbåge som Malin hade sett. Hon vandrade sakta upp mot kyrkan med Stefan vid sin sida tillsammans Lisen och Erik. Hon var överens med Robert om att Ellen inte skulle delta. Ellen hade varit orolig sedan hon kom hem från Yngsjö och de befarade att Olivias begravning skulle riva upp känslor och göra saken värre.

Kyrkan var fylld till bristningsgränsen. En del av Olivias skolkamrater trängdes i kyrkogången. Malin och Stefan satte sig på första bänkraden till vänster om kistan. Erik och Lisen slog sig ner längst fram på den högra sidan där farmor Margareta satt i rullstol vid sidan av Olivias pappa Håkan. Margareta bar en svart turban och Malin gissade att det berodde på håravfall efter den cancerbehandling hon genomgick. Hon var märkt av sjukdom, huden var vaxlikt gulblek och hon såg ut att ha svårt att hålla sig upprätt i sittande ställning.

Den vita kistan var översållad av blommor. Ett inramat fotografi av Olivia stod på golvet framför all blomprakt. Det var taget året innan, när Olivia gick i åttan. Det var en annan Olivia än den som vistats hos Malin i somras. Malin kände igen fotot från den dagen hon besökte Lisen. Stefan hade tagit med en av de vaser som Olivia hade drejat, fyllt den med sommarblommor och ställt den vid sidan av kistan.

Kyrkklockorna ringde och Malin tog Stefans hand och kramade den hårt. Hon försökte andas med magen för att trycket i bröstet skulle minska. De första ackorden från kyrkorgeln fick det att värka i halsen på henne. Hon hade svårt att se texten i psalmboken men nynnade med så gott hon kunde.

Blott en dag, ett ögonblick i sänder – vilken tröst, vad än som kommer på!

Allt ju vilar i min faders händer: skulle jag som barn väl ängslas då?

Han som bär för mig en faders hjärta giver ju åt varje nyfödd dag dess beskärda del av fröjd och smärta, möda, vila och behag.

Malin sneglade bort mot Lisen som satt käpprak i ryggen och stirrade framför sig. Erik hade lagt armen om hennes axlar i ett försök att ge tröst och stöd.

Kyrkoherde Mats Fransson klev fram och vände sig mot Lisen, Håkan och Margareta. Så länge de hade bott i Salem hade han tjänat som präst inom församlingen, omtyckt av alla, gammal som ung. Malin kunde se framför sig hur hon sexton år tidigare hade stått med Olivia i sina armar när kyrkoherde Fransson döpte henne.

Han harklade sig märkbart berörd.

– Vi är samlade för att ta avsked av Olivia Carlström och för att överlämna henne i Guds händer.

Olivias musiklärare Conny, slog an ett ackord på gitarr och började sjunga.

Tänd ett ljus och låt det brinna
låt aldrig hoppet försvinna det är mörkt nu
men det blir ljusare igen
Tänd ett ljus för allt du tror på
för den här planeten vi bor på
tänd ett ljus för jordens barn

Malin klarade inte att hålla tillbaka tårarna längre.

Kista och blommor blev suddiga. Kyrkoherdens tal blev till ett ohörbart mummel. Hon böjde sig fram och rotade i handväskan efter ett paket med pappersnäsdukar. Stefan lade armen om henne och tryckte henne till sig.

Jag måste skärpa mig, tänkte hon. Om inte annat så för Lisens skull.

Malin bet ihop käkarna hårt och fokuserade på altartavlan. Snyftningarna runt henne tycktes eka i kyrkorummet.

Conny tog plats vid pianot och fyra flickor med Sofia i spetsen gick fram och ställde sig framför honom, vända mot Lisen.

Malin drog efter andan. Sofia … Skulle hon klara av att sjunga inför alla i kyrkan?

Conny spelade introduktionen och flickorna tog ett steg framåt och sjöng med starka röster.

Tro
Jag vill känna tro
Jag vill känna morgondagen nalkas här i lugn och ro

I en vintervärld, finns det någon tro?
Jag vill känna önskan om en tid så ljus som friheten

Känna tro igen

Drömmarna vi har känns som bleka höstar
Där har sommaren redan regnat bort
Det spelar ingen roll hur vi gråter våra tårar
Svaren är en viskning i en värld långt bort

Sången tonade ut. Det blev tyst och en tät stämning spred sig. Bara spridda snyftningar hördes.

Malin var förstummad. Så vackert och stämningsfullt. Finare hyllning hade Olivia inte kunnat få.

Prästen klev fram till kistan, lät mull falla över locket och förkunnade de traditionsenliga meningarna.

– Av jord har du kommit. Jord skall du åter bli. Jesus Kristus är uppståndelsen och livet.

När Malin några minuter senare stod framme vid kistan och lade ner buketten med vita liljor och en röd ros, viskade hon tyst.

– Jag lovar att den som gjorde dig detta ska få betala dyrt.

Utanför kyrkan hade ett tjugotal ungdomar, de flesta Olivias skolkamrater, gissade Malin, samlats på kyrkogården. De kramade och tröstade varandra. Kyrkoherde Fransson dröjde sig kvar hos ungdomarna och vinkade åt Lisen.

– Jag kommer efter om en stund, ropade han efter dem.

Övriga begravningsgäster skingrades utanför kyrkan.

Lisen, Erik, Malin och Stefan åkte i en bil och färdtjänsten stod beredd utanför kyrkogården för att hämta upp Margareta och Håkan och skjutsa dem till Lisen.

Lisens önskan var att bara de närmast anhöriga skulle träffas för en minnesstund efter begravningen. Malin hade hjälpt henne att hämta en smörgåstårta som var beställd hos ICA och duka i vardagsrummet innan de åkte till kyrkan. Hon tänkte hålla sig i bakgrunden och servera och ta hand om disken. Det var en stund för Lisen, Håkan och Margareta att mötas i sorgen tillsammans med kyrkoherde Fransson.

Kapitel 22

Malin klev in i väntrummet på socialkontoret. Klockan var strax efter åtta på morgonen. En yngre kvinna med två småbarn var de enda som väntade på att få komma in och träffa någon av hennes kollegor. Barnen satt på golvet och lekte med lego medan deras mamma förstrött bläddrade i en veckotidning. Petra i receptionen vinkade till Malin med telefonen fastklämd mellan örat och axeln. Malin vinkade tillbaka och fortsatte mot Kajsa Bergs kontor. Hon tvekade en kort stund innan hon knackade.

– Kom in, ropade Kajsa på andra sidan dörren.

Malin tog ett djupt andetag och klev in med fjärilar dansande i magen.

Om jag ändå hade kunnat göra det här skriftligt, tänkte hon.

– Tack för att du tog dig tid, sa Malin. Jag misstänker att du har mycket att göra mitt i semestertider.

– Malin! Kul att se dig, sa Kajsa och såg uppriktigt glad ut. Jag har tänkt mycket på dig. Du måste ha haft en fruktansvärd sommar. Hur mår du efter vad som hänt?

– Det har varit för jävligt. I går begravdes Olivia. Det river upp en massa känslor.

– Jag såg det i tidningen. Hur klarar Olivias mamma av det?

– Hon balanserar på en skör tråd fast begravningen klarade hon bättre än vad jag hade vågat hoppats på.

Malin slog sig ner i besöksfåtöljen. Lädret kändes svalt mot hennes bara armar. Hon strök med handen över det mjuka skinnet.

Jag undrar vem hon har flörtat med på förvaltningen för att få så snygga möbler, tänkte Malin. Gruppchefer brukar inte stoltsera med sådana kontorsrum.

Skrivbordet var brett och Kajsa skymdes nästan helt bakom datorns bildskärm.

Det var bara drygt en månad sedan hon gick på tjänstledighet ändå kändes det som ljusår sedan hon var här senast. Olivias död hade skapat en barriär till den vardag som varit trygg och invand.

– Har polisen kommit fram till något nytt? sa Kajsa.

– Jag vet inte särskilt mycket om polisutredningen. Det senaste jag hörde var att det förekommit nakenposering framför en webkamera, fast jag vet inte om det har med mordet att göra.

Kajsa gick fram till fönstret. Hon stod stilla med uppdragna axlar och tittade ut över centrum. Hon suckade och vände sig mot Malin.

– Vi fick in en anmälan från polisen att flera unga tjejer i området har sålt sex via nätet, sa Kajsa. Vi har satts att utreda situationen i fyra familjer. Det är för jäkligt. Föräldrarna blir upprörda och tjejerna mår dåligt. Jag fattar inte vad de tänker på. Skitungar som säljer sig till gubbar. Fy fan.

– Är det sant? sa Malin. Det kanske är många som är inblandade. Jag hoppas verkligen att polisen löser det här snart.

– När kommer du tillbaka Malin? Du behövs här Jag behöver erfarna handläggare som utreder den här sörjan. De nya klarar inte av så tuffa ärenden.

– Jag har funderat en hel del under sommaren, sa Malin och harklade sig.

– Jag förstår, sa Kajsa. Du måste ha varit utsatt för en fruktansvärd press.

– Jag kan inte jobba kvar längre, sa Malin med hes röst.

Fan, hon fick inte börja böla. Inte framför Kajsa som hade ett gott öga till Bettan.

Kajsa snurrade en penna mellan fingrarna och undvek att möta Malins blick. Hon såg trött och uppgiven ut. Hon drog fingrarna genom det kortklippta gråsprängda håret.

– Handlar det om mig? sa hon.

– Nej, sa Malin. Varför tror du det?

– Jag har fått kritik för att det är för hög personalomsättning. Socialchefen antydde att det beror på mig.

Malin gick fram och lade handen på hennes axel.

– Det handlar inte om dig. Det är samarbetet med Bettan som inte fungerar.

– Jag som hela tiden har trott att ni två var moderna människor som kunde handskas med den nya familjekonstellationen. Jag ska erkänna att jag många gånger har undrat hur ni bar er åt.

– Har du inte märkt hur jäkla oproffsigt jag har betett mig i kontakten med Bettan?

– Nej, faktiskt inte. Men du kan inte lämna oss nu. Jag behöver dig och din erfarenhet. Du är den som har varit här längst. Det är väl minst tio år.

– Nio, sa Malin.

– Finns det inget jag kan göra för att få dig att stanna? Möblera om i personalgrupperna till exempel.

– Nej, jag har bestämt mig. Jag tänker ta time out och göra något helt annat.

– Får jag fråga vad?

– Jag har sökt till en konstskola. Jag hoppas att tiden där ska få mig att landa. Jag behöver få distans till skilsmässan från Robert och mordet på Olivia.

– Jag går och hämtar varsin kopp kaffe, sa Kajsa och gick ut från kontorsrummet.

Det borde vara Bettan som sitter här för att säga upp sig, tänkte Malin. Jag har älskat mitt jobb och varit stolt för vad jag åstadkommit. Hur fan kunde Bettan vara så falsk?

Hon rycktes ur sina tankar när Kajsa kom in med kaffet.

– Konstskola? sa Kajsa. Kan du inte tänka dig att ta tjänstledigt i sex månader innan du bestämmer dig för att sluta? Är det inte osäkert att satsa på ett konstnärligt arbete?

– Jag har bestämt mig, sa Malin märkbart irriterat.

– Det var inte meningen att kritisera, sa Kajsa.

– Det har blivit viktigt att ta ställning och vara ärlig mot mig själv, efter allt som har hänt. Jag tänker inte göra några lösningar med hängslen och livrem. Det blir alldeles för lätt att ramla tillbaka i något jag egentligen inte vill av ren bekvämlighet. Jag har varit en trygghetsnarkoman allt för längre.

– Jag måste erkänna att jag beundrar din styrka och beslutsamhet. Jag önskar att jag själv hade lite av ditt mod.

– Jag tror inte att du vill uppleva det som har lett fram till mitt beslut.

– Du har kanske rätt, sa Kajsa uppgivet. Jag ska ordna med det formella. Jag hoppas att vi får tillfälle att avtacka dig. Du kan väl höra av dig när det passar.

Malin kramade om Kajsa.

– Jag lovar, sa hon och lämnade Kajsas kontor.

I hissen fick hon syn på sitt rödflammiga ansikte i spegeln. Hon torkade sig i ansiktet och strök undan några fuktiga hårtestar som lossnat från flätan. Hon tog upp mobiltelefonen och slog Stefans nummer.

– Jag åker nu, sa hon. Jag är framme i Yngsjö vid åttatiden i kväll.

– Kör försiktigt, sa Stefan. Jag älskar dig.

– Jag älskar dig med. Puss.

Det fladdrade till i magen av glädje. Hon hade sagt det och hon menade det.

Strax innan åtta på kvällen, klev hon ur bilen och sträckte på benen som kändes avdomnade efter den långa resan. Det surrade i huvudet och ryggen kändes stel. Kvällen var ljum och vindstilla och det doftade starkt från kaprifolen som klättrade på husgaveln. Stefan kom från baksidan av huset. Han var klädd i shorts och gummistövlar och kramade henne med jordiga händer. Han höll henne hårt och borrade in näsan i hennes hår.

Malin sköt honom ifrån sig.

– Du kväver mig, sa hon och skrattade. Är inte Love kvar?

– Han åkte i morse.

– Var det planerat? Jag trodde han skulle bli kvar minst två veckor till.

– Det trodde jag också, sa Stefan. Det blev ändrade planer.

Stefan lyfte ur Malins väska ur bagageutrymmet och gick mot huset med långa kliv. Malin skyndade efter.

Vad tog det åt honom? tänkte hon.

– Är det något som är fel? sa Malin när de kom in
i hallen.

Han såg på henne med trött blick och en bekymmerrynka mellan ögonbrynen.

– Nej, det är ingenting, sa han. Kom så går vi upp
och kokar te. Jag har bakat bröd.

– Jag ser att det inte är okej, sa Malin. Vill du inte
prata om det?

– Nej, helst inte. Vi tar det en annan gång.

Hon slog armarna om honom och lutade huvudet
mot hans bröst. Hans hjärta slog hårt och rytmiskt mot
hennes kind.

Jag älskar honom, tänkte hon.

– Är det Love? sa hon.

– Jag överraskade honom i går när jag kom hem.
Han hade inte räknat med att jag skulle komma en dag
före dig, sa Stefan med raspig röst.

– Överraskade?

Stefan lade pekfingret över hennes läppar.

– Inte nu, sa han. Nu är det du och jag.

Morgonen efter vaknade Malin tidigt. Hon klev upp
ur sängen och gick fram till fönstret, drog undan gardinen och kunde konstatera ännu en dag med klarblå
himmel. Termometern utanför fönstret visade redan
tjugoen grader. Stefan sov med ett hopknölat påslakan
som endast täckte en mindre del av hans nakna kropp.
Hon betraktade honom med ömhet.

Han är för bra för att vara sann, tänkte hon. Han är
den mest omtänksamma människa jag har mött.

I badrummet klämde hon ut tandkräm på tandborsten samtidigt som hon betraktade sitt ansikte i spegeln. Ett leende lekte i mungipan. Hon kände sig nöjd med spegelbilden. De senaste veckorna hade gett henne en klädsam solbränna även om det mest var fräknarna som gav henne färg. Kilona hon tappat fick kindbenen att framträda och gav hennes ansikte mer karaktär. Hon drog av trosorna, klev in i duschkabinen och var just i färd med att massera in schampo när Stefan gläntade på dörren.

– Får jag duscha med dig? sa han.

– Om jag säger nej?

– Då kommer jag ändå, sa han och klev in.

Han klämde ut duschkräm och började tvåla in hennes axlar och rygg. Händerna letade sig fram till hennes bröst och masserade bröstvårtorna. Hon vände sig mot honom och lekfullt tvålade de in varandra medan det varma vattnet immade igen badrummet.

– Kom, sa Stefan. Vi har två timmar innan vi ska träffa Peter Berg. Vi hinner älska.

Malin fnittrade och bet honom i örsnibben.

Hand i hand med vattnet droppande från nakna kroppar gick de tillbaka till sovrummet och slängde sig ner i sängen. Malin var ovan vid att så hämningslöst ge sig hän och njöt av hans uppenbara dyrkan av hennes kropp.

En timme senare stod de åter i duschen, utmattade och tillfredsställda.

– Hinner vi innan han kommer? sa Malin och fnittrade.

– Det är en kvart kvar, sa Stefan och klev ur duschkabinen och började frottera sig torr.

Malin drog på sig en småblommig sommarklänning som hon införskaffade förra sommaren. Hon kunde med tillfredställelse konstatera att den satt betydligt ledigare än när hon köpte den. Det fuktiga håret flätade hon till en tjock fläta som hon lät hänga på ryggen. Hon gick ut i köket och var just i färd med att mäta upp vatten i kaffebryggaren när hon hörde att Stefan talade med en man på nedervåningen.

Jäklar han har kommit, tänkte hon och såg att händerna darrade lätt.

Hon dukade fram kaffemuggar och hittade en påse med bullar i frysen. Det fick bli mikrade bullar, hon skulle inte hinna få ugnen varm.

Stefan och Peter Berg kom in i köket. Malin gissade att Peter Berg var i femtioårsåldern. Hans blonda hår som säkert hade varit åt det rödlätta hållet när han var yngre, var kortsnaggat. Han var klädd i jeans och en kortärmad blårutig skjorta och bar fotriktiga sandaler. Han utstrålade en avspänd självsäkerhet och Malin fattade omedelbart sympati för honom.

Han sträckte fram handen och tittade henne i ögonen med en öppen och intresserad blick.

– Malin, sa hon och tog hans hand. Kul att träffas.

Handslaget var fast och ingav förtroende.

– Hej, Malin. Peter Berg. Det är jag som äger Galleri Berg i Malmö.

– Stefan har berättat. Ditt galleri ska vara fantastiskt fint.

– Kul att höra. Jag försöker satsa på debutanter och blanda med etablerade konstnärer. Det brukar bli en spännande mix. Fast jag är kräsen. Det ska vara begåvade debutanter.

– Ska vi starta i ateljén innan vi fikar? sa Stefan.

Paniken fick det att ila i nacken och Malin fick en impuls av att vilja fly därifrån. Var hon mogen för att ställa ut? Begåvade debutanter, hade han sagt. Hur skulle han uppfatta hennes konst? Hon hade aldrig visat upp sina tavlor offentligt och tvivlade på att hon var tillräckligt bra, att hon skulle duga i jämförelse med andra mer skolade debutanter. Det kändes som att klä av sig naken, att bli granskad in på bara skinnet.

Hon gick efter Stefan och Peter Berg nerför trappan till ateljén. Solen sken in genom de stora fönstren och skapade en ljus varm atmosfär. Stefan måste ha jobbat hela förra natten med att hänga hennes tavlor och placera ut keramikföremålen så att de harmonierade tillsammans. Dessutom hade han lyckats hålla det hemligt och först i går kväll överraskat henne med att en galleriägare skulle komma.

Hon stannade i dörröppningen förbluffad över hur snyggt han hade fått till det. Sju av hennes landskapsmålningar med motiv från Haväng och Yngsjö hängde på gavelväggen. Intill hade han ställt piedestaler med sina bruksföremål. Stora fat, skålar och tillbringare med glasyrer som fick tankarna till himmel, hav och sand. Hennes surrealistiska målningar med kvinnoporträttet i centrum var placerade på den ena långväggen tillsammans med Stefans personliga kråkor.

Peter Berg gick runt och studerade varje tavla och skulptur ingående. Det var omöjligt att tyda hans ansiktsuttryck som var oroväckande neutralt. Hon fattade tag i Stefans hand och kände att den var fuktig.

Han är också nervös, tänkte hon.

Efter vad Malin upplevde som en evighet riktade Peter Berg uppmärksamheten mot henne och Stefan.

– Det ser fan så bra ut, sa han. Din keramik har jag sett en hel del av tidigare och varit imponerad av. I år har du åstadkommit något alldeles speciellt. Dina tavlor, Malin, är fantastiskt bra. Både landskapen och de surrealistiska målningarna. Jag gillar verkligen kvinnoporträttet med fåglarna i håret. En potentiell kund till den målningen blir inte svårövertalad att köpa en keramikkråka också. De hör ihop. Fantastiskt smart tänkt.

Stefan blinkade åt Malin som hade svårt att dölja sin förtjusning.

– Kan vi tolka det om att du är intresserad av att ta in vår konst? sa Stefan.

– Absolut, sa Peter Berg. Vi får planera när det är lämpligt med vernissage.

Kapitel 23

Ett rus av skräckblandad förtjusning hade pumpat runt i ådrorna hela dagen, sedan de skrev kontrakt med Peter Berg om att inleda ett samarbete. Det skulle vara vernissage den trettionde augusti. Det var fantastiskt. Helt galet. Peter Berg ville ha minst tre tavlor till. Hon skulle behöva jobba både dag och natt de veckor som återstod. Stefan var minst lika exalterad som hon, trots att han hade ställt ut flera gånger tidigare.

De hade hoppat över lunchen när de bestämde sig för att fira med en middag på Kastanjelunds Värdshus och Malin var hungrig så det sved i magen.

Kvällen var ljum och vindstilla när de cyklade bredvid varandra på väg mot värdshuset. Malin fick anstränga sig för att hålla samma takt som Stefan. Förbannade cykel att vara trögtrampad. Hon skulle unna sig en ny så fort det blev tillfälle.

– Hänger du inte med, sa han, skrattade och cyklade sicksack över vägen.

Det var inte svårt att fatta att Stefan njöt av att utmana henne.

Manliga fåfänga, tänkte Malin och ökade farten.

Shit, att hon hade så dålig kondition. Det blev aldrig tid att göra något åt den. Hon ville inte få våta svettfläckar på klänningen och ignorerade Stefans försök att cykla ikapp.

– Hoppas det finns bord ute, sa hon för att lägga fokus på något annat.

– Jag har bokat bord i trädgården, sa Stefan.

De svängde av från Gamla byvägen in på Kastan-jelundsvägen och ställde cyklarna invid vägkanten.

Två långbord var dukade för större sällskap på gräsmattan och tre mindre bord stod intill husväggen där blommande röda klätterrosor prydde den vitkalkade husfasaden och nästan skymde de blyinfattade fönstren. Samtliga bord var dukade med rödrutiga dukar som såg hemtrevligt inbjudande ut och det var fullsatt sånär som det bord Stefan hade reserverat.

Stefan drog ut stolen och Malin slog sig ner. En kypare tände en ljuslykta på bordet och gav dem menyn. Stefan beställde två glas mousserat vin till fördrink. De valde förrätt och varmrätt och Stefan diskuterade med kyparen vilka viner som passade och hur de ville ha köttet tillagat.

Sällskapen vid långborden klämde i med Ja må hon leva ... och en något överförfriskad man i sextioårsåldern dansade runt bordet och bjöd upp en kvinna som Malin antog var födelsedagsbarnet.

– Det är femtioårskalas, sa Stefan.

– Hur vet du det? sa Malin.

– De upplyste mig om det när jag bokade bord. Förvarnade att det kunde bli högljutt. Jag svarade att det inte spelar någon roll. Jag har ändå bara ögon och öron för dig.

Stefan blinkade och log mot henne.

– Känner du dem? sa Malin.

– Inga närmare bekantskaper, jag vet bara vilka de är. Paret som dansar heter Simonsson. Han är mäklare och hon lärare. De äger en av de nybyggda villorna nere vid havet. Om skvallret stämmer är de täta som tusan. De flesta andra i sällskapet är Åhusbor.

224

Stefan lyfte sitt glas till en skål när det dansande paret tittade åt deras håll. De skrattade och nickade till hälsning. Kvinnan styrde dansen mot deras bord och när de var alldeles intill svepte hon med kjolen mot Stefan, blinkade och flinade retfullt mot honom. Stefan log besvärat och vände sig mot Malin.

– Oj, sa Malin. Nästa dans bjuder hon nog upp dig.

– Det tror jag inte, sa Stefan

– Hon verkar intresserad av dig, sa Malin.

– Varför tror du det?

– Den flirten var inte att ta miste på, sa Malin och böjde sig fram över bordet. Såg du inte hur hon kromade sig?

– Dumheter, sa Stefan. Vad tycker du om pilgrimsmusslorna?

– Titta! Ser du inte hur hon slänger blickar åt ditt håll hela tiden?

– Det är nästan så jag börjar tro att du är svartsjuk, sa Stefan. Jag känner mig faktiskt smickrad.

Stämningen var hög vid de båda långborden. Den ena flaskan champagne efter den andra serverades till gästerna som hade släppt sina hämningar och sjöng allsång och hemsnickrade visor till födelsedagsbarnet. Hon såg ut att njuta av att vara i centrum.

Att de orkar, tänkte Malin som efter tre timmar tröttnat på att vara publik.

– Ska vi åka hem? sa Stefan.

Malin nickade och kvävde en gäspning.

– Det var en felbedömning av mig att tro att deras festande inte skulle störa, sa Stefan och reste sig. Jag går in och betalar notan.

Malin drog en fleecefilt över benen och tömde det sista i vinglaset. Det sög till i magen när hon tänkte på utställningen. Allt kändes overkligt. Precis när hon bestämt sig för att säga upp sig på jobbet fanns möjligheten mitt framför henne. Det var för bra för att vara sant.

Bara jag klarar det, tänkte hon. Tre tavlor till. Jag måste starta i morgon om det ska hinnas med.

Stefan dröjde och hon reste sig och gick mot damrummet.

Inne i restaurangen var det fullsatt trots att klockan hade hunnit bli halv tolv. På väg till toaletten fick hon syn på dem. Födelsedagsbarnet, som flirtat med Stefan under kvällen, lutade sig mot väggen intill damrummet. Stefan stödde sig på handflatorna mot väggen med armarna på var sida om henne. Hon var högröd i ansiktet och kråmade sig som en brunstig katthona. Urringningen i hennes tajta klänning dolde knappt hennes silikonstinna bröst som såg ut att vara på väg ut ur urringningen, vilken sekund som helst. Stefan skrattade och de såg ut att vara inbegripna i ett minst sagt förtroligt samtal.

Malin frös fast i golvet. Hon var oförmögen att röra sig. Stod bara där och stirrade som ett våp. Det var tomt i huvudet. Det fanns inga ord eller handlingar som kunde förmå henne att säga eller göra något vettigt.

Stefan rätade på sig när han fick syn på henne. Med ett skamset uttryck i ansiktet, som om hon ertappat honom med något otillåtet, log han ett urskuldande leende.

– Hej då, vi hörs, sa födelsedagsbarnet och svassade iväg på ostadiga ben.

Malin stirrade efter henne och känslan som vällde upp i bröstet var allt för välbekant. Synen av Robert och Bettan spökade alltjämt i det omedvetna.

– Har du betalat notan? sa Malin. Jag vill härifrån nu.

– Du får inte missförstå, sa Stefan. Det är inte vad det såg ut att vara.

– Vadå såg ut? sa Malin.

Hon trängde sig förbi honom och gick ut till cykeln. Med darriga fingrar fick hon fram cykelnyckeln och lyckades få upp låset.

Fan, fan. Hon måste skärpa sig och inte bete sig som en svartsjuk tonåring. Stefan kom ikapp henne vid cyklarna.

– Spring inte ifrån mig utan att jag får förklara, sa Stefan.

Malin vände sig mot honom.

– Förklara, vad är det du vill förklara?

– Jag förstår om det såg märkligt ut efter att jag påstått att jag inte kände Anette.

– Anette?

– Hon heter så. Anette Simonsson för att vara exakt.

– Jag ger fullständigt fan i vad hon heter.

Malin ledde ut cykeln på vägen och trampade iväg med gruset knastrande under däcken. Stefan följde tätt efter. Framme vid Stefans hus lutade hon cykeln mot husväggen och marscherade fram till ytterdörren.

– Det är nog bäst om jag sover hemma i stugan i natt, sa hon. Jag ska bara packa ner lite kläder.

– Malin, röt Stefan. Nu får du lyssna på mig. Ska du bo i stugan igen får det inte bero på ett löjligt missförstånd. Låt mig förklara först så kan du göra som du vill sen.

– Jag har fått nog av dåliga bortförklaringar.

Hon gick upp till köket och tappade upp ett glas vatten.

– Blanda inte ihop ditt tidigare äktenskap med vårt förhållande, sa Stefan. Jag vill inte klä skott för dina tidigare besvikelser.

– Vad menar du med det? Vad vet du om mitt äktenskap?

Malin vände sig mot Stefan och satte händerna i midjan.

– Inte mer än du själv har berättat, suckade Stefan.

– Vi hade faktiskt ett bra förhållande, sa Malin. Vi levde tillsammans i femton år. Fattar du det? I femton år delade vi allt tills den jävla subban kom och förstörde. Hon slog sönder allt vi hade byggt upp.

Rösten darrade av återhållen gråt.

– Jag trodde inte att du såg Robert som ett offer, sa Stefan.

– Fy fan, vad du är synisk.

– Inte alls. Jag har bara svårt att se logiken i ditt resonemang.

– Berodde din egen skilsmässa på Anette? sa Malin föraktfullt.

Stefan fick ett sårat uttryck i ansiktet.

– Jag har ännu inte fått förklara hur jag känner Anette, sa han.

– Jag vet inte om jag vill höra, sa Malin. Jag tycker att det jag såg var tillräckligt. Det talade sitt tydliga språk.

Stefan slog ut med händerna i en uppgiven gest.

– Ibland tvivlar jag på att du är mogen för att gå in i ett nytt förhållande, sa han. Jag är kanske bara en tröst.

Main hajade till. Det hade plötsligt blivit ombytta roller. Det brukade vara hon som ifrågasatte deras relation och han som fann sig i hennes nycker och tvivel.

– Jag sover på soffan i natt, sa hon.

– Okej, sa han och ryckte på axlarna.

Han gick in i badrummet och låste dörren efter sig.

Malin sjönk ner på en köksstol. Hon stirrade tomt framför sig. Kvällens festande med för mycket vin, gjorde henne trögtänkt.

De hade grälat, för första gången hade de grälat och orsaken var hennes svartsjuka, hennes kontrollbehov och de oläkta själsliga såren som allt oftare fick henne att tappa självbehärskningen.

Shit, jag behöver söka hjälp, tänkte hon och lutade pannan i handflatorna.

Malin vaknade av att Stefan slamrade med porslin i köket. Nacken var stel och hon fick vrida huvudet i sidled några gånger innan den mjukades upp. Hon klev upp, puffade till kuddarna i soffan och vek ihop pläden som Stefan måste ha lagt över henne sedan hon somnat. Omtänksamma Stefan som alltid lyckades ge henne dåligt samvete. Det hade varit mycket bättre om hon hade vaknat och frusit. Då hade det vara lättare att behålla ilskan. Det var svårt att hitta tillbaka till indignationen hon känt i går. Dagsljuset hade stuckit hål på händelsen med Stefan och Anette Simonsson. Skamset insåg hon att det var hennes egna hjärnspöken och att hon visat upp en av sina sämsta sidor.

– God morgon, sa hon när hon klev in i köket.
Stefan stod vänd mot köksbänken med ryggen mot henne och skar upp bröd. Kaffebryggaren spred en doft av nybryggt kaffe i köket.
– God morgon, sa han utan att vända sig om.
– Ska jag hjälpa till med något?
– Ja, du kan hälla upp kaffe.
Hon hämtade kaffekannan och hällde upp i två keramikmuggar medan hon sneglade på honom.
Stefan tog med brödet till bordet, satte sig och började bre en smörgås utan att ta någon notis till henne. Han slog en skvätt mjölk i kaffet, rörde i muggen medan han bläddrade bland meddelanden i mobilen. Fingret stannade upp och han läste meddelandet på displayen, slog ett nummer och gick in i sovrummet där han stängde dörren efter sig.
Jag som skulle börja måla i dag för att hinna klart till vernissagen, tänkte hon. Hur ska det nu bli med utställningen och vårt samarbete?
Stefan kom ut från sovrummet med ett stressat uttryck i ansiktet. Han såg blek ut under solbrännan.
– Vad är det som har hänt? sa Malin.
– Jag måste åka iväg ett tag, sa Stefan och slet till sig en jacka från klädhängaren.
– Blir du borta länge?
– Jag vet inte, sa han medan han sprang ner för trappan.
Malin tuggade på en smörgås och smuttade på det heta kaffet medan hon stirrade i väggen. Hon satte på radion, ångrade sig och knäppte av den igen. Rastlösheten fick det att klia i benen. Hon kunde inte sitta still. Måste komma igång och göra något. Vad som helst bara det fick henne att tänka klart, att fatta de rätta bes-

luten. Hon gick ner i ateljén, letade fram en tom duk och ställde upp den på staffliet. Mobilen som hon lagt ifrån sig bland färgtuber och penslar fick helt plötsligt liv och vibrerade iväg över bordet. Lisens namn syntes i displayen.

– Hej Lisen, sa Malin.

– Sofia är försvunnen, sa Lisen utan vidare inledning.

– Försvunnen, vad menar du?

– Hon har inte varit hemma på två dygn. Helene och Martin är utom sig av oro. Oh, Malin, det är så jobbigt. Allt som hände när Olivia försvann kommer tillbaks. Det är som att uppleva allt en gång till.

Lisen snyftade högt.

– Kan jag göra något? sa Malin.

– Du måste berätta för Helene och Martin vad Sofia anförtrodde dig. De kan inte hållas utanför längre.

– Jag kommer, sa Malin och tittade på klockan. Jag kan vara uppe hos dig vid femtiden.

Det är inte meningen att jag ska vara med på någon utställning, tänkte hon och letade efter något att skriva på.

Hon krafsade ner några rader, till Stefan, förklarade att hon måste åka till Salem för att Lisen behövde henne. Det tog emot att inte vara helt ärlig, men Stefan gillade inte hennes engagemang när det gällde mordet, han tyckte det var polisens sak. Amatörer hade oftast en tendens att ställa till det i en utredning.

Lappen lade hon väl synlig på köksbordet.

Kapitel 24

Sju timmar senare satt Malin i Lisens kök. Hon hade kört i ett från Yngsjö, inte gett sig tid att stanna förutom ett kort stopp för toalettbesök utanför Gränna.

Lisen tog emot henne med oro i blicken och rödflammig hals. Hon plockade fram två pajer från frysen och rev av pappkartongerna med darriga fingrar.

– Vill du ha ost och broccoli eller med köttfärs? sa hon.

– Det spelar ingen roll, sa Malin. Jag är hungrig som en varg. Berätta vad som hänt Sofia.

Lisen undvek att se Malin i ögonen och hon rörde sig ryckigt och rastlöst.

– Sofia har varit försvunnen i två dygn. Ingen har en aning om var hon håller hus. Helene ringde i går kväll och var helt hysterisk.

Hon snörvlade till och rev av en bit hushållspapper som hon torkade sig under näsan med.

– Polisen är väl inkopplad? sa Malin.

– Självklart. Fast som förälder kan man inte bara sitta passiv. De gör allt de kan för att hjälpa till med att försöka hitta henne. Jag hoppades på att det skulle vara till hjälp om du berättar vad Sofia anförtrodde dig.

– Jag vet inte, sa Malin tveksamt. Det känns inte bra att bryta ett löfte.

– Men fattar du inte att det är allvar, sa Lisen. Sådana hänsyn hjälper inte Sofia nu.

Malin strök handen genom håret. Shit, att hon alltid skulle hamna i omöjliga situationer. Hon tänkte på Sofias vädjan att inte bli avslöjad. Men Lisen hade rätt. I rådande situation kunde hon inte ta några sådana hänsyn.

– Okej, sa Malin. Jag ska göra det. Jag ringer Helene när vi har ätit.

Malin petade i sin paj. Oron över hur Helene och Martin skulle reagera gjorde det svårt att svälja. Hade hon gjort rätt när hon lovade Sofia att hålla tyst? Kanske hade Sofia inte försvunnit om hon hade berättat från början. Hon tvingade sig att tränga undan tvivlen. Det var lika bra att ta tjuren vid hornen. Hon satt bara och hetsade upp sig genom att grubbla.

– Jag går och ringer, sa Malin.

Hon gick in i vardagsrummet och stängde dörren efter sig, slog sig ner i Lisens soffa och betrakta det välstädade rummet. Hon hade alltid trivts hos Lisen. Hennes pedantiska hem hade en lugnande inverkan på Malin. Det var precis vad hon behövde nu som kontrast till oro och tvivel på sitt tidigare agerande.

Om inte det här får ett lyckligt slut går jag sönder, tänkte hon.

Det syntes att Lisen hade fått tillbaka lite av sitt vanliga jag. Pelargonierna i fönstren blommade rikligt. Hon hade bytt gardiner till skira vita i linne. Ett uppförstorat fotografi av Olivia, som tryckts på en canvasduk hängde i centrum på ena kortväggen. Leendet på hennes läppar fick Malins ögon att tåras.

Jag måste göra det, tänkte hon. Inte en flicka till får falla offer för den galning som tagit Olivia från dem.

Med darriga fingrar slog hon Helenes nummer.

En halvtimme senare satt Malin i Helenes och Martins kök. Helene var blek fast samlad. Hon uppvisade tydliga spår av två sömnlösa nätter. Ögonen kantades av mörka ringar och håret var ovårdat. De svartlackerade köksluckorna som Malin tidigare tyckt varit så snygga, gav nu en dyster stämning och tillsammans med de rostfria vitvarorna fick Malin känslan av att befinna sig i sjukhusmiljö. Hon rös till, fick en flashback av synen med Olivia liggandes på en rostfri bänk på patologen. Hon undrade varför så många strävade efter att ha minimalistiska och kliniskt rena hem.

Martin hade stängt in sig på sitt arbetsrum där han maniskt gick igenom skolkatalogen och listor på besökare han fått från personalen på ungdomsgården, berättade Helene.

– Han är utom sig av oro, sa hon. Anklagar sig själv. Jag har aldrig sett honom så här tidigare. Jag är nästan lika orolig för honom som för Sofia. Han kommer inte att överleva om det har hänt henne något.

– Hur gick det till när hon försvann? sa Malin.

– Hon sa att hon skulle följa med en klasskamrat till deras sommarstuga på Hölö. Jag hade aldrig någon anledning att tvivla ...

Helenes ögon blev blanka och mörka av oro. Malin kunde känna igen den desperation som hon själv och Lisen känt när Olivia försvann.

– Har du talat med kompisen?

– Ja naturligtvis. Det var förstås en lögn. De har ingen stuga på Hölö. Jag skämdes när jag talade med hennes föräldrar över att jag inte hade kollat upp bättre. Jag har aldrig haft anledning att tvivla på Sofia men det senaste året har hon förändrats. I min enfald har jag

trott att det var en vanlig tonårsrevolt. I dag är jag inte
säker på att det endast är det. Jag ångrar att jag har varit
så förstående och överslätande, om du förstår vad jag
menar.

– Jag har ingen egen erfarenhet av tonårsbarn än.
Ellen har några år kvar, hon fyller nio i år. Fast jag
misstänker att det är svårt att veta var man ska sätta
gränser.

– Vad var det du ville berätta? sa Helene.

– Som du vet kom Sofia hem till mig dagen efter
din fyrtioårsdag.

– Gjorde hon?

– Hon messade att hon ville tala med mig. Jag ha-
de ingen aning om vad hon ville, men eftersom det
rörde sig om Olivia tyckte jag det var viktigt att lyssna
till vad hon hade att säga. Det resulterade i att jag sedan
följde med henne till polisen.

– Jag som fick för mig att ni träffades på polissta-
tionen.

– Det var kanske så jag sa när jag ringde dig, sa
Malin.

– Vad ville hon dig? sa Helene.

– Hon hörde vårt samtal om Olivia, natten då du
hade din fest. Hon mådde dåligt och behövde lätta på
sitt samvete. Den hemlighet hon gått och burit på sedan
Olivia blev mördad blev för tung.

Helene tittade på Malin med en djup rynka mellan
ögonbrynen och slängde nervöst håret bakåt.

– Vad var det hon ville anförtro dig, som hon inte
kunde berätta för mig eller Martin? sa hon irriterat. Vi
har alltid varit öppna mot varandra.

– Jag lovade Sofia att försöka hålla er utanför.
Hon skämdes och var rädd för hur ni skulle reagera.

– För guds skull, Malin. Vad är det du har fått
veta?

– Sofia och Olivia poserade framför en webkame-
ra innan sommarlovet. De hade fått kontakt med någon
på nätet som kallade sig för Diana. Hon slog i dem att
hon har en modellagentur och skulle hjälpa dem till en
modellkarriär.

Helene sjönk ner på en stol och lade pannan i hän-
derna. Det syntes tydligt hur spänd och nervös hon var.

– Det är inte sant, viskade hon. Jäkla unge. Hur
ofta har vi inte talat om att hon måste vara försiktig
med vilka sajter hon surfar in på. Det är så mycket
sjuka jävlar som försöker få kontakt med barn och ung-
domar. Berättade hon för polisen?

– Jag lyckades övertala henne till det.

– Då förstår jag varför polisen har lagt beslag på
hennes dator.

– Jag är ledsen att jag inte lät er veta men jag lo-
vade Sofia. Hon skämdes för vad hon gjort.

– Tror du att det kan hänga ihop med hennes förs-
vinnande?

– Jag vet inte. Lisen ringde mig i morse och be-
rättade att Sofia var borta. Hon ville att jag skulle tala
med er, tänkte att det kanske kunde ge en ledtråd.

Helene gnuggade sig i tinningarna och gick fram
till köksfönstret.

– Vi har försökt att vända på varenda sten, ringt
alla hennes kompisar och till och med läst hennes dag-
bok. Inget har fått det att klarna. Jag blir bara mer och
mer förvirrad.

– Stod det inget i dagboken om den där Diana?

– Nej, faktiskt inte men några sidor var utrivna.

Magnus kom in i köket. Han såg ut att ha åldrats minst tio år sedan Helenes fyrtioårsfest.

– Hej, sa han. Jag antar att du har hört vad som har hänt?

– Ja, sa Malin det är därför som jag är här.

Helene stötte till Malin i sidan och gav henne en menande blick.

– Jag undrar om jag kan vara till någon hjälp? sa hon och harklade sig.

– Ska jag sätta på kaffe? sa Helene. Vi behöver något som kan få tankarna att klarna.

– Jag fortsätter att ringa runt, sa Martin. Du kan väl komma in med kaffet.

Han vände dem ryggen och gick med hopsjunkna axlar tillbaka till arbetsrummet.

– Martin ringer till alla tänkbara människor som på något sätt känner Sofia. Det har inte gett något hittills men det håller honom sysselsatt.

– Man vet aldrig, sa Malin. Han kanske hittar någon som kan komma med ett tips.

– Jag är glad så länge han är aktiv. Det finns en uppenbar risk för att han bryter ihop annars.

Helene hällde upp kaffe och räckte en mugg till Malin. Malin smuttade på den heta drycken och kom att tänka på samtalet hon hade med Kajsa när hon var på socialkontoret.

– Har det varit någon här från socialen? sa Malin och försökte låta neutral.

– Socialen, vad menar du? sa Helene.

Hon såg osäker ut.

– Soc har fått i uppdrag av polisen att utreda familjer där unga tjejer har sålt sex via nätet, sa Malin.

– Herregud, sa Helene. Att posera är väl ändå långt ifrån att sälja sex.

– Man kan aldrig veta vad den så kallade Diana har för avsikter

Efter att Malin druckit upp sitt kaffe reste hon sig och kramade om Helene.

– Hoppas att Sofia kommer hem snart, sa hon och hörde själv hur klyschigt det lät.

Helene nickade, log stelt och tömde det sista i sin kaffekopp.

– Det måste hon göra. Annars vet jag inte vad jag ska ta mig till.

– Hör av dig om jag kan hjälpa till med något, sa Malin, öppnade ytterdörren och klev ut.

Hon drog ett djupt andetag, försökte skaka av sig spänningarna och svälja ner halsbrännan hon fått av kaffet, startade bilen och slängde en blick på klockan som hade hunnit bli kvart över tio. Hon strök tillbaka håret från pannan och kände en svag svettdoft från armhålan.

Shit, tänkte hon. Vilken dag. Jag får ringa Kajsa i morgon och ta reda på mer om tjejerna som har sålt sex. Kanske kan det ge några ledtrådar.

Hennes radhus såg tomt och obebott ut. Det ingick inte i planerna att hon skulle vara här nu. Hon skulle vara hos Stefan och ägna sig åt konsten. Det ilade till i mellangärdet när hon tänkte på utställningen. Skulle den bli av för hennes del?

Vad tänkte Stefan nu? Hon hade bara skrivit ett kort meddelande om att hon skulle höra av sig. Hade han läst hennes meddelande?

Hon misstänkte att han drog sina egna slutsatser, kanske förstod han att det inte bara handlade om att vara sällskap till Lisen. Det kanske varit bättre att vara ärlig. Så länge som Olivias mördare gick lös och Sofia var försvunnen fungerade det vare sig med konst eller att bygga en relation.

Det var tänt i Gunillas och Bengts kök och hon bestämde sig för att ringa på och tala om att hon var hemma. Gunilla öppnade klädd i badrock.

– Malin! utbrast hon. Är du hemma?

– Bara tillfälligt, sa Malin. Jag vill bara tala om att jag är här så att ni inte tror att det är inbrott.

– Kom in och drick en kopp te med oss.

– Nej tack. Det har varit en lång dag. Kanske i morgon.

Malin tog några steg tillbaka för att understryka vad hon sagt. Hon var dödstrött och behövde vara ensam. Gunilla såg snopen ut men försökte till Malins lättnad inte övertala henne.

Hon gick över till sig, låste upp dörren och klev in i köket utan att tända. På diskbänken stod en öppnad bag inbox med rödvin och hon hällde upp ett glas som hon tog med till vardagsrummet. Hon slog sig ner i soffan och lät blicken svepa runt i rummet. De flesta av möblerna hade hon och Robert köpt gemensamt. Fårskinnsklädda Bruno Mathssonfåtöljen som kostat mer än vad de hade råd med vid inköpstillfället. Soff-gruppen som hon tyckte var så snygg när den inhand-lades men som hon nu var utled på. Hon hade fått behålla allt vid skilsmässan. Robert skulle börja ett nytt liv med ny familj och var inte intresserad av att behålla något som knöt an till Malin.

Hennes blick fastnade på ett fotografi av Ellen som ettåring. Ellen, älskade unge. Hon saknade henne fruktansvärt, hade aldrig kunnat ana att ensamhet kunde göra så ont.

Hon fiskade fram mobilen från bakfickan på jeansen. Skärmen var tom. Inga missade samtal eller sms.

Kapitel 25.

Malin valde att ta trapporna de tre våningarna istället för att vänta på hissen där minst tio personer köade. Samvetet gnagde när hon tänkte på den arbetsbelastning som hennes tjänstgörande kollegor skulle drabbas av under dagen. Malin kände igen flera av klienterna men drygt hälften var personer hon aldrig sett tidigare. Det var ett återkommande mönster på sommaren. Folk flyttade in till kommunen medan andra flyttade ut. Somliga skaffade sig nya partners, andra blev ensamstående. Mest beklämmande var det med alla ungdomar som inte hade lyckats skaffa sig ett sommarjobb och det första de tvingades göra efter studenten, var att uppsöka socialen för sin försörjning.

Kajsa hade låtit förvånad och misstänksam när hon dagen innan ringde och bad att få komma och ställa frågor om ungdomarna som hade sålt sex via nätet.

– Jag hoppas att du förstår att jag inte kan avslöja något, sa Kajsa i telefonen. Du jobbar inte kvar här längre. Sekretessen är densamma för dig som för allmänheten.

– Nåja, hade Malin svarat. Uppsägningstiden har inte gått ut ännu så formellt är jag fortfarande anställd.

Blusen som hon valt för dagen var tunn och sval, ändå klibbade den fast på ryggen av ansträngningen och värmen. Högtrycket höll i sig och skulle enligt prognosen fortsätta minst en vecka till. Hon gick in via personalingången och sprang nästan rakt i armarna på Bettan som var på väg ut i fikarummet.

– Hej, sa Bettan. Är du här? Vi fick information på personalmötet att du hade slutat.

Malin hörde tydlig skadeglädje i hennes röst.

– Bekymra dig inte, sa hon. Jag är här för att tala med Kajsa.

Hon fortsatte mot Kajsas rum med en besvärande hetta på kinderna. Dörren stod på glänt och hon knackade och klev in. Kajsa satt med hakan lutad i händerna och stirrade in i datorskärmen med rynkad panna.

– Stör jag? sa Malin.

– Kom in och stäng dörren efter dig, sa Kajsa utan att slita blicken fån skärmen.

Malin slog sig ner i besöksfåtöljen och betraktade sin före detta chef.

Före detta, tänkte hon och tanken svindlade.

Hade hon gjort rätt när hon sade upp sig? Hon måste påminna sig att konstnärsdrömmarna inte var avhängigt Stefan. Det var hennes utveckling det handlade om oavsett om hon stod ensam med sin dröm eller delade den med honom.

– Är det stressigt? sa Malin när hon kände Kajsas ovilja att engagera sig i hennes besök.

– Inte bara stressigt. Det är fullständigt kaos. Kommunledningen trycker på att vi skyndsamt ska utreda familjeförhållandena där unga tjejer har sålt sex via nätet. De är naturligtvis livrädda för att pressen ska lägga sig i, allra helst nu när Sofia har försvunnit. Inte nog med det. Kerstin är långtidssjukskriven och Eva är på långsemester i USA och besöker sin syster. Jag har bara Bettan som är erfaren och tre sommarvikarier.

Malin hajade till när Kajsas tittade upp och hon mötte hennes trötta uppgivna blick. Hon hade aldrig sett henne sådan förut. Kajsa var mörk under ögonen och ansiktsfärgen var osunt blek.

– Jag avskyr att behöva säga det här, sa Kajsa. Jag har funderat hela natten sedan du ringde och har kommit fram till att jag måste beordra dig i tjänst. Jag kan omöjligt låta dig ha tjänstledigt under uppsägningstiden. Det är helt oförsvarligt under rådande omständigheter.

Malin kände sig som fallen från skyarna. Vad sa människan? Beordra? Kunde hon verkligen göra så?

– Har du verkligen befogenheter till det? sa Malin.

– Jag kan alltid börja med att vädja till dig som yrkesmänniska. Snälla Malin försök att förstå vilken situation vi befinner oss i.

Malin reste sig och gick fram till fönstret. Centrum såg folktomt ut trots att klockan var över tio och butikerna hade öppnat. Himlen var klarblå. Inte ett moln så långt ögat kunde se. Än hade hon inte kunnat njuta av sommaren mer än någon enstaka dag. Hon tänkte på Stefan och den stundande utställningen. Risken att hennes medverkan inte kulle bli av var stor. Å andra sidan hade hon inte känt någon entusiasm inför att påbörja några nya målningar. Istället hade hennes engagemang för att hjälpa till att söka efter Sofia och undersöka om det fanns något samband med mordet på Olivia, växt. Det här kunde vara hennes chans att bedriva privatspaning med yrkesrollen som täckmantel.

Hon vände sig mot Kajsa och lade armarna i kors över bröstet.

– Okej, sa hon. Fast jag stannar bara för att jobba med familjeutredningarna. Ekonomiskt bistånd får du sätta semestervikarierna på.

– Det var faktiskt så jag hade tänkt, sa Kajsa och såg med ens lättad ut.

Efter att ha tappat upp automatkaffe i en mugg inne i lunchrummet, gick hon in på sitt kontorsrum. Kajsa hade lagt in underlaget för den utredning som Malin skulle påbörja. Det var en diger bunt med personakter och utdrag från de websidor där tjejerna salufört sina tjänster. Malin slog upp den första av tre akter.

Sanna Larsson född den tredje juni 1998 hade avslöjats med att erbjuda sexuella tjänster via nätet i maj månad.

Herregud, tänkte Malin. En barnunge på femton. Då lekte jag fortfarande med Barbiedockor.

Liselott Larsson fyrtioett år, mamma till Sanna, undersköterska, ensamstående med Sanna och hennes yngre bror Mattias tolv år. Fadern Henrik Larsson, fyrtiofem år, omgift. Inga barn i det nya äktenskapet.

Hon lyfte telefonluren och började knappa in numret till familjen Larsson när Bettan klev in på hennes rum. Malin knäppte bort samtalet, lutade sig tillbaka i stolen och tittade på Bettan som slog sig ned på andra sida skrivbordet. Ansiktet hettade och hon förbannade sin oförmåga att visa upp ett oberört yttre. Shit, hon hade aldrig haft något pokerface.

– Jag hoppas att vi kan lämna våra privatliv utanför arbetet, sa Bettan. Utredningen av sexhandeln är alldeles för viktig. Vi får inte låta känslorna styra.

– Självklart, sa Malin och bläddrade i personakten.

– Du tänker starta med Sanna Larsson ser jag, sa Bettan och nickade mot personakten på Malins skrivbord.

– Jag var just i färd med att ringa och boka en besökstid.

– Okej, jag ska inte störa.

Malin lyfte på nytt telefonen och började knappa in siffrorna. Bettan satt kvar utan att visa tecken på att resa sig och gå. Malin tittade upp från telefonen och såg på Bettan med en frågande blick.

– Var det något mer? sa hon.

– Ja, sa Bettan med tvekan i rösten. Det är faktiskt en privat angelägenhet jag vill diskutera md dig.

Malin stelnade till. Bettan märkte hennes reaktion och viftade avvärjande med handen.

– Det gäller Charlotte, sa Bettan. Hasse och jag har delad vårdnad som du vet. Jag är rädd att han inte har någon vidare koll på henne när hon är hos honom.

– Hur då koll? sa Malin. Har hon inte fyllt arton?

– Hon fyllde sjutton i våras.

– Vad är det du är orolig för?

– Hon har fått för sig att hon ska bli modell, sa Bettan. Det är en sajt hon har hittat på nätet som rekryterar unga tjejer till modelljobb. Jag är så förbannat orolig. Kanske det är en yrkesskada men med det uppdrag vi har fått är det lätt att få hjärnspöken.

– Vad säger Hasse? sa Malin.

– Ingenting, sa Bettan. Han tycker att jag är hysterisk. Han tycks tro lika mycket på att hon har chans till modellkarriär, som Charlotte själv. Jag har hört ryktesvägen att Olivia och Sofia också höll på med något liknande. Är det något som du vet något om?

– Sofia berättade om något liknande. De poserade framför en webkamera. Det var någon som utgav sig för att ha en modellagentur. Hon eller om det är en han, kallade sig för Diana.

Bettan såg sig fundersamt runt i rummet.

– Det är inget namn som Charlotte har nämnt, sa hon. Jag har ingen aning om hon har poserat framför någon webkamera. Det skulle hon förmodligen aldrig berätta. Det senaste hon sa var att hon skulle provfotograferas i ett hus på Hölö.

– Hölö? sa Malin och flög upp ur stolen. Det var dit Sofia sa hon skulle åka tillsammans med en kompis och hennes föräldrar, den dagen hon försvann.

– Vilken kompis var det? sa Bettan som nu hade fått röda fläckar på halsen.

– Jag kom inte ihåg om Helene nämnde några namn. Hon kollade upp det med kompisens föräldrar. Det visade sig vara en lögn. De har aldrig haft någon stuga på Hölö.

– Herregud, sa Bettan och reste sig upp. Vad gör vi nu?

– Ring Charlotte och förbjud henne att åka. Försök att ta reda på adressen till stugan. Jag ringer polisen.

Malin slog numret till Helene och Martin. Hon trummade otåligt med fingertopparna på skrivbordet medan signalerna gick fram. Hon väntade nio signaler innan hon gav upp. Hon slog fram Hölö på Google Maps. Det såg inte ut att vara någon större ort. Hon kanske trots allt skulle ta sig dit för att se om hon kunde hitta något av intresse. Bettan kom tillbaka in till Malin.

– Jag fick tag i Charlotte, sa hon. Jag fick henne tack och lov att lyssna. Hon lovade att inte åka dit.

– Fick du veta någon adress?

– Nej. Hon skulle bli upphämtad vid busshållplatsen. Det ska finnas en sjö i närheten av huset, hade hon fått veta.

Malin böjde sig fram mot datorskärmen.

– Det måste vara Kyrksjön, sa Malin när hon studerade kartan över området. Det ser inte ut att vara så många hus just där.

Bettan lutade sig över hennes axel för att se satellitbilden över Hölö.

– Det är svårt att avgöra vad det är för typ av byggnader, sa hon. Fast du har rätt. Det är inte så många. Bedrivs det någon ljusskygg verksamhet där är den nog inte så svår att hitta.

– Jag tipsar polisen, sa Malin. Sen tar jag lunch.

– Jag googlar och ser om jag kan hitta något om modellagenturen och Diana, sa Bettan. Var det så hon hette?

– Ja, se om du kan hitta något, jag har själv försökt att hitta information den vägen men inte lyckats.

En kvart senare satt Malin i Lisens kök. Hon hade svårt att sitta still, snurrade nervöst mobilen mellan händerna.

– Jag har försökt att ringa Helene och Martin, sa Malin. Det är ingen som svarar.

– Jag har inte hört något från dem sedan du var där. Vill du ha något att äta?

– En macka skulle inte vara fel. Jag har lunch en halvtimme till. Sedan måste jag ut på uppdrag.

– Lunch? sa Lisen och tittade oförstående på Malin. Har du inte tjänstledigt?

– Jag är beordrad i tjänst. Det är kaos på kontoret. Jag är satt att utreda en sexhärva med minderåriga.

– Det låter upplyftande, sa Lisen och grimaserade. Hur blir det med din utställning?

– Jag vet inte, sa Malin. Allt känns så förvirrat och kaotiskt just nu. Jag orkar inte tänka.

Hon strök sig över pannan i en trött gest.

Lisen ställde fram ett paket bredgott, ost och ett uppskivat danskt rågbröd. Malin bredde en smörgås och tog en tugga.

– Vad vill du Helene och Martin? sa Lisen.

– Vi har fått ett tips om modellfotografering i en stuga på Hölö, sa Malin och svalde ner tuggan med en klunk vatten.

– Hölö? sa Lisen. Har det något med sexhärvan att göra? Det kan knappast ha något samband med Olivias mördare, eller vad tror du?

– Jag har ingen aning om vad som försiggår. Sofia sa att hon skulle följa med en kompis till deras stuga på Hölö innan hon försvann. Det var lögn, visade det sig när Helene kollade med föräldrarna. För en liten stund sedan fick jag veta att Bettans dotter Charlotte var på väg till Hölö för en provfotografering. Som tur är har Bettan lyckats stoppa henne.

– Jag hoppas att du överlåter till att polisen undersöka det här, sa Lisen med rynkad panna.

– Självklart, sa Malin och reste sig. Tack, nu måste jag tillbaka till jobbet.

– Har du lust att komma över på en fika i kväll? sa Lisen.

– Om jag hinner, sa Malin och vinkade när hon skyndade över gården mot parkeringen.

Hon satte sig tillrätta bakom ratten i kommunens tjänstebil och knappade in Hölö på telefonens GPS.

Kapitel 26

Lisen tittade efter Malin genom köksfönstret, när hon halvsprang mot parkeringen. Det kändes inte bra. Henne intuitionen sa henne att allt inte stod rätt till, att något obehagligt höll på att hända. Hon tog mobiltelefonen och slog Helenes nummer. Efter fem signaler hamnade hon i Helenes röstbrevlåda.

– Hej Helene, talade hon in. Ring mig Jag har frågor om modellfotograferingen i sommarstugan på Hölö.

Hon knäppte av samtalet och försökte ruska av sig olustkänslan.

På måndag skulle hon börja arbeta. Varken hon själv eller hennes läkare såg någon anledning till fortsatt sjukskrivning. Lisen kunde till och med se att arbetet kunde bidra till ett steg i hennes rehabilitering. Hon hade kommit på sig själv med att längta efter momsredovisningar och bokslut. Fast sanningen var nog snarare att hon ville återgå till någon form av normalitet, träffa arbetskamrater och skingra tankarna.

Erik hade de senaste veckorna varit omtänksam och stöttat henne genom att tålmodigt lyssna när hon hade behov av att prata och analysera vad som hade gått fel i hennes föräldraskap till Olivia. Hon hade frågat sig själv otaliga gånger varför hon inte stridit mer för att få professionell hjälp när hon såg flickans förändring. Istället hade hon velat bli av med henne för att få vara ifred och ägna sig åt sin kärlek till Erik. Det hade inte funnits plats för en strulig tonåring i hennes liv.

Hon hade varit allt för angelägen att etablera ett förhållande med Erik. Sorgen blandades med skam. Hon skämdes. Självföraktet som var svårare att bära, satt som en hård klump i bröstet, och hon misstänkte att där skulle den bli kvar en lång tid framöver.

Erik bodde hos henne sedan begravningen. Hon tolkade det som om de var på väg mot ett samboförhållande. Han hade visserligen bara tagit med kläder, var sparsam med övriga personliga tillhörigheter. Ibland funderade hon över hur lite hon egentligen kände honom. Fast hon var tacksam över hans engagemang, visste hur mycket arbete det var att få avhandlingen klar i tid och att den betydde mycket för hans framtida karriär. Tids nog skulle de få möjlighet att bygga något gemensamt.

Hon försökte lugna sitt oroliga sinne med enformigt hushållsarbete. Diskmaskinen tömdes och fylldes på nytt med frukostkoppar och lunchtallrikar. Slentrianmässigt torkade hon av köksbordet. Hon gned några extra gånger över det lilla brännmärket vid ena kortänden. Det påminde henne om julen när Olivia var tre år. Olivias ögon som storögt betraktat det sprakande tomteblosset hon höll i handen. När en gnista landade på handryggen skrek hon till och slängde blosset ifrån sig som landade på den vita bordsskivan. Minnesbilden var så stark att Lisens ögon tårades. Hon smekte med fingertopparna över den bruna fördjupningen i bordsskivan, strök tillbaka håret från pannan och suckade. Tröttheten kom krypande när hon öppnade dörren till tvättstugan och såg den fulla tvättkorgen. Helst hade hon velat somna ifrån allt men tog sig samman och fyllde tvättmaskinen med trosor, strumpor och t-skirts. De nya jeansen som hon köpte i början av sommaren vände hon ut och in och var just i färd med att göra detsamma med Eriks jeans när en mobiltelefon gled ur hans ficka och landade på botten av tvättkorgen.

Shit, tänkte hon. Han har åkt ifrån sin mobil.

Hon tog med telefonen ut i köket, såg på displayen att det fanns tre olästa meddelanden.

Ring mig, det är viktigt. Din Birgitta, stod det på det första.

Lisen stirrade med oförstående blick på meddelandet.

Din Birgitta? tänkte hon. Vem är Birgitta?

Hon knappade fram telefonens meddelandebox. Fjorton meddelanden från Birgitta varav de tre senaste var olästa. Hon försökte påminna sig om han nämnt någon Birgitta men blev pinsamt medveten om hur lite han hade berättat om sig själv. Han talade aldrig om tidigare förhållanden. Hon var inte dummare än att hon förstod att det måste ha passerat ett flertal kvinnor i hans liv. Det enda hon lyckats få ur honom var att han kom från en förmögen familj i norra Värmland som han inte längre hade kontakt med. Hon anade att han kände stolthet och säkert en stor saknad efter sin familj. Varför han mist kontakten med dem hade hon aldrig tänkt på att fråga. Tänk om han hade barn. Hon fattade inte varför hon aldrig hade frågat. Tog bara för givet att sådant berättade man. Alla de kvällar han sagt att han jobbade med avhandlingen. Var han hos Birgitta då? Var det därför som han inte lämnade ut sitt nya mobilnummer?

Med darrande fingrar och suddig blick slog hon Birgittas nummer.

Malin svängde av E4 mot Hölö. Hon fortsatte Kyrkvägen mot Hölö kyrka istället för att åka in mot samhället. Hon och Bettan hade konstaterat att det låg fastigheter i närheten av Kyrksjön när de studerade Google Maps på kontoret. Det var naturligtvis en ren chansning men det enda hon hade att gå på.

Himlen började anta en grå ton och några regndroppar slog mot vindrutan. Hon slog på vindrutetorkarna och spanade efter en lämplig parkeringsficka. Femtio meter längre fram svängde hon in vid vägrenen och rotade fram bilatlasen från facket i passagerardörren. Regnet smattrade mot biltaket och forsade över framrutan. Malin slängde en blick på sitt armbandsur, klockan hade hunnit bli kvart över fyra. Hon hade inga tider att passa, kunde lugnt ägna eftermiddagen och kvällen åt att utforska området runt Kyrksjön.

Det var länge sedan hon känt sig så levande och engagerad. All trötthet var bortblåst. Om mordet på Olivia och Sofias försvinnande kom till en lösning och om hon blev en del i uppklarandet, skulle hon kunna fortsätta sitt liv med hedern i behåll.

Hon studerade kartan och bestämde sig för undersöka norra sidan av sjön, svängde ut på landsvägen och fortsatte några hundra meter innan hon svängde av mot Vreta och Österby. På kartbilden fanns det inga fastigheter på den södra sidan. Hon krypkörde längs landsvägen. En upphinnande bil blinkade irriterat med helljuset och hon körde in mot vägkanten för att släppa förbi. Landskapet andades lantlig frid. Några hästar i en hage stod tätt ihop med hängande huvuden och försökte skydda varandra mot det piskande regnet. En skördetröska hade tillfälligt avbrutit arbetet i regnet. På den otröskade åkern låg säden fläckvis ner av det häftiga regnet. Hon mindes sin farfars förtvivlan när regnet slog omkull rågen på åkrarna innan den skördats. Oftast blev den omöjlig att tröska och gick till farfars och andra drabbade bönders förtvivlan till spillo.

Fastigheterna utmed sjön såg ut att vara permanentbostäder med tillhörande ekonomibyggnader. Här fanns inga synliga fritidshus. Avfartsvägarna ner mot sjön var privata vägar till gårdarna. Sikten var visserligen dålig i det häftiga regnet och hon funderade på om hon skulle chansa och prova med att ta av mot sjön, men bestämde sig för att först bilda sig en uppfattning om området. Att fritidshuset skulle ligga vid Kyrksjön var hennes spekulation och det var kanske helt fel.

Hon fortsatte vägen fram, korsade E4 och kom fram till centralorten Hölö. Det som från början hade varit en målinriktad resa började nu anta en irrfärd där Malin inte längre visste om det var ett fritidshus eller en annan typ av fastighet hon skulle leta efter. Magen började kurra högljutt. Smörgåsarna hos Lisen var inte tillräckligt för att håll hungern borta mer än någon timme. Framme i centrum stannade hon till vid Hölögrillen. Hon klev in i den lilla lokalen som mer påminde om en grillkiosk än en pizzeria och beställde en Calzone och mineralvatten.

– Ska du äta här? sa killen bakom disken.

Hon nickade och gick och satte sig vid ett av borden intill fönstret. Det var bara hon och två killar i tjugoårsåldern som slagit sig ner för att äta. Killarna var helt upptagna av sina telefoner som de i djup koncentration stirrade i var för sig utan att yppa ett ord till varandra. Övriga gäster hämtade sina pizzor i bruna pappkartonger. Regnet hade lugnat ner sig men den mulna himlen fick dagsljuset att anta en gråaktig ton som påminde om den annalkande hösten.

Killen bakom disken ställde fram hennes pizza och nickade åt henne att den var klar. Hon reste sig och hämtade sin tallrik.

– Känner du till om det bor någon som sysslar med modellfotografering här i närheten? frågade hon killen bakom disken.

– Är det en fotograf? sa han på starkt bruten svenska.

– Jag vet inte, men jag tror att det ska vara i en sommarstuga.

– Det finns sommarstugor i skogsområdet Österby. Åk Ekbacksvägen så kommer du dit.

– Tack, sa hon och slog sig ner vid bordet igen.

De unga killarna i andra änden av lokalen hade slutat knappa på sina mobiler och följde henne med blicken. Hon nickade till hälsning och drog på munnen i ett försök att åstadkomma ett leende. En av killarna, han var lång, blond, lite kutryggig men med ett sympatiskt utseende kom bort till hennes bord och slog sig ner på stolen mitt emot.

– Jag kanske vet vad du letar efter, sa han.

Hon tuggade på en bit pizza, tittade upp på honom med ögonbrynen lyft till en fråga.

– Jo, fortsatte han. Det är en stuga med typ, en massa kameror och datorer. Den ligger nästan längst upp på Björkvägen.

– Och var ligger Björkvägen, sa hon och försökte dölja sin iver.

– I området som Mustafa snackade om.

– Okej, hur ser huset ut?

– En röd stuga som ligger en bit upp i skogen. Åk till vändplatsen så ligger huset upp till höger.

Malin lämnade det sista av pizzan och gick ut och startade bilen. Mobilen hade hon glömt kvar på framsätet och displayen visade att hon hade ett missat samtal från Lisen och ett meddelande i röstbrevlådan. Hon knappade in Björkvägen i mobilens GPS.

Jag kollar röstbrevlådan sen, tänkte hon och rullade ut på Centralvägen.

Efter några hundra meter svängde hon av på Ekbacksvägen. Sväng höger sa telefonens entoniga GPS-röst när hon närmade sig andra avtagsvägen på höger sida. Här låg husen glest. Stora skogstomter gav husen insynsskydd och ogenerade lägen. Regnet hade tilltagit igen och trots att klockan bara var halv sex på kvällen var det skumt ute. Vindrutetorkarnas svischande tillsammans med bilmotorn och det trummande regnet överröstade allt annat ljud. Torkaren på förarsidan lämnade en suddig rand mitt på rutan som försvårade sikten. Inte en människa syntes till och hon drog slutsatsen att de flesta sommarstugeägarna hade återvänt till arbete och till sina permanentbostäder. Sommarlovet var slut och barnen hade börjat skolan sedan en vecka.

Hon parkerade där vägen tog slut, klev ut och hittade ett paraply i bilens bagageutrymme, som hon fällde upp till skydd mot regnet. Någon jacka hade hon inte fått med sig. Det varma vädret på förmiddagen hade inte förvarnat om det oväder som nu var över henne. Det rödmålade huset med vita foder runt fönstren var beläget på en kulle och gångstigen som ledde upp till verandan såg inte ut att ha varit använd allt för många gånger den här sommaren. Bitvis var den igenvuxen av kvickrot som räckte Malin en bit upp på låren

och vätte ner byxbenen. Vänsterfoten slant på det slipp-
riga underlaget och hon knäade till av smärta.

Shit, tänkte hon och gned med handen över den
ömmande fotleden. Varför hade hon tagit de fåniga
sandaletterna just i dag? Hon som nästan alltid använde
fotriktiga skor.

Hon reste sig, stödde försiktigt på den ömmande
foten och linkade vidare upp mot huset.

Det var mörkt i alla fönster mot framsidan. Det
såg kalt och obebott ut. Inga krukväxter eller andra
attribut som visade att någon bott här den senaste tiden.
En smutsig tvättlina, fastknuten i ena änden, runt ett
träd, låg utsträckt på marken och en ärgad kopparkittel
som tidigare använts som utomhuskruka för blommor
var täckt av ogräs.

Hon gick fram till ett av fönstren, ställde sig på tå
och kikade in. Det första som fångade hennes blick var
ett tomt kamerastativ. Pulsen ökade. Då hade hon
kommit rätt. Fönstret satt för högt upp för att hon skulle
kunna se in i rummet. Hon såg sig omkring för att se
om det fanns något att stå på. Intill farstutrappan låg en
plasthink slängd. Den fick duga. Hon placerade den upp
och ner under fönstret, klev prövande upp med den
oskadda foten, medan fingrarna sökte fäste på fönster-
lecket.

– Herregud, flämtade hon.

Det fanns material som mycket väl skulle kunna
räcka för en fotostudio. Stillbildskameror och en film-
kamera. Två stationära datorer och en laptop. Ett mi-
xerbord och mikrofoner. Filmdukar som hon gissade
användes som bakgrundskulisser.

Hur vågar man lämna allt detta i en ensligt belä-
gen sommarstuga, tänkte hon.

Det ekonomiska värdet var svårbedömt eftersom hon saknade kunskap i området men det var ändå inte svårt att föreställa sig att det måste vara värt åtskilliga tusenlappar.

Hon klev ner från hinken och stod en stund försjunken i tankar. Vad skulle hon göra nu? Att hon hittat ett hus med allsköns fotoutrustning bevisade ingenting. Det fanns inget olagligt i det. Hon gick upp på förstutrappan och tryckte ner dörrhandtaget. Dörren var låst. Vad annat hade hon väntat sig. Hon fortsatte till gaveln som vätte mot skogen och skulle just runda hörnet till husets baksida när ett slag träffade henne i huvudet. Hon föll handlöst framåt med ansiktet ner i gräset. Smärtan skickade blixtar genom huvudet och hon fick svårt att andas då vått gräs och jord täppte till hennes näsborrar och mun. Paniken gav henne oanade krafter. Hon reste sig på alla fyra och ett vrål hon inte kände igen pressade sig upp ur hennes strupe. Det andra slaget träffade henne i nacken och allt blev svart.

Kapitel 27

Å tta signaler gick fram och Lisen skulle just lägga på när en kvinna hördes i andra änden.

– Är det Erik? sa hon med nikotinhes röst.

– Jag söker Birgitta? sa Lisen.

– Vem är du? sa kvinnan. Vad vill du mig?

Lisen harklade sig och försökte hålla rösten stadig.

– Jag är god vän till Erik, sa Lisen.

Shit, tänkte hon. Jag måste hålla mig lugn.

– Har det hänt honom något? sa kvinnan.

Lisen reagerade över hennes känslolösa röst och utpräglade söderdialekt.

– Nej då, sa Lisen. Jag hittade hans kvarglömda telefon och såg alla sms som du har skickat.

Herregud så dumt det lät, som om det var någon form av förhör. Hon ångrade att hon inte tänkt efter och förberett sig bättre innan hon ringde.

– Vad har du med det att göra? sa kvinnan.

– Förlåt, sa Lisen. Jag var rädd att han missat något viktigt. Jag tror inte att han brukar använda den här telefonen.

– Ja, jag har jagat honom en tid men han har inte visat någon större entusiasm över att hålla kontakt med sin familj, sa kvinnan.

– Familj, viskade Lisen. Han har aldrig berättat om någon familj.

– Det kan jag förstå.

Ett hest skratt fick Lisen att rysa. Vad var det för människa hon ringt upp? Var det en galen kvinna som terroriserade Erik. Kanske var hon en stalker. En sjuk människa som ringde och messade och inte lämnade honom ifred. Hade han inte sagt något om telefonterror och att det var därför han skaffat hemligt nummer?

– Erik har alltid velat vara lite för mer, fortsatte kvinnan. Vi dög liksom inte. Det var bara när han behövde pengar som han hörde av sig. Fast det var ett bra tag sedan nu. Han har visst lyckats hitta ett sätt att försörja sig till slut.

Lisen satt tyst och höll krampaktigt om telefonen. Helst hade hon velat slänga den ifrån sig och slippa höra något mer, men kroppen lydde henne inte. Ångest och behov av att hon måste få veta, fick henne att krama telefonen och trycka den hårdare mot örat. Var kvinnan trovärdig eller var det en galning som hon borde be lämna Erik ifred.

– Erik forskar, sa Lisen i ett fåfängt försök att försvara honom.

– Forskar, sa kvinnan och skrattade. Ja det kan jag tänka mig. Han har alltid haft speciella intressen.

– Vad menar du? sa Lisen. Han bedriver medicinsk forskning.

– Ha, och det har du gått på, sa kvinnan och skrattade torrt. Han som inte har slutfört årskurs nio i grundskolan. Ja, dig har han lyckats slå blå dunster i ögonen på.

Lisen kände sig med ens trött. Det var som om kvinnan i telefonen hade lyft på locket till hennes innersta och släppt ut den gnutta livsglädje hon lyckats bygga upp de senaste veckorna. Det kändes rent fysiskt när den sipprade ut genom pannbenet och löstes upp.

– Vad har du för relation till Erik? sa Lisen.

Hon blundade och knep ihop ögonlocken medan hon väntade på svaret.

– För närvarande har jag ingen relation alls med Erik, sa kvinnan. Jag är hans syster som han vägrar ha någon kontakt med.

Smärtan i huvudet fick Malin att önska att hon kunde återvända in i medvetslöshetens skonsamma mörker. Vad hade hänt med hennes ansikte? Under näsan ned till hakan var det stelt och orörligt. Händer och armar låg fjättrade på ryggen och var omöjliga att röra. Fötterna var hårt sammanfogade. De kändes svullna och blodfyllda och fotknölarna skavde mot varandra.

Så mindes hon. Sommarstugan, slaget i huvudet och hur det sedan blev svart.

Det var skumt där hon låg, på magen med ansiktet ner mot ohyvlade golvplankor. Vänster höft och axel hade domnat bort mot det hårda underlaget och nacken värkte som om den var bruten. Hon blev medveten om stanken i rummet. Det luktade avföring och en stark ammoniakdoft stack i näsan. Den motbjudande doften äcklade henne. Hon bet ihop tänderna och svalde, kämpade mot kräkreflexen, rädd för vad som skulle hända om hon kastade upp när halva ansiktet var täkt av något som hon gissade var kraftig tejp.

Förtvivlan och vanmakt sköljde över henne. Hon tänkte på Ellen. Skulle hon aldrig få se sin flicka igen? Kanske skulle Ellen glömma henne och Bettan träda in i hennes ställe.

Hon kved till, mobiliserade de sista krafter hon hade kvar i ett försöka att vända sig på sidan. Byltet hon stötte emot skrämde nästan vettet ur henne. Något som kunde vara en människokropp låg dolt under en hög av filtar. Hon lyfte på huvudet och ansträngde ögonen för att kunna se i det nästan mörka rummet. Blonda hårtestar stack upp från högen med filtar och en uppvänd handflata med svagt böjda fingrar fick Malin att associera till en tiggare, en människa i nöd.

Sofia, tänkte Malin. Det måste vara Sofia. Vad har den jäveln gjort med henne?

Kroppen bredvid henne låg stilla, ingen rörelse eller reaktion visade tecken på att hon märkt av närvaron av en annan människa.

Malin försökte få loss sina fängslade händer. Det var omöjligt. Han som var orsaken till att hon låg här hade gjort sitt jobb grundligt. Hon skulle aldrig lyckas ta sig loss på egen hand.

Med all kraft rullade hon mot byltet i en förhoppning att få en reaktion, att få ett svar på om det fanns liv i varelsen och om det var Sofia.

Hon tyckte att hon hörde ett svagt kvidande och försökte på nytt få ett livstecken genom att pressa fram ljud genom näsan så nära det blonda huvudet hon kunde komma.

Ett blekt ansikte med glasartad blick kom fram från högen med filtar.

Det var Sofia. En mycket medtagen Sofia med slappa ansiktsdrag och tom blick.

Den jäveln har drogat henne, tänkte Malin. Är det samma person som har mördat Olivia är han inte heller främmande för att döda. Vad är det för ett odjur?

Malin slöt ögonen och drog ett djupt andetag i ett försök att kontrollera paniken som riskerade att få henne att tappa fattningen. Hon måste tänka klart, försöka hitta en väg ut ur denna bisarra situation. Hon nickade mot Sofia och försökte med ögonen förmedla ett leende. Sofia stirrade på henne och Malin tittade intensivt tillbaka i ett försök till ordlös kommunikation.

– Malin, viskade Sofia och hennes ögon blev blanka.

Malin nickade ivrigt.

Sofia var inte tejpad runt munnen. Kidnapparen verkade ha nöjt sig med att hålla henne drogad. Om hennes händer och fötter var fria fanns det förhoppningsvis en chans att komma härifrån. Hon måste få Sofia att förstå att det ankom på henne om de skulle lyckas ta sig därifrån.

Sofia slöt ögonen och Malin blev rädd att hon skulle domna bort. Hon hummade genom näsan igen och knuffade till Sofia med axeln.

– Jag är trött, gnällde Sofia. Jag vill sova.

Malin rynkade ögonbrynen och ruskade på huvudet.

En dörr slog igen och steg hördes på nedervåningen. Någon rumsterade runt där nere.

Malin stelnade till och drog häftigt efter luft. Hon lade huvudet mot golvplankorna och lyssnade spänt. Inga röster, bara steg som rörde sig fram och tillbaka över golvet. Skrapande ljud som om något drogs över golvet. Ett svagt ljus sipprade in genom en dörrspringa och Malin kunde få en uppfattning av hur det såg ut där de befann sig. Rummet var oinrett med sluttande tak. Det var bara någon meter i mitten som hade tillräcklig takhöjd för att en vuxen person skulle kunna stå raklång. Takbjälkar var synliga och i ena änden av rummet stack en murad skorstensstock upp. Det var inget tvivel om att de befann sig på en vind. Det fanns fönster i rummets vardera gavelspets men inget av fönstren släppte igenom något ljus varför Malin antog att de måste vara täckta av fönsterluckor eller igensatta på annat sätt. I övrigt var vinden tom. Inga möbler eller andra prylar bara högen med filtar över Sofia och en hink på golvet bredvid henne. Det var därifrån som stanken kom.

Även Sofia hade hört att någon befann sig på nedervåningen. Hon låg med spänd nacke och huvudet lyft någon decimeter från golvet. Ögonen var uppspärrade och det ryckte nervöst kring hennes mun.

Malin hummade och försökte komma upp i sittande ställning. Hon måste få Sofia att begripa att det var nödvändigt att hon hjälpa henne att bli fri från tejpen i ansiktet och frigöra hennes händer och fötter. Hon knuffade på Sofia och nickade mot ryggen. Äntligen verkade hon fatta. Sakta kröp hon upp från högen med filtar. Hon var naken och skakade i hela kroppen. Malin undrade om det var av köld, rädsla eller abstinens av något hon hållits drogad med.

Malin nickade uppmuntrande mot henne.

Fumligt började Sofia känna på tejpen runt hennes ansikte tills hon hittade änden vid vänstra kinden. Hon skrapade med tumnageln tills hon lyckades lossa så pass mycket att hon kunde få tag om ändbiten. Sakta men med en kraft som förvånade Malin drog hon av varv efter varv tills det bara var en bit över Malins läppar kvar. Det brände i huden och Malin kunde inte hejda att tårarna rann trots att hon knep ihop ögonen. Med ett ryck slet Sofia bort den sista tejpbiten. Malin flämtade till när det yttersta lagret av huden på läpparna följde med. Reflexmässigt slickade hon sig om munnen.

– Bra Sofia, viskade hon. Kan du göra samma sak med händerna och fötterna.

Sofia nickade och började angripa tejpen runt hennes händer på samma sätt.

Steg hördes i trappan. Sofia satt blickstilla och lyssnade. Snabbt hoppade hon tillbaka till sin plats under filtarna, kröp ihop tills bara håret syntes. Malin försökte skyla ansiktet med en filt, rädd för att bli ertappad utan tejp runt huvudet.

Stegen stannade av utanför vindsdörren. Malin höll andan. Tankarna gick runt i huvudet. Vad skulle hon kunna göra för att försvara sig? Inte mycket. Hon skulle i alla fall kunna skrika. Dörren öppnades och ljuset av en ficklampa svepte över henne och Sofia. Båda låg stilla och Malin bad till Gud att han inte skulle se hennes ansikte. Ficklampans ljus släcktes och Malin höll andan. Dörren stängdes och hon kunde uppfatta ljudet av en nyckel som vreds om och klicket i en låskolv. Hon låg stilla och lyssnade tills hon förvissat sig om att det var tomt på andra sidan dörren. Lättnaden när ytterdörren slog igen på nedervåningen fick henne att snyfta till och hon fick bita ihop för att förhindra nervöst hulkande.

– Sofia, viskade hon. Han har gått.

Från högen av filtar kröp Sofia fram. Hon skakade i hela kroppen och tårar och snor rann över hennes ansikte.

– Försök få loss tejpen runt min händer, sa Malin. Vi måste försöka komma härifrån.

– Jag är så rädd, kved Sofia.

– Det är okej, sa Malin. Du är jätteduktig. Fortsätt som du gjorde förut.

Sofia slet och drog i tejpen som rispade sig och gick av. Med fumliga händer skrapade hon fram nya ändar och Malin var rädd att pressen var för stark, att hon skulle ge upp. Efter vad Malin upplevde som en evighet lyckades Sofia dra bort den sista biten av tejp och händerna var fria. Lyckliga och med förnyade krafter hjälptes de åt att frigöra hennes fötter.

Malin reste sig på stela ben. Hon gnuggade de ömmande fotknölarna. Huvudvärk sköt blixtar framför ögonen och hon mådde illa.

– Vi måste försöka ta oss härifrån, sa Malin. Har du inget du kan sätta på dig.

– Nej, sa Sofia och slog armarna runt kroppen.

– Ta en filt, sa Malin och nickade mot högen där Sofia legat nerbäddad.

Sofia tog en av filtarna och lade den över axlarna som en poncho.

En dörr slog igen på nedervåningen och båda stelnade till. Kom han tillbaks eller var han på väg därifrån?

Malin svor till. Glädjen över att bli av med tejpen hade gjort henne ouppmärksam.

Efter att ha stått helt stilla och tysta i flera minuter, vågade de åter hoppas på att de var ensamma i huset. Malin tyckte att hon hörde en bilmotor som startade i närheten.

– Han har åkt härifrån, sa hon och log uppmuntrande mot Sofia.

Båda reste sig och försökte med gemensamma krafter knuffa upp vindsdörren. Det tog inte lång tid att konstatera att den vägen var det omöjlig att ta sig ut.

Sofia sprang fram till ett av fönstren. Det var ett fönster utan fönsterhakar och dessutom var det täckt av en fönsterlucka på utsidan.

– Vi kommer aldrig härifrån, snyftade hon.

Malin undersökte det andra fönstret. Samma sak. Inte öppningsbart och med fönsterlucka av trä.

– Vi ska ut härifrån, sa hon med sammanbitna tänder, det ska jag se till.

Hon tog sin sandalett och slog klacken i glasrutan. Glassplitter hamnade på golvet och mellan fönstret och luckan. Hon fortsatte att knacka bort glas runt fönsterkarmen.

– Det luktar rök, skrek Sofia.

Fan, tänkte Malin. Han har satt eld på huset. Den sjuka jäveln tänker låta oss brinna inne.

I panik och med krafter hon inte visste att hon besatt slog hon knytnäven i fönsterluckan som efter tredje slaget gav efter och flög upp. Röklukten var tydlig nu. Det knastrade oroväckande från undervåningen. Nu handlade det om några få minuter. De måste ut.

Malin lutade sig ut och gjorde en snabb bedömning av höjd och markens beskaffenhet. Det var minst tre meter ner till backen. Under fönstret växte spireabuskar som bildade en snårig häck. De oansade grenarna spretade åt alla håll och Malin hoppades att de skulle ta emot i fallet.

– Hämta filtarna, skrek hon åt Sofia.

De hjälptes åt att kasta ut filtarna så att de hamnade över buskarna.

Det knastrande ljudet från nedervåningen hade ökat till ett olycksbådande dån. Nu handlade det inte om minuter längre. Nu var det sekunder innan det var för sent.

– Hoppa, skrek hon genom dånet till Sofia som tvekade i fönsteröppningen.

Hon knuffade till henne i panik för att inte hinna ut själv. Sofia hamnade på filtarna bland buskarnas rufsiga grenverk.

Malin trängde sig ut genom fönsteröppningen och hoppade efter. Hon skrek av smärta när hon slog i backen vid sidan av filtarna. Spretande grenar tog sig in under kläderna och rispade huden. Vänsterbenet låg i en onaturlig ställning, omöjligt att röra. Smärtan fick det att svartna framför ögonen. Det var omöjligt att ta sig därifrån. Benet var obrukbart. Värmen från branden gjorde det svårt att andas.

Ett lugn spred sig i bröstet när hon såg Sofia som hukande vinglade bort från huset.

Jag räddade henne, tänkte hon innan allt blev svart.

Kapitel 28

L isen stirrade på Eriks mobil som hon lagt ifrån sig mitt på köksbordet. Den lilla tingesten var helt plötsligt något helt annat än en telefon. Den hånflinade åt henne. Påminde henne om att hon hade gjort det igen. Fallit för en galning, en mytoman. Dessutom befarade hon att han hade värre handlingar på sitt samvete än lögner.

När frågetecknen rätades ut och hon förstod att det inte var Birgitta som var galen utan att det var Erik som var en sjuk människa rann all kraft ur henne.

Det blev ett långt samtal med Birgitta. Den förmögna familjen från Värmland Erik sagt sig komma ifrån, existerade inte. Han var uppväxt i Högdalen, en av södra Stockholms förorter, med en alkoholiserad pappa, en kuvad mamma och en förskrämd och hämmad två år äldre syster. Det närmaste han kommit medicinsk forskning var när han en sommar jobbade på Södersjukhuset och transporterade prover från avdelningar ner till sjukhusets labb. Senast Birgitta hade kontakt med Erik var när deras far avled i levercancer för fyra år sedan. Erik arbetade då tillfälligt som ordningsvakt på ett inneställe i Stockholm. Att han skulle ha hunnit med en akademisk utbildning sedan dess var uteslutet.

Lisen fick svar på varför Birgitta så ihärdigt försökt att få kontakt med Erik. Hon ville meddela honom att deras mamma begått självmord. Birgitta behövde Eriks hjälp med att tömma deras barndomshem. Hon ville ha med honom till mammans begravning och till bouppteckningen.

När Birgitta nämnde att de gemensamt ägde en sommarstuga på Hölö som Erik tills nu ensam disponerat, men att den ingick i dödsboet, orkade Lisen inte höra mer. Hon stammande något osammanhängande om att hon hade en tid att passa och måste avsluta samtalet.

Hölö, viskade hon tyst för sig själv och sträckte sig efter telefonen.

Hon slog 112 och bad att bli kopplad till polisen.

Malin linkade fram till fönstret och tittade ut över sjukhusområdet. De cementgrå byggnaderna med blå detaljer runt fönstren var allt annat än vackra. Vart hade idén med vackra sjukhusbyggnader och grönskande sjukhusparker tagit vägen? Även miljön hade väl sin beskärda del när det gällde läkande och rehabilitering. Fast i dag var det inte sjukhusen som tog hand om eftervården, den uppgiften fick kommunerna eller det privata ta hand om.

Innanför dessa väggar hade hon upplevt både sorg och glädje. Den förlamande sorgen som nästan fått henne att gå under, när hennes två första barn dog. Fast hon hade också varit den lyckligaste människan på jorden när Ellen föddes.

Tänk att det pågick så mycket olika öden alldeles inpå henne. Barn som föddes till jublande föräldrar, människor som kämpade mot sjukdomar och andra som kom för att de drabbats av olyckshändelser eller våld. Själv hoppades hon på att få lämna sjukhuset om någon dag. Gipset skulle sitta i åtta veckor och brännskadan på armen krävde omläggning på vårdcentralen var tredje dag.

Hon slängde en blick på väggklockan. Kvart över två. Stefan kunde komma när som helst. Hon tog sig in på toaletten, drog en borste genom det nyklippta håret, som en frisör på sjukhuset fixat till, och satte rött på läpparna i ett försök att få lite färg i ansiktet. Hon kände inte igen sin spegelbild. Fast det var inte så dumt med en kort frisyr. Att det skulle behövas svedda hårtestar för att hon skulle ta modet till sig och klippa av det. Det skulle hon ha gjort för länge sedan.

En kvart senare klev han in genom dörren. Glädjen över att se honom fick tårar att tränga upp i ögonen.

Med några snabba steg var han framme och slog armarna om henne. Hon klamrade sig fast vid honom och andades in hans välbekanta doft. Som hon hade längtat. Inte en dag hade gått sedan hon lämnade Yngsjö utan att det hade värkt i bröstet när hon tänkt på honom. Fina Stefan, som kämpat för att de skulle bygga något gemensamt. Hon som inte vågade lita på kärleken. Hon kunde inte annat än att förvånas över att han än en gång fanns här för henne.

Han sköt henne ifrån sig och granskade henne uppifrån och ner.

– Hur mår min privatdetektiv? sa han.

Hon stelnade till, osäker på hur hon skulle tolka vad han sa. Var det omtanke eller sarkasm hon hörde i hans röst?

– Efter omständigheterna bra, sa hon och låtsades oberörd.

Han drog henne intill sig och smekte henne över håret.

– Jag är så glad att se dig igen, sa han med läpparna mot hennes hår. Jag har längtat.

– Ser jag hemsk ut? sa hon och drog fingrarna genom håret. Jag var tvungen att klippa av det.

– Du är sötare än någonsin. Berätta vad som har hänt sedan vi talades vid i telefonen. Jag har bara läst det som stått i kvällspressen.

– Jag vet inte heller så mycket mer än vad som har skrivits, sa Malin. De har gripit Erik. Han är häktad för kidnappning och försök till mordbrand.

– Erik ... Vem hade kunnat tro det?

– Det är fruktansvärt att man kan bli så lurad på en människa, sa Malin. Jag blev helt bestört när polisen berättade, trodde inte att det var sant.

– Jag hade också svårt att ta det till mig, när du ringde och berättade. När jag sedan läste tidningarna lade jag ihop ett och annat. Hur har Lisen tagit det hela?

– Hon vakade över mig de första dygnen. Sedan har vi bara talat med varandra i telefonen. Hon begraver sig i arbete. Jag tror det är enda sättet för henne att undgå att bryta ihop. Sist vi talades vid var hon förbannad. Jag hoppas att ilskan håller i sig, den känns mer hälsosam än depressionen hon var i tidigare.

– Jag önskar jag hade kunnat vara hos dig när det var kritiskt, men jag var tvungen att resa med Love till Tyskland.

– Jag vet, sa hon och strök honom över handen. Det är okej.

– Lisen måste vara stark som fortfarande fungerar efter allt som hänt, sa Stefan.

– Det var hon som kontaktade polisen efter att hon talat med Eriks syster i telefonen. Polisen grep honom strax efter att han lämnat stugan på Hölö.

– Har han något med Olivias död att göra?

– För Lisens skull hoppas jag att det inte är så, fast polisen jobbar enligt den hypotesen. Jag fick i alla fall den känslan när de var här och förhörde mig.

– Hur har det gått för Sofia? sa Stefan.

– Hon klarade sig utan fysiska skador från fallet när hon hoppade ut från vinden. De har hållit kvar henne för observation på sjukhuset eftersom hon hölls neddrogad i tre dygn i sommarstugan. Läkarna vill förvissa sig om att hon inte blivit skadad av det han pumpade i henne. I går var jag och hälsade på henne. Hon ligger på medicinavdelningen. Jag fick känslan av att hon inte mår bra psykiskt. Hon verkade nedstämd och onåbar. Jag tror att hon skäms över att hon var så dum att hon gick på det igen.

– När kommer du hem till Yngsjö? sa Stefan. Jag vill att vi tar vid där vi var innan allt gick fel. Jag har mycket att berätta för dig. Glada nyheter om vår vernissage bland annat.

Hon tittade förvånat på honom. Vår vernissage ... Då hade han fullföljt deras gemensamma projekt.

– Du har redan fått två tavlor sålda, sa han. Recensionerna i Sydsvenskan var lysande.

– Recensionerna? sa hon.

Det blev varmt i magen och kinderna hettade.

– Ställer man ut på ett välrenommerat galleri får man vara beredd på att det uppmärksammas.

Shit, tänkte hon. Jag har faktiskt inte haft en aning om vad jag har gett mig in på.

– Följer du med mig till Skåne när de släpper ut dig härifrån?

– Jag vet inte Stefan, sa hon. Jag är beordrad i tjänst, vet inte om det är aktuellt fortfarande men bara för att Sofia har kommit tillrätta är de övriga familjerna, där ung flickor har sålt sex via nätet, inte utredda.

En skugga av besvikelse drog över hans ansikte.

– Jag önskar jag kunde följa med dig nu med en gång, skyndade hon sig att tillägga.

Han kramade om henne och tog fram kassen som han hade med.

– Jag misstänkte att det inte var okej med blommor, sa han. Tog med lite gott att äta och förströelse så du får tiden att gå.

Han tog upp Sydsvenskan från kassen och räckte den till henne.

– Det står i del två på sidan sjutton, sa han.

Med skälvande fingrar bläddrade hon fram till sidan och drog ett djupt andetag innan hon började läsa.

Konstnärspar från Yngsjö ställer ut tillsammans på Galleri Berg.

Hon tittade upp på honom och han nickade åt henne att fortsätta.

Stefan Björks vackra keramik som för tankarna till hav och mjuka sandstränder, har vi mött tidigare på Galleri Berg. I år ställer han ut tillsammans med debuterande Malin Ekström som visar sina landskapsmålningar från Österlen. Malins teknik är strålande både i olja och akvarell. En av hennes tavlor, ett surrealistiskt kvinnoporträtt i olja, är tillsammans med Stefan Björks keramiska fåglar värt ett besök i sig.

Tårar droppade från hennes kinder ner i tidningen. Det var ofattbart, ett bevis på att hon gjort rätt när hon sa upp sig från socialtjänsten.

Fan, tänkte hon och torkade sig under ögonen med ärmen på sjukhusskjortan. Jag gjorde rätt när jag lämnade in avskedsansökan.

– Grattis, mumlade Stefan med tjock röst i hennes hår.

Dagen efter när lunchen var uppäten och ronden hade gått stod Malin ombytt till privata kläder och fick instruktioner i sårvård av avdelningssköterskan. Brännskador var inte att leka med även om hennes arm hade börjat läka fint. Hon fick med sig rena kompresser som skulle räcka tills hon besökte vårdcentralen.

Malin tog hissen ner till medicinavdelningen, gick in på sal fem och slog sig ner på stolen bredvid sängen där Sofia låg. Hon stirrade rakt framför sig och låtsades inte märka att Malin kommit in på rummet. Malin strök sakta med fingertopparna över hennes hand.

– Jag åker hem i dag, sa Malin.

– Okej, sa Sofia utan att möta hennes blick.

– Hur mår du? sa Malin.

– Så där, sa Sofia.

– Vill du prata? sa Malin. Ibland kan det kännas bättre om man får berätta. Det brukar lätta då.

– Han tvingade mig att posera naken, sa hon tonlöst. I typ, värsta porrscenerna. Det var så jävla äckligt.

Hon kröp ihop och drog filten närmare sig. Malin smekte henne över håret. Det gjorde ont att se Sofias vånda. Hon såg så liten och bräcklig ut. Hennes tidigare runda brunbrända kinder var bleka och insjunkna.

– Han fotade hela tiden, fortsatte hon. Ibland använde han filmkamera. Tror du att bilderna ligger på Internet?

Hon tittade upp på Malin med ångestfyllda ögon.

– Det är jag säker på att de inte gör, ljög Malin. Polisen har släckt ner hans sajt.

Hon hoppades av hela sitt hjärta att hon hade rätt.

– Mamma och pappa har i alla fall inte skällt ut mig än.

– De är säkert bara glada över att du har kommit tillrätta, sa Malin och strök henne över kinden.

– Mamma bara bölar när hon är här och pappa sitter mest tyst, snyftade Sofia. Jag har gjort dem så himla besvikna.

Hon torkade sig i ansiktet med filten.

– Han rörde dig väl inte? sa Malin, osäker på hur hon skulle formulera frågan.

– Om du menar om han våldtog mig så gjorde han inte det. Fast han tvingade mig att hålla på med sexleksaker medan han filmade.

Malin rös när hon tänkte på vad Sofia hade gått igenom. Hon tänkte på Olivia, undrade över vad hon hade fått utstå innan hon hamnade i ån.

– Det värsta var sprutorna, sa Sofia. Han gav mig något som gjorde mig helt förlamad. Jag kunde inte röra mig och inte ropa på hjälp. Jag trodde att jag skulle dö.

– Lilla gumman, sa Malin och strök henne över håret. Vad rädd du måste ha varit.

– Hur hittade du mig?

– Helene berättade att du sagt att du skulle följa med en klasskompis till Hölö. När jag sedan fick höra talas om en annan tjej som talat om för sin mamma att hon ville prova till modell och skulle göra det på Hölö, tyckte jag det kunde vara värt att undersöka om det fanns något skumt där. Jag frågade två killar på en pizzeria och de kände till ett hus där det fanns prylar som skulle kunna användas i en fotostudio. Jag åkte dit och blev nedslagen och hamnade på vinden hos dig. Resten vet du.

Hon tittade ner på Sofias händer som rastlöst plockade med filten.

– Du fattar inte varför jag åkte dit va?

– Nej, faktiskt inte. Du var så ledsen när du kom till mig och berättade om poseringen. Dessutom var du hos polisen. Förstod du aldrig att det kunde vara farligt?

– Jag kunde inte sluta tänka på att bilderna kunde komma på typ Facebook eller någon annanstans där mina kompisar kunde se. Jag drömde mardrömmar på nätterna. Diana vart skitsur när jag vägrade posera mer och hotade med att visa bilderna för mina föräldrar. Om jag åkte dit, lovade hon, eller han som det ju var, att hjälpa mig med att radera allt. Han ville också visa mig att det var en riktig modellagentur och en fotostudio.

– Har du fått någon kurator eller psykolog att tala med? sa Malin.

– Det var en tjej från BUP här i går. Hon kommer tillbaka i morgon.

– Bra, sa Malin. Kom ihåg att du kan ringa mig när du vill.

Hon böjde sig fram och pussade henne på pannan.

– Hoppas att du får komma hem snart. Helene och Martin vill inget hellre än att få pyssla om dig.

Sofia log matt. Malin var tacksam över att hon såg gladare och mer avspänd ut än när hon kom.

Kapitel 29

Stefan parkerade bilen på Norr Mälarstrand och de promenerade sakta till Garvar Lundins gränd där hans lägenhet låg. Han använde den när han tillfälligt var i Stockholm, rädd för att ge upp storstadslivet helt. Stefan höll Malin i ett stadigt tag under armen medan hon avlastade den gipsade foten med en krycka.

Stockholm visade sig från sin allra bästa sida. Riddarfjärdens vatten glittrade, segelbåtar låg förtöjda utmed kajen och hundägare, cyklister och joggare trängdes utmed strandpromenaden. Sensommarvärmen höll i sig och det gipsade benet kändes svullet och klibbigt. Malin avundades joggarna, det var flera veckor sedan hon tagit sig tid att träna och nu skulle hon vara tvingad att avstå i minst två månader till.

Stefan såg glad och avspänd ut. Han ledde henne självsäkert och med en min av äganderätt förbi Preemmacken över till andra sidan av vägen. Restaurangen på hörnan var så gott som fullsatt på uteserveringen.

– Vill du äta ute? sa han.

– Jag föredrar lugnet ensam med dig, sa hon. Det jäkla benet hotar att spränga gipset, i värmen.

Inne i lägenheten visade han in henne i vardagsrummet där hon slog sig ner i soffan medan han gick ut i köket. Hon såg sig nyfiket omkring, undrade om han bott här tillsammans med sin förra hustru. Hon visste inte mycket om hans liv innan han blev krukmakare i Yngsjö. Hon hade svårt att föreställa sig honom med tandläkarpraktik, stadsvåning och ett liv i storstaden. Det var så långt ifrån den bohemiska Stefan, vid drejskivan med lera upp till armbågarna, som hon lärt känna.

Det var en modern lägenhet som han inrett i ljusa färger med stilrena möbler i ljusa och jordnära färger. En välfylld bokhylla i björk stod vid ena kortväggen och på motsatt sida hängde en stor oljemålning som hon gissade föreställde Nämndemansboden utanför Åhus. Hon linkade fram till tavlan för att kunna läsa konstnärens namn. Anette Simonsson stod det med sirlig handstil i tavlans högra nedre hörn.

Anette Simonsson, tänkte Malin. Var har jag hört det namnet förut?

Stefan kon in till vardagsrummet och räckte henne att glas mousserande vitt vin.

– Vi måste fira att du är här, sa han.

Han följde hennes blick, där hon stod framåtlutad och läste på tavlan.

– Vem har målat den? sa hon. Jag tycker att jag känner igen namnet.

Han ställde ifrån sig glaset på bordet och fattade tag om hennes armar.

– Jag sa att jag hade mycket at berätta, sa han. Vi kan lika väl börja där.

– Vad du låter allvarlig, sa hon och såg frågande på honom.

– Jag vill inte ha några hemligheter som gör sig påminda och skapar missförstånd.

Hon viftade avvärjande med handen, rädd för att obehagliga sanningar skulle sticka hål på den lycko-bubbla hon befunnit sig i sedan han besökte henne på sjukhuset. Hon hade blivit både överraskad och lycklig när hon åter fick bevis på hans storsinthet. Ytterligare en gång hade han haft överseende med hennes okontrollerade beteende.

– Sätt dig, sa han och tryckte ner henne i soffan. Han satte sig tätt intill henne och lade armen om hennes axlar.

– Anette Simonsson är kvinnan som firade sin femtioårsfest på Kastanjelund, kvällen när vi var där.

– Jag är inte så säker på att jag vill veta mer, sa Malin.

– Vi gick på samma konstskola i Kristianstad för fyra år sedan. På Folkuniversitetet för att vara exakt. Hon målade och jag sysslade mest med keramik. Tavlan kom till på den kursen.

– Det syntes tydligt att det var mer än artig vänskap, sa Malin och lyckades inte dölja det stänk av bitterhet som smugit sig in i rösten.

– Jag kände mig ensam efter skilsmässan, sa Stefan. Anette var uttråkad av att gå hemma och ta hand om mannens fina affärsbekanta. Det är inte alltid som pengar gör människor lyckliga. Hon drömde om ett kreativt yrke och ville ha ett äventyr. Jag behövde tröst och få känna att jag fortfarande hade ett värde. Vi var båda på det klara med varandras intensioner.

– Så praktiskt, sa Malin och försökte dra sig undan från honom. Och vilket behov täcker jag?

– Var inte dum. Du vet vad jag känner för dig. Jag vill dela mitt liv med dig.

– Förlåt, sa hon och såg ner i knät. Jag är så rädd att bli sårad igen. Det var inte bara mitt äktenskap som gick åt helvete, jag förlorade en väninna och kollega också.

*

Ljuset var släckt i korridoren utanför häktescellen sedan snart två timmar. Dagpersonalen hade ersatts av de som jobbade natt. Terese hade inte visat sig. Det var en manlig kriminalvårdare som presenterat sig som Krille, som jobbade på hans avdelning i kväll. Erik saknade Terese, han hade alltid haft lättare att få kontakt med det motsatta könet. Hon verkade gilla honom. I går kväll satt hon i nästan en timme och lät honom berätta om när han seglade över Atlanten. Han fick tala ostört och hon verkade imponerad av hans berättelse.

Kvällen skulle bli oändlig. Teve och radio fick han inta ha så länge som utredningen pågick. Åklagaren hade begärt de strängaste restriktionerna. Han var helt avskuren från omvärlden förutom personalen på häktet. Det var hittills bara Terese som hade tagit sig tid att samtala med honom. De övriga i personalen hade öppet visat honom sitt förakt. Enda förströelse var en bibel och en sönderläst deckare av Henning Mankell som någon olycksbroder till honom lämnat kvar.

Erik sträckte ut sig raklång på sängen. Han andades tungt, fick inte tillräckligt med syre. Cellen kändes trång, det var som om väggarna började luta inåt och hotade kväva honom. Han satte sig upp och lutade huvudet mellan knäna, andningen kom i korta stötar och han började må illa. Gråten brände bakom ögonlocken. Ångesten kastade honom tillbaka mer än trettio år i tiden. Han var åter en vettskrämd tonårsgrabb med pappas polaroidkamera i sina skakiga, svettiga händer.

Han skulle aldrig glömma Birgittas bottenlösa förtvivlan i blicken när hon med hopknipna knän stirrade på sin pappa som fumlade med blixtlåset i gylfen medan han med hes röst, sluddrande beordrade honom att hålla kameran stilla.

Erik skrek, vrålade ut sin bottenlösa ångest, slog armarna om sig själv och vaggade fram och tillbaka. För första gången i sitt liv kände han sig som en människa i djupaste nöd.

Rasslet av en nyckel hördes på andra sida dörren och Krille fyllde upp dörröppningen med sin bredaxlade lekamen.

– Hur är det? sa han. Mår du inte bra?

Erik svarade inte, fortsatte att vagga med huvudet mellan knäna.

– Jag kan se till att du får träffa en sjuksköterska, fortsatte Krille.

Dörren stängdes, nyckeln vreds om och det blev tyst.

Erik kved. Minnen som han lyckats hålla borta trängde sig på. Det var outhärdligt. Tystnaden och ensamheten i cellen fick allt att vakna till liv. Han ville inte minnas det miserabla liv han levt med sin alkoholiserade pappa, en kuvad och neurotisk mamma och en syster som tidigt fick börja utstå faderns övergrepp och som han tvingades fotografera när han blev stor nog att kunna hantera en kamera. Han ville leva i minnet av den familj han byggt upp i sin fantasivärld, den han målande beskrev för vänner och de kvinnor som han mött. Livet på ett vackert gods i norra Värmland. Djuren, naturen och tryggheten i att växa upp med välbeställda föräldrar. Ingen hade någonsin frågat varför han inte talade med dialekt. Det var så enkelt att få vännerna att tro på hans historia och det gjorde honom gott att föreställa sig en helt annan uppväxt. En helt annan värld.

Celldörren öppnades på nytt och han kände en hand på axeln.

– Hej, jag heter Karin och är sjuksköterska här.
Hur mår du?

Erik orkade inte resa upp huvudet, han fortsatte att
vagga fram och tillbaka.

– Vill du ha något lugnande till natten? fortsatte
Karin. Något att sova på?

– Jag vill prata, sa Erik utan att se upp på henne.

– Okej, sa Karin. Är det någon särskild du vill tala
med? En psykolog, präst eller det går kanske bra med
mig?

– En präst, sa Erik.

Han blev själv förvånad över sitt svar. Religiös
hade han aldrig varit. Hade egentligen inte funderat
över om det fanns en högre makt.

– Jag ska ordna det, sa Karin. Jag tittar till dig se-
nare om du behöver något lugnande.

Hon reste sig och gick ut. Åter rassel av nycklar.
Han skulle bli galen av att sitta här och höra detta
nyckelskrammel. Hur många gånger om dagen skulle
han tvingas lyssna på ett ljud som talade om för honom
att han mist all rätt till ett självständigt liv. Han reste sig
och börjad gå fram och tillbaka, räknade sina steg. En,
två, tre, fyra, han vände, fem, sex, sju, åtta ...

När han hade travat fram och tillbaka i drygt en
timme knackade det på celldörren och åter skramlade
en nyckelknippa. Ett gråsprängt huvud visade sig i
dörröppningen.

– Får jag stiga in?

Han stannade upp och granskade gestalten i
dörröppningen. Kvinnan som han gissade var runt sex-
tio, var klädd i jeans och en svart långärmad stickad
tröja. På fötterna hade hon stadiga svarta walkingskor
som var knutna med neongröna skosnören. Han

undrade om skosnörena var original eller något som hon hade satt dit i efterhand. Kanske var det meningen att de skulle dra till sig uppmärksamheten, kanske till och med lägga grunden till ett samtalsämne. Det enda som skvallrade om att hon var präst var den vita prästkragen.

– Jag heter Eva, sa hon. Är präst här på häktet.

Han nickade och satte sig på sängen. Hon drog fram stolen och satte sig mitt emot honom. Hon betraktade honom med intelligenta brunmelerade ögon, sa inget, satt bara och såg lugnt på honom.

Erik skruvade besvärat på sig och harklade.

– Jag fick en ångestattack, sa han. Jag trodde att jag skulle kvävas.

– Det är vanligt att det blir så när man är isolerad, sa hon.

– Det är inte bara det, sa han. Minnen började tränga sig på. Jag klarar inte av tystnaden här. Kan jag inte få lyssna på musik?

– Vill du berätta om dina minnen?

Han nöp i de gröna byxbenen, suckade och tittade henne stadigt i ögonen.

– Det är jag som är Diana, sa han. Jag har en modellagentur och hjälper unga tjejer att göra modellkarriär.

Hon nickade och mötte hans blick med ett neutralt ansiktsuttryck. Den uteblivna reaktionen gjorde honom osäker.

– Stannar det jag berättar mellan dig och mig? sa han.

– Ja, svarade hon. Som präst har jag en oinskränkt tystnadsplikt.

– Jag ville hjälpa henne till en karriär. Hon tjatade och till slut gav jag med mig.

– Vem ville du hjälpa?

– Sofia. Tjejen som kom till stugan på Hölö.

Han drog händerna genom håret och fäste blicken på hennes prästkrage.

– Du måste tro mig, sa han. Hon blev så jävla hysterisk. Helt plötsligt började hon skrika och väsnas. Jag blev tvungen att ge henne en lugnande spruta. Jag vet inte om det blev för mycket för hon tuppade av.

– Vad gav du henne? sa Eva.

– Jag blev rädd, fortsatte han utan att ta någon notis om hennes fråga. Jag var på väg att hämta hjälp när den där jävla snokande människan Malin, smög omkring utanför huset. Jag trodde att det var någon som var på väg att bryta sig in och helt plötsligt hade jag fått två fruntimmer på halsen.

– Det där har du redan berättat för polisen. Inte sant?

– Vad har det med saken att göra? sa han.

– Du frågade om jag hade tystnadsplikt. Jag fick för mig att det var något du ville anförtro mig. Något du bär på som ger dig ångest.

Han lade armarna i kors över bröstet. Eva böjde sig fram mot honom och lade handen på hans knä. Den lätta beröringen fick det att knyta sig i strupen på honom.

– Vet du hur det är att växa upp med en jävla idiot till farsa? sa han. En farsa som knullar sin dotter och tvingar sin son att fotografera under tiden. Vad tror du han gjorde med bilderna? Jag kan bara gissa.

Hans blick hade fastnat i hennes och nu såg han tydligt en reaktion. Hennes ögon svartnade och blev blanka.

– Kan du förklara varför din jävla gud tillåter sådant?

– Jag förstår att du bär på mycket smärta, sa hon. Även de hemskaste handlingarna kan förlåtas och i förlåtandet finns läkningen. Det underlättar för att kunna gå vidare.

Han blundade och masserade sig i huvudet.

– Tror du att jag kan få förlåtelse, viskade han.

Kapitel 30

Malin drog åt skärpet runt midjan och kavlade upp ärmarna på Stefans badrock som hon hade svept om sig. Hon borstade igenom det våta håret och slängde en blick i spegeln. Det var så svårt att vänja sig vid den korta frisyren, hon hade bestämt sig för att låta håret växa ut igen. Spegelbilden som tittade tillbaka på henne var inte hon.

Hon gick ut i köket där Stefan laddade kaffebryggaren samtidigt som en omelett stelnade i en stekpanna på spisen.

– Jag hade ingen yoghurt hemma så det får bli äggröra istället, sa han urskuldande.

– Jisses vad gott, sa hon. Det var länge sedan jag åt omelett.

Hon öppnade några skåp på måfå.

– Vad letar du efter? sa Stefan.

– Glas och bestick.

Ett visslande annonserade ett inkommande sms i hennes mobil. Hon knappade fram meddelandet och läste med stigande fasa.

Erik har erkänt. Gode gud, det var han. Kom om du kan, jag tror jag går sönder. Lisen.

Stumt tittade hon på Stefan som hade stannat upp mitt i en rörelse med stekspaden i handen. Han tittade frågande på henne.

– Har det hänt något? sa han.

Hon satte handen för munnen för att kväva en snyftning och räckte honom telefonen.

Han läste meddelandet och ett bistert uttryck spred sig över hans ansikte.

– Ska vi åka meddetsamma? sa han.

Hon sträckte fram handen efter telefonen och knappade snabbt ner ett svar.

Vi kommer så fort vi kan.

En och en halv timme senare klev de in hos Lisen. De blev stående i hallen, tvekade innan de klev in i vardagsrummet där Lisen satt tillsammans med en kvinna som Malin aldrig hade sett tidigare. Lisen gömde ansiktet mot kvinnans axel och det syntes att hon grät. Kvinnan höll Lisens ena hand mellan sina händer, i den andra handen höll Lisen ett vitt A4 papper.

Malin harklade sig för att göra dem uppmärksamma på att hon och Stefan hade kommit.

– Förlåt, sa Malin. Kommer vi olämpligt.

Lisen tittade upp på dem med ett rödflammigt ansikte.

– Nej då, sa hon. Kom in. Det här är Eva, hon är fängelsepräst och den som sist talade med Erik.

– Sist? sa Malin.

Kvinnan som Lisen presenterat som Eva reste sig och räckte fram handen till hälsning mot Malin och Stefan.

Malin fattade omedelbart sympati för Eva. Hennes varma fasta handslag skapade förtroende och hennes öppna okritiska blick fick Malin att känna sig trygg. Även Stefan såg märkbart avspänd ut efter att ha hälsat på henne.

– Jag kom för att lämna över ett brev till Lisen, sa hon. Jag ska kanske lämna er ifred nu.

Hon gjorden en antydning till att resa sig.

– Nej, sa Lisen. Jag vill att du stannar. Jag är tacksam om du vill berätta för Malin och Stefan vad som hänt.

– Erik hittades död i cellen i morse, sa Eva.

Malin slog händerna för munnen. Hon tittade på Lisen som grät och torkade sig i ansiktet med en rosa frottéhandduk.

– Hur gick det till? sa Stefan.

– Jag har inga detaljer, sa Eva. Han tog sitt liv.

Det blev tyst. Malin sneglade på Lisen som kramade handduken mellan händerna.

– Du skrev att han erkänt, sa Stefan och tittade på Lisen.

Hon nickade och torkade sig i ögonen.

– Jag fick meddelande från polisen att han hade erkänt frihetsberövandet av Sofia och Malin och att det var han som dödade Olivia. Han trodde att Olivia hade avslöjat honom med barnpornografiska bilder i sin dator.

– Barnporr? sa Stefan och såg märkbart blek ut.

– Det var så han försörjde sig, sa Lisen. Han var en stor jävla bluff. Han har aldrig forskat.

– Han skriver mer i brevet, sa Eva. Han lämnade det på skrivbordet i cellen och det var adresserat till Lisen. Av utredningstekniska skäl har polisen behållit originalet. Det här är en kopia.

– Jag vill att ni läser det, sa Lisen.

– Jag måste lämna er nu, sa Eva. Har ett bokat samtal med en klient om en timme.

Hon skrev ner sitt telefonnummer på en postitlapp och räckte över till Lisen.

288

– Ring när du vill, sa hon och strök Lisen över handen. Om jag inte kan svara så tala in ett meddelande så ringer jag upp dig.

Hon gick mot ytterdörren, vände sig om och lyfte handen till en hälsning.

De satt tysta och såg efter henne när hon snörde på sig skorna och gick ut.

– Hon verkar sympatisk, sa Malin. Tänker du hålla kontakten med henne?

Malin strök Lisen tröstande över ryggen.

– Förmodligen, sa Lisen. Jag kommer behöva ställa henne fler frågor om hennes och Eriks samtal.

Lisen sträckte fram brevet till Stefan.

– Kan du läsa det för oss? sa hon.

Stefan tog brevet, fiskade upp ett par läsglasögon från skjortans bröstficka och läste de förta raderna.

– Är du säker på att du vill ha det så? sa han och tittade upp på henne.

Lisen nickade och torkade ögonen med handduken.

Stefan, harklade sig och började läsa. Malin tog Lisens hand och kramade den.

Förlåt!

Jag skulle önska att det kunde räcka med detta enda ord men vet att du aldrig kommer att förlåta mig. Det jag har gjort är oförlåtligt.

Stefan gjorde en konstpaus, tittade upp på Malin och Lisen ovanför glasögonbågen innan han fortsatte.

Min önskan är att du kanske en dag kan förstå varför jag blev den jag blev och varför det i sin tur ledde fram till de oförlåtliga handlingar jag har gjort. För att du ska förstå måste jag börja med att berätta om min barndom.

Jag växte upp i en förort i södra Stockholm med en
alkoholiserad pappa och ...

Lisen flög upp från soffan, vit i ansiktet.

– Sluta! sa hon. Det där vet jag redan. Hans syster
Birgitta har berättat. Det är patetiskt. Skulle hans taski-
ga barndom vara förklaring till att han mördat min dot-
ter? Han kanske tycker att jag ska tycka synd om ho-
nom. Fy, fan. Det är så jag kan spy.

Malin reste sig upp och slog armarna om Lisen
som skakade våldsamt.

– Förlåta! Förstå! Jo tack. Han måste ha trott att
han var något alldeles speciellt. Hjälp mig att bränna
det jävla brevet.

– Nej Lisen, sa Stefan. Förstör inte brevet. En dag
kommer du att vilja läsa det. Det handlar inte om att
förlåta eller att förstå. Det handlar om att få svar på
frågor som kommer att komma. Jag lovar dig, du kom-
mer att ångra om du förstör brevet.

– Vad är den där prästen för sorts människa, som
tycker att jag ska läsa sådan smörja. Tycker hon synd
om honom? Hon kanske tycker att jag ska förlåta ho-
nom.

– Det är nog bättre att du läser i lugn och ro när du
blir ensam, sa Malin.

– Kan ni fatta varför han skulle ge sig på Olivia,
sa Lisen. Jag blir galen när jag tänker på det. Jag bjöd
in en mördare till mitt hem och lät honom husera fritt i
huset även när jag inte var hemma. Jag lämnade honom
ensam med Olivia. Hur kunde jag vara så tanklös och
blåögd. Jag har varit en blind idiot.

– Lisen, sa Malin. Var inte så hård mot dig själv.
Det var ingen av oss som såg.

Lisen böjde sig fram och slog armarna runt kroppen. Det gjorde ont i Malin när hon såg Lisens desperata försök att hitta en gnutta trygghet i sig själv. Hon ville krama henne, vagga henne som ett barn, ge henne tröst. Istället satt hon stilla och stirrade på brevet i Stefans hand. Malin kom att tänka på Olivia när de var på stranden och hon anförtrodde Malin hur sviken hon kände sig.

Varför fattade jag ingenting, tänkte hon. Jag skulle ha varit nyfiken, engagerat mig och frågat mycket mer.

Det hade inte varit lätt. Olivia hade varit avvisande och tvär och Malin hade mer än en gång varit förbannad på hennes trotsiga sätt. Nu kunde hon förstå. Olivia hade tappat förtroende för vuxenvärlden. Den vuxenvärld som Lisen och hon var en del av. Ingen hade varit uppmärksam och erbjudit henne skydd när hon blev indragen i en sjuk människas snedvridna böjelser.

Hon översköljdes av dåligt samvete. Tusentals gånger hade hon önskat att hon hade agerat på annat sätt, men vad tjänade det till. Hennes grubbel skulle inte ge dem Olivia tillbaka. Hon tittade på Stefan som tyst fortsatte att läsa brevet med en djup rynka mellan ögonbrynen och en min av avsmak.

Lisen hade lagt sig på sidan i soffan med benen uppdragna mot magen. Malin hämtade en pläd från sovrummet och svepte om henne.

Hon kommer att behöva mig, tänkte hon. Jag kan inte svika henne nu.

Kapitel 31

Den lurviga valpen hade växt till oigenkännlighet, under de två och en halv månader de inte hade sett honom. Han rusade runt i Svenssons trädgård på ben som såg ut att inte riktigt stämma med kroppen, skällde och viftade med svansen.

– Titta mamma, ropade Ellen och pekade ut genom bilfönstret. Vad stor han har blivit.

– Oj! sa Malin och skrattade. Det kommer nog bli en riktig vakthund av honom.

Hon parkerade utanför staketet, Ellen hoppade ur bilen och sprang fram till grinden. Agneta Svensson syntes i dörröppningen och vinkade åt dem att komma in. Marcus kom utspringande och tog ett stadigt tag i valpen halsband.

– Han är väl inte farlig, sa Malin.

– Nej då, sa Markus. Fast han hoppar när han ska hälsa.

Agneta kom ut, gick fram till Ellen och Malin och kramade om dem.

– Kul att se er igen, sa hon. Ska ni stanna över helgen?

– Jag är här för att lämna nycklar till mäklaren som ska ha visning av stugan nästa helg.

– Ska ni sälja? utropade Agneta.

– Det blir bäst så, sa Malin. Det kan aldrig bli detsamma här igen.

– Fy, vad tråkigt att höra. Fast ni kommer väl ner om somrarna ändå?

– Hur länge får hon stanna? sa Malin och tittade på Ellen.

– Vi ska vara hemma hela dagen och kvällen, sa Agneta. Ta den tid du behöver.

– Tack, sa Malin. Hon har mycket roligare med Marcus än att vara med mig och packa.

Malin klev in i bilen och vred om startnyckeln. Hon vinkade åt Ellen när hon sakta rullade vidare mot stugan. Det var med blandade känslor hon närmade sig barndomens paradis. Hon blev gråtfärdig när hon såg stugan. Det var som om huset stirrade anklagande på henne, som om det kände sig övergivet och sviket.

Mäklarens mörkblå SAAB stod parkerad på grusgången och hon fick syn på honom när han kom runt knuten på stugan i full färd med att inspektera ytterväggar och grunden.

– Hej, sa Malin. Jag hoppas att du inte har hittat några allt för stora skavanker.

– Sten Knutsson, sa mäklaren och räckte fram handen. Nej då. Huset är välbehållet. Det här blir inte svårt att sälja. Läget är fantastisk, det är inte så ofta som hus så nära stranden är till salu.

Tvivlet som gjort sig påmint den senaste veckan kom tillbaka och hon hade svårt att se på Sten Knutsson. Mammas och pappas sommarbostad som hon fått att vårda och föra vidare till kommande generationer. Gjorde hon rätt som sålde.? Vad skulle hennes pappa ha sagt om han hade levt? Mamma Ingrid visste ännu inget och Malin våndades för den dagen när hon skulle bli tvungen att berätta. Hon räckte över nyckelknippan till Sten Knutsson.

– Jag hör av mig efter visningen, sa han.

Hon svalde och nickade, ville inte möta hans blick.

– Okej, sa hon. Hör av dig om du har några frågor.

Hon gick tillbaka till bilen utan att vända sig om. Rädd för att rusa tillbaka till Sten Knutsson och säga att hon ångrat sig.

Under eftermiddagen fortsatte Malin att packa ner det mesta av sina tillhörigheter som blivit kvar hos Stefan. Hon ställde ner flaskorna med målarmedium intill skrinet med oljefärger och bunten med penslar som hon hade knutit ihop med hampasnöre. Hon stängde locket på den bruna pappkartongen och såg sig om i hennes hörna av ateljén. De största dukarna fick vara kvar liksom golvstaffliet vilket var allt för skrymmande för att hon skulle få plats med det i bilen. Hennes blick fastnade på Stefans senaste keramikfåglar. De var inte längre en och en, utan monterade i par, där det såg ut som om de förde en konversation med varandra. Hon log när hon tittade på de två som Stefan gjort efter deras första riktiga gräl. Han var verkligen skicklig på att fånga känslostämningar i sina fåglar.

Malin hajade till när Stefan kom bakifrån och lade armarna runt hennes midja. Hon var allt för upptagen av sina tankar för att märka att han hade kommit in i ateljén.

– Det kommer bli tomt i den här hörnan, sa han med läpparna mot hennes nacke.

– Till sommaren kommer jag tillbaka med min låda, sa hon.

– Jag är glad för din skull att du gjorde verklighet av din dröm och började på konstskolan.

Hon vände sig mot honom och lade armarna runt hans hals.

– Gör jag rätt som säljer stugan, sa hon med munnen mot hans hals.

– Det kan bara du själv avgöra. Vi har det här huset. Här finns gott om plats för oss alla fyra. Ellen får lite längre till Marcus men snart cyklar hon själv och Love kommer bara högst någon vecka om året.

Malin såg ner, ville inte att han skulle se tveksamheten i hennes ansikte.

Stefan tog henne under hakan och lyfte upp hennes ansikte.

– Det är ingen brådska, sa han. Vi gör inget innan du känner att tiden är mogen.

Hon kramade hans hand och log mot honom.

Tre timmar senare klev de in på rökeriet nere vid campingen som nu var tom på campare. Stefan tog Malins hand och ledde henne till ett bord längst in i lokalen. De hängde av sig ytterkläderna över stolsryggarna och slog sig ner mitt emot varandra. Stefans grannes dotter Emelie, kom fram till deras bord, tände ett värmeljus i en ljuslykta och frågade vad de ville beställa.

– Jobbar du här? sa Stefan.

– Bara på helgerna, sa Emelie. Jag pluggar i veckorna.

– Vad vill du ha? sa Stefan och böjde sig fram mot Malin.

– Varmrökt lax, sa Malin och nickade åt Emelie.

– Jag tar samma, sa Stefan. Och två glas vitt vin.

Emelie försvann ut mot köket.

Malin såg sig om i lokalen. Det var första gången hon var här på hösten. Det doftade av rökt fisk och stearin. Förutom de levande ljusen var det sparsamt med belysningen. Den rustika miljön passade till menyn som serverades på planka och det drickbara i rustika handblåsta glas. Än var det bara tre par som satt utspridda och talade lågmält. Malin misstänkte att det skulle bli fler då klockan ännu bara var halv sex.

Emelie kom in med deras vin och frågade vad de ville ha för sås till laxen. De enades om romsås som de visste var en delikatess här på rökeriet. Hon försvann mot köket just som dörren öppnades och Sune kom in tillsammans med en kvinna som Malin inte sett tidigare.

Hjärtat slog några extra slag och hon blev varm om kinderna när Sune tittade mot deras bord.

Shit, tänkte hon. Jag har inte ens brytt mig om att fråga hur det är med Kalle.

Stefan märkte hennes reaktion, lade handen över hennes och log ett lugnande leende.

Sune såg fräsch ut. Han var klädd i en rutig flanellskjorta med uppkavlade ärmar, och rena jeans. Han hälsade igenkännande på de övriga paren i lokalen. De slog sig ner vid ett bord intill Malin och Stefan och Sune nickade mot dem.

– Det var ett tag sedan, sa Sune och tittade på Malin.

Malin nickade, osäker på vad Sune ville. Det var tydligt att han sökte kontakt med henne. Hon sneglade på Stefan som såg avspänd ut med ett knappt märkbart leende i ena mungipan.

– Kul att ses, sa Malin och harklade sig. Du ser ut att må bra.

– Utmärkt, sa Sune. Det här är Monica, min särbo.
Han blinkade mot kvinnan som log glatt och sträckte fram handen till hälsning.

– Hur mår Kalle? sa Stefan, som om han kunde läsa Malins tankar.

Hon skulle aldrig ha vågat ställa frågan själv, sista gången hon såg Kalle var när han forslades bort i en ambulans.

– Bra, sa Sune. Han är hos sin mamma Kerstin den här helgen.

– Sin mamma? sa Malin. Har han fått kontakt med sin mamma efter alla år?

Sune nickade, smuttade på sin öl och såg på Malin.

– Det finns inget ont som inte för något gott med sig, sa han.

Malin blev varm i ansiktet och hon vek undan med blicken.

– Efter olyckan har han fått kontakt med Kerstin, inflikade Monica. Det var sannerligen inte en dag för tidigt. Hon blev varse att hon faktiskt har en son och då var det nästan var för sent.

– Jag har inte berättat för Malin vad som hände Kalle den dagen när han nästan drunknade, sa Stefan.

– Det är ingen som vet förutom Kalle själv, sa Sune. Eftersom han inte talar lär vi aldrig få veta, vi kan bara gissa. I dag spelar det inte så stor roll eftersom Kalle mår bättre än på länge.

– Är det på grund av kontakten med Kerstin? sa Malin.

Sune ryckte på axlarna och tittade på Monica. Hon böjde sig över bordet och rufsade om honom i håret.

– Var inte så svartsjuk, sa hon. Det klart det är, han har fått tillbaka sin mamma. Ni skulle ha sett honom när de träffades första gången. Kalle blev som en liten pojke, skulle sitta så nära henne han kunde utan att krypa upp i hennes knä. Han sökte verkligen kontakt, fast på sitt eget vis, utan att tala eller se på henne.

– Hur träffades ni? sa Malin.

– Jag är kontaktperson för Kalle, sa Monica.

– När Kalle inte är hemma är hon min kontaktperson, flinade Sune.

– Dummer, sa Monica och slog honom lätt på kinden.

Kvällen fortskred med lättsamt prat och Malin var mer avspänd och lycklig, än på länge. I bilen på vägen hem lade hon handen på Stefans knä.

– Jag är så glad att jag träffade Sune i kväll, sa hon. Jag har inte insett förrän nu att jag gått och burit på ett dåligt samvete för Kalles skull.

Stefan lade sin hand över hennes och log.

Dagen efter tornade mörka regnmoln upp sig på himlen och en regndroppe träffade Malin i pannan. Hon tryckte in den sista flyttkartongen i bilens bagageutrymme och slängde igen bakluckan. Med raska steg tog hon sig över gårdsplanen in i keramikverkstaden. Hon såg sig omkring för att kontrollera att inget viktigt hade blivit kvarglömt. En doft av mat letade sig ner för trappan och fick det att kurra i magen.

Hon gick upp i köket där Stefan stod vid spisen och stekte ägg och potatis.

– Sätt dig, sa han och serverade henne en tallrik.

– Kommer Love i dag? sa hon.

– Han kommer när han har slutfört sitt uppdrag, sa Stefan.

– Okej, det låter som om det är ett viktigt uppdrag?

– Tänk om jag hade vetat vad han höll på med, så mycket oro det hade besparat mig.

– Så går det när föräldrar lägger näsan i blöt, sa Malin och stötte Stefan i sidan. Jag förstår att det har något att göra med när han stack iväg utan förklaring.

– Vad skulle jag ha gjort? Jag höll på att få slag när jag först såg bilderna som han hade i sin dator. Att det var sekretess och ett jobb han höll på med fattade jag inte.

– Vad var det för bilder? sa Malin.

– Han fick i uppdrag av polisen i Tyskland att redigera bilder som skulle användas som bevismaterial i en utredning som handlade om barnprostitution i Malaysia. Från början var det ganska usla bilder som var svåra att tyda. Love jobbar med att ge bilderna skärpa så att det går att urskilja ansikten på personerna som finns med.

– Jag förstår att du vart chockad när du fick syn på fotona, allra helst som mordutredningen här pågick för fullt.

– I dag skäms jag över att jag inte tog reda på vad det handlade om. Fattar inte att jag inte frågade Love rakt ut. Jag var för feg helt enkelt.

– Det är alltid lätt att veta vad man skulle gjort, med facit i hand.

– Love blev förbannad när han fick veta att jag sett bilder men inte tog reda på vad han höll på med. Han frågade om jag trodde att han hade bilderna för sitt eget nöjes skull.

Malin sköljde av tallriken under kallvattenkranen och ställde ner den i diskmaskinen. Hon slängde en blick på klockan.

– Nu måste jag åka, sa hon. Det brukar ta tid att få Ellen att slita sig från Marcus och valpen.

– Kallar du den besten för valp? sa Stefan och skrattade.

Han följde henne ut till bilen, drog henne intill sig och kysste henne på pannan. De stod stilla tätt intill varandra och hon njöt av värmen från hans kropp. Det kändes tryggt att veta att han skulle komma efter henne när han stängt keramikverkstaden för säsongen.

Kapitel 32

L isen vek ihop brevet och lade det på soffbordet. Fingrarna var stela och hon frös. Hon längtade efter att krypa ner i ett hett bad. Låta varmt vatten tina upp stela leder och värma hennes spända kropp. Det värkte mellan skulderbladen och andningen var ansträngd av återhållen gråt. Hon ville skrika men inte ett ljud kom över hennes läppar istället knöt hon nävarna, bet ihop käkarna och gick ut i köket.

Med ryckiga rörelser började hon riva runt bland kvitton och räkningar. Det måste finnas här. Hon var säker på att hon hade skrivit telefonnumret på baksidan av ett kvitto. Blicken blev suddig av tårar och hon torkade sig i ögonen med baksidan av handen. Hon tog upp bunten med papper från lådan och började systematiskt sortera högen. Där, på ett ICA-kvitto fanns det. Med darrande fingrar slog hon numret.

Fyra signaler gick fram innan Birgittas hesa röst hördes.

– Hallå!

Lisen fick inte fram ett ljud. Vad skulle hon säga? Vad ville hon egentligen Birgitta?

– Hallå! ropade Birgitta för andra gången.

– Det är Lisen, lyckades hon pressa fram.

Det vart tyst och Lisen blev rädd att Birgitta hade lagt på. Handen som höll telefonen var fuktig och knogarna var vita.

– Är du där Birgitta? sa Lisen.

– Lisen? sa Birgitta. Vad vill du mig?

– Jag måste få träffa dig, sa Lisen.

Det blev tyst, endast Birgittas andhämtning hördes.

– Kan du komma hit, eller vill du att vi träffas på stan?

– Jag kan komma till dig, sa Birgitta.

Lisen lade ifrån sig telefonen, torkade av handflatorna mot byxbenen och drog ett djupt andetag.

Två timmar senare hade Lisen satt på kaffebryggaren och tinat två bullar från frysen. Det bar emot att bjuda på något. Hon hade inte tänkt sig att det skulle bli någon mysig fikastund. Hon vankade av och an mellan köket och vardagsrummet, kände sig yr och illamående. Hade hon gjort rätt när hon bad Birgitta att komma? Skulle hennes besök ge några svar eller skulle hon bli än mer förvirrad. Hon drog in luft genom näsborrarna och koncentrerade sig på att andas med magen. När dörrklockans mekaniska ding, dong, hördes hoppade hon till.

Lisen slängde en blick i hallspegeln och drog fingrarna genom håret innan hon öppnade dörren.

Birgitta såg inte alls ut som hon föreställt sig. Hennes nikotinhesa röst och utpräglade Stockholmsdialekt hade fått Lisen att föreställa sig en härjad människa med ett sjabbigt yttre. Istället stod där en kvinna med ett vackert mörkbrunt hår klippt i en klädsam pagefrisyr. Hennes naturligt starka färger gjorde makeupen hon hade överflödig. Lisen hajade till inför hennes intensivt blå ögon som påminde så mycket om Eriks. Hon var klädd i tajta jeans och en vit stickad tröja.

Shit, tänkte Lisen. Det är som att se Erik i en kvinnlig gestalt.

– Kom in, sa Lisen och visade med handen in mot hallen.

Birgitta klev in och det syntes på henne att hon inte var bekväm med situationen. Hon såg sig omkring som om hon letade efter en möjlig reträttväg.

– Du bor fint här, sa hon.

– Tack, sa Lisen och visade henne vidare in i vardagsrummet.

De slog sig ner i soffan och Birgittas blick fastnade på porträttet av Olivia.

– Är det din dotter? sa hon.

Lisen höll fram brevet som fängelseprästen hade lämnat.

– Jag vill att du läser det här, sa hon. Jag måste få prata om det, reda ut vad som kunde få Erik till de handlingar som han gjorde sig skyldig till.

Birgitta tittade på henne och Lisen kunde se hur det fladdrade till av rädsla i hennes blick. Utan kommentarer tog hon brevet och började läsa. Lisen släppte henne inte med blicken. Hon studerade henne ansiktsuttryck, lade märke till varje ryckning och rörelse. Ville se hennes reaktion.

Efter att ha läst en kort stund tittade Birgitta upp på Lisen med tårar i ögonen och skakade på huvudet. Handen som höll i brevet skakade.

– Jag vet inte om jag vill fortsätta, sa hon.

– Snälla fortsätt, sa Lisen. För min och Olivias skull. Jag måste få veta vad som är sant.

Birgitta tog upp en pappersnäsduk ur handväskan och torkade sig i ögonen innan hon fortsatte läsa. Lisen önskade att hon hade kunnat se in i Birgittas huvud, känna det hon kände, förstå det Birgitta förstod men som hon själv bara kunde ana sig till. Om det som stod i brevet var sant måste det ha lämnat lika djupa avtryck i Birgitta som i Erik. Kanske ändå djupare. Hon hade trots allt varit offret.

Handen som höll i brevet sjönk ner i Birgittas knä. Hon såg upp på Lisen med ögon som var fyllda av smärta. Birgitta behövde inte säga något. Lisen visste. Hon visste att det som stod i brevet var sant.

– Ja nu vet du hur vi hade det, sa Birgitta. Vi växte upp med en sjuk pappa och en svag mamma som aldrig vågade sätta sig upp mot honom. Hon var som en struts. Stoppade huvudet i sanden och låtsades inte se.

– Tvingade din pappa Erik att fotografera medan han förgrep sig på dig?

– Ja, så var det faktiskt. Hur osannolikt det än låter.

Birgitta lade armarna i kors över bröstet. Hon stirrade stelt framför sig med hopknipna läppar.

Lisen undrade om hon skulle våga fortsätta ställa frågor.

– Hur tror du att det kom sig att Erik fortsatte som vuxen? sa Lisen. Att lura unga tjejer att posera och sedan sälja bilderna till pedofiler. Polisen sa att han var en huvudfigur i ett stort pedofilnätverk.

– Jag vet inte, sa Birgitta. Kanske fick han smak på det. Han var säkert inte pedofil själv men upptäckte att det fanns stora pengar att tjäna. Han hade fått bra träning på mig. Visste hur bilderna skulle se ut för att tilltala svinen.

En skugga drog över hennes ansikte.

– Jag fattar inte att jag kunde låta mig luras, sa Lisen. Jag borde ha sett några tecken. Om inte annat borde jag ha sett igenom hans lögner.

– Erik var en mästare på att dupera folk i sin omgivning. Han var alltid värst, hade alltid varit med om häftigare saker än oss andra.

– Vet du vad jag tycker var det värsta han skrev? sa Lisen. Det var att han inte orkade leva efter att han blivit avslöjad som lögnare. Att hans forskning var bluff, stugan i skärgården, hans fina familj i Värmland och allt annat han fabulerat om. Han tyckte avslöjandet var värre än att han mördat min dotter. Det är fullständigt horribelt.

Lisen strök bort tårar med en irriterad rörelse.

– Vilket jävla ego, fortsatte hon. Han måste ha varit mytoman, en fullblodspsykopat.

Birgitta sjönk ihop, hon nöp nervöst i tyget på sina jeans. Fårorna runt munnen hade djupnat och Lisen tyckte med ens att hon såg gammal och ful ut. Barndomen måste ha varit ett helvete för henne men varför hade hon inte agerat som vuxen. Hon borde ha förstått att Erik inte var frisk. Nu skulle hon få leva med skammen över att ha en bror som producerat och sålt bilder till ett pedofilnätverk, och dessutom hade mördat ett barn. Om hon nu brydde sig. Lisen var inte så säker på det.

– Jag är ledsen, sa Birgitta. Hade jag bara vetat …

– Hade det gjort någon skillnad? sa Lisen.

Kapitel 33

Himlen hade mörknat betänkligt sedan Malin klev på buss 44 som skulle ta henne till Djurgården. Det var ingen tvekan om att det var oväder på gång.

Bussen stannade med gnisslande bromsar. Hon klev av, fällde upp paraplyet när de första dropparna kom och skyndade på stegen mot Café Blå Porten där hon bestämt träff med Lisen. Regnet blötte ner hennes skor och hon frös om fötterna.

November, tänkte hon irriterat. Det är en månad jag skulle kunna sova mig igenom.

Lokalen var fullsatt och hon kunde inte se att det fanns några ledigt bord. Kön framför disken där bakverk trängdes med pajer och sallader, var lång och Malin undrade om valet av kafé varit så klokt. Hon spanade in mot borden för att försöka få syn på Lisen. Längst in mot ena kortväggen satt hon med hakan lutad i handen och såg ut att läsa i en dagstidning. Malin vinkade mot henne i ett försök att påkalla hennes uppmärksamhet men Lisen var helt uppslukad av tidningen.

Efter femton minuter hade hon äntligen fått sin latte och chokladmuffins. Hon trängde sig fram mellan bord och stolar och ställde ner brickan på bordet framför Lisen. Hon såg glad ut när hon fick syn på Malin, reste sig och kramade om henne.

– Vad mycket folk, sa Malin. Jag trodde aldrig jag skulle få något kaffe.

– Det är populärt här, sa Lisen. Vad glad jag är att se dig!

De slog sig ner mitt emot varandra och Malin hängde av sig sin fuktiga jacka på stolsryggen. Hon smuttade på sin latte, sneglade på Lisen och försökte komma på de rätta orden. Trots att de bodde så nära varandra var det två månader sedan de senast tagit sig tid att umgås. Fast de talade med varandra i telefonen någon gång i veckan. Malin brottades ständigt med dåligt samvete och mot tiden som aldrig räckte till. Hon visste att Lisen begravt sig i arbete i ett försök att hantera sorgen. Lisen hade inte heller ansträngt sig för att de skulle träffas och Malin fruktade att de höll på att glida ifrån varandra.

– Hur gå det med konststudierna? sa Lisen.

– Tack bra, sa Malin. Fast jag har bestämt mig för att det inte blir mer än det här året.

Lisen tittade på henne med höjda ögonbryn.

– Jag börjar inse att måleriet mår bäst av att förbli en hobby, fortsatte Malin.

– Varför? sa Lisen. Du med din begåvning. Jag är övertygad om att du kommer att bli en berömd konstnär om du satsar på allvar.

Det sista sa hon och log mot Malin samtidigt som hon kramade hennes hand. Malin betraktade henne med rynkad panna och undrade om hon drev med henne.

– Jag skojar inte, sa Lisen när hon märkte hennes reaktion.

– Stefan sa vid ett tillfälle att risken med att ha sitt intresse som yrke kan vara att ta död på en givande hobby, sa Malin. Jag tror faktiskt att han har rätt.

– Vad ska du göra istället? sa Lisen. Går du tillbaka till ditt gamla jobb?

– Det skulle aldrig fungera, sa Malin. Jag funderar på att söka som kurator inom skolan eller på BUP. Efter det som hänt fattar jag hur eftersatt området är. Kanske kan det vara ett sätt att betala tillbaka en del av min skuld.

Lisen lade sin hand över Malins och skakade på huvudet.

– Du har ingen skuld i det som hänt, sa hon Släpp det, för guds skull. Titta här, jag har något jag vill visa dig.

Hon räckte över tidningen med familjesidan uppslagen till Malin.

– Vad är det jag ska se? sa Malin.

– Ser du inte dödsannonsen? sa Lisen.

Hon klev runt bordet, lutade sig över Malins axel och pekade ner på tidningssidan.

– Birgitta Nilsson? sa Malin och såg frågande ut.

– Det måste vara Eriks syster Birgitta, sa Lisen.

Malin satte handen över munnen. Hon såg ner i tidningen och läste annonsen på nytt.

– Tror du det var självmord? sa hon och såg upp på Lisen.

– Troligtvis, dikten antyder i alla fall det.

– Träffade du henne någon gång? sa Malin.

– Jag hade kontakt med henne efter att jag läst Eriks brev. Det som prästen hade med efter att Erik hittades död i häktet. Jag var tvungen att få bekräftat om det var sant det som stod om hans barndom.

– Var det sant? sa Malin.

– Det var sant, sa Lisen och såg ner i sin kaffekopp.

De satt tysta och såg ut på regnet som tilltagit och slog mot kaféets fönster. Insidan på rutorna var immiga

av ångande kaffemaskiner och från gästernas blöta ytt-
erkläder.

– Så tragiskt, sa Malin. Det förklarar en del.

– Jag gör vad jag kan för att förstå, sa Lisen. Jag
har god hjälp av min terapeut att bearbeta det som hänt.
Det är enda sättet att orka leva vidare.

Malin fångade upp mjölkskummet i koppen på
skeden.

– Vad ska du göra i jul? sa hon.

– Vet inte, sa Lisen. Jag har inte orkat tänka på
julen.

– Följ med till Yngsjö, sa Malin. Stefans son Love
kommer och Ellen ska vara hos mig i år. Det kan bli en
fin familjejul. Jag skulle uppskatta om du ville vara
med.

– Kanske, sa Lisen. Jag ska fundera, ringer dig när
jag har bestämt mig.

Malin kunde inte undgå att känna förändringen
som skett mellan dem. Lättsamheten och förtroligheten
som alltid hade funnits mellan dem hade försvunnit.
Kanske var det tecken på att de hade lagt ungdomens
sorglöshet bakom sig och att deras relation hade ö-
vergått i något som Malin ännu inte visste konsekven-
sen av. Skulle de någonsin hitta tillbaka till det de hade
innan katastrofen eller skulle de glida ifrån varandra?

De reste sig och gick mot utgången. Innan de klev
ut i regnet slog Lisen armarna om Malin.

– Tack för att du orkar med mig, sa hon. Jag har
aldrig tidigare känt mig så övergiven. Olivia lämnade
ett tomrum efter sig som är omöjligt att fylla. Eriks
svek har gjort mig livrädd. Jag kommer aldrig mer att
våga gå in i ett nytt förhållande.

Malin strök henne över kinden, fällde upp sitt paraply och de klev ut i regnet.

– Vi ses snart, sa hon. Lova att du kommer över när du vill ha sällskap.

Hon såg efter Lisen som skyndade bort till parkeringen för att ta sig vidare till jobbet.

Hon kommer att arbeta ihjäl sig om hon inte får hjälp med att våga möta sig själv, tänkte hon och promenerade sakta mot busshållplatsen